창룡검전

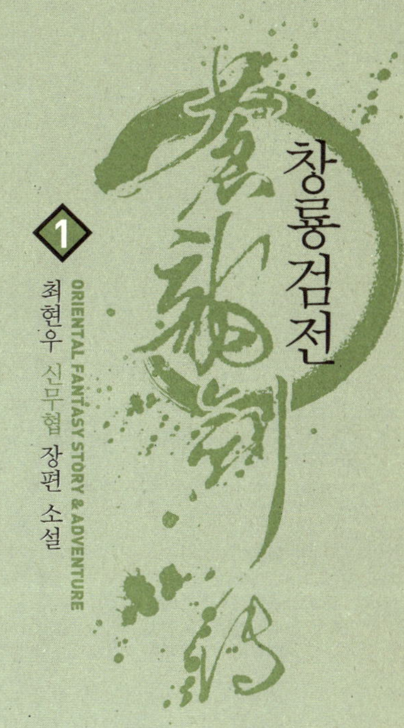

1

ORIENTAL FANTASY STORY & ADVENTURE

최현우 신무협 장편 소설

dream
books
드림북스

창룡검전(蒼龍劍傳) **1** _ 불타는 무림맹

초판 1쇄 인쇄 / 2009년 1월 30일
초판 1쇄 발행 / 2009년 2월 9일

지은이 / 최현우

발행인 / 오영배
편집장 / 김경인
펴낸 곳 / (주)삼양출판사 · 드림북스

주소 / 서울특별시 강북구 미아8동 322-10호
대표 전화 / 02-980-2112~4 팩스 / 02-983-0660
편집부 전화 / 02-980-2116 팩스 / 02-983-8201
홈페이지 / www.sydreambooks.com

등록번호 / 제9-00046호
등록일자 / 1999년 3월 11일

ⓒ 최현우, 2009

값 8,000원

ISBN 978-89-542-3098-8   04810
ISBN 978-89-542-3097-1   (세트)

* 지은이와 협의하에 인지는 생략합니다.
* 잘못된 책은 구입한 곳에서 바꾸어 드립니다.

창룡검전

불타는 무림맹

1

최현우 신무협 장편 소설

ORIENTAL FANTASY STORY & ADVENTURE

dream
books
드림북스

목차

제1장

창룡권의 학사

띠링.

날아오를 듯 화려하게 조각된 거대한 황금색 지붕들 사이로 나지막한 풍경 소리가 울려 퍼진다. 그 소리에 귀를 기울이고 있노라면 마치 이곳이 세속을 떠난 선계(仙界)처럼 느껴지기도 한다.

하지만 어쩌면 이곳이야말로 선계와 가장 어울리지 않는 장소인지도 모른다. 왜냐하면 이곳은 권력과 부귀가 맥동하는 곳, 바로 대륙의 심장 자금성(紫禁城)이기 때문이다.

"후우."

운현은 자신도 모르게 나지막한 한숨을 내쉬고 잠시 멈추었던 발걸음을 재촉했다. 늘 가던 길이었지만 문연각(文淵閣)을 향해 옮기는 발걸음은 오늘따라 유독 내키지 않는다.

"박 환관도 정말, 괜히 일을 벌여서는……."

일의 원흉이라 할 수 있는 박 환관을 원망해 보기도 하지만, 결국 발등에 불이 떨어진 사람은 바로 자신이다. 그래서 운현은 내키지 않는 발걸음을 계속 재촉하고 있을 수밖에 없었다.

잠시 후, 전각을 돌아서자 자금성에서 유일하게 검은 지붕을 가진 문연각이 보인다. 운현은 잠시 문연각 위층으로 흘깃 시선을 던지고는 빠르게 문연각 안으로 들어섰다.

"안녕하십니까?"

운현은 문연각에 들어서자 정중하게 고개를 숙여 인사를 했다. 그러나 문연각의 출입을 책임지는 관리는 아무런 대꾸가 없다. 그저 운현을 쓱 한 번 돌아보고는 붓을 놀려 운현의 이름을 기록할 뿐이다.

운현도 그의 무례함을 크게 신경 쓰지 않았다. 문연각에 출입한 지 벌써 수년째이지만 자신이 기억하는 한 상대방의 반응은 늘 이랬다. 자신이 첫 번째로 이곳에 발을 디딘 때를 제외하고는.

안으로 들어선 운현은 여느 때처럼 서가 뒤쪽으로 가는 대신, 잠시 멈춰 서서 주위를 둘러보았다. 시간에 늦은 것은 아니었지만 혹시나 해서였다. 그리고 아니나 다를까, 운현은 서가 안쪽에서 누군가의 기척을 발견할 수 있었다.

저벅.

그 누군가는 모퉁이를 돌자마자 바로 모습을 나타냈다. 전형적인 학사 차림을 한 그는 살짝 미간을 찌푸린 채, 서가에 있는 책을 살펴보고 있는 중이었다.

"저……."

운현의 기척에 그제야 그가 고개를 들어 이쪽을 쳐다본다.

"아."

탁.

그는 소리가 날 정도로 황급히 들고 있던 책을 덮더니, 마치 몰래 하던 장난을 들킨 사람처럼 허둥지둥 책을 서가에 올려놓았다. 그리고 운현에게 고개를 숙여 인사를 한다.

"아, 안녕하십니까?"

"네. 안녕하십니까?"

그에게 답례를 하고, 운현은 물었다.

"혹시, 한림원(翰林院)의 정 학사십니까?"

"네? 아, 네. 그렇습니다. 제가 정 학사입니다. 그럼 창룡전의 운 학사십니까?"

운현은 고개를 끄덕였다. 그러자 상대는 다시 공손하게 예를 올린다.

"처음 뵙겠습니다. 한림원의 정현도라 합니다."

"운현이라 합니다."

자신을 소개하며, 운현은 상대를 다시금 살펴보았다. 비록 앳된 얼굴은 아니지만 한림원에 들어온 지 그리 오래되지는 않았다는 것이 확연한 젊은 청년의 모습. 그는 운현 자신과 별다를 것 없는 학사의 옷차림새를 하고 있었지만, 푸른빛이 감도는 그의 의관은 어딘지 모르게 자신보다 훨씬 세련되고 고급스러워 보인다. 물론 그저 운현의 기분 탓인지도 모르지만.

'한림원이라.'

운현은 속으로 나지막이 되뇌었다.

동시, 원시, 향시, 회시를 거쳐 마지막으로 치러지는 전시(殿試)의 합격자. 그 중에서도 특별히 장원(壯元), 방안(榜眼), 탐화(探花)를 한 사람들만 갈 수 있다는 곳, 한림원(翰林院). 명실공히 천하에서 촉망받는 두뇌들이 모두 모여 있는 곳이라 해도 과언이 아닌 곳이 바로 한림원이다. 그리고 어쩌면 운현이 억울하게 빼앗겼을 지도 모르는 자리.

운현은 입맛이 썼다. 그것은 상대방이 '창룡전'이라는 말을 하면서 어딘가 웃는 것처럼 보였다는 생각 때문인지도 모른다.

두 사람은 서가 뒤편에 있는 서탁에 마주 앉았다. 첫인상 그대로 정 학사는 단정한 자세를 유지하고 있었지만 그의 시선은 안정을 찾지 못하고 있었다.

딱히 눈 둘 데가 없는 사람 같다고나 할까. 게다가 어쩌다 시선이 운현과 마주칠 때면 당황스러운 표정을 숨기지 못할 정도다.

'어딘지 좀 불안해 보이는 사람이군.'

운현은 정 학사라는 사람이 자신의 생각과는 좀 다른 사람이라고 느꼈다. 한림원 학사라면 촉망받는 젊은 학자의 표본 같은 사람이어야 할 터인데, 지금 앞에 앉아 있는 사람이 보여주는 모습은 자신감이라든가 당당함과는 조금 거리가 있어 보였기 때문이다.

"제게 협조를 요청하실 일이 있다고 들었습니다만……."

결국 운현이 먼저 말을 꺼냈다.

"아, 네."

정 학사는 기다렸다는 듯 빠른 어조로 대답한다.

"이번에 한림원에서 시행하는 조사에 관련 자료의 확충이 요구되는 바, 이에 문연각 관리 기록을 조회한 결과 창룡전의 협조를 얻는 것이 최선이라 판단되어 부득이 정식 협조공문을 발송하게 되었습니다."

갑자기 쏟아지는 그의 말에 운현이 잠시 당황해하는 동안, 정 학사는 운현의 반응에 아차 하는 얼굴이 된다.

"아, 저기…… 이런 건 사전에 협의를 해야 하는 걸로 알고 있습니다만……. 죄, 죄송합니다."

"아니, 그런 것이 아니고……."

운현은 손을 내저었다. 협조공문을 받은 것은 이번이 처음은 아니다. 두어 달 전에도 임시 협조공문이라 해서 협조가 가능한지 알아보는 정도의 의사 타진을 받은 바 있다. 물론 이렇게 정식 협조공문을 받게 될 줄은 몰랐지만.

"한림원에도 사람이 없지 않을 터인데 굳이 제게 찾아오신 이유가……."

"아. 그건……."

정 학사는 품속에서 종이 하나를 꺼내 운현에게 내밀었다.

"이것이 이번에 필요한 자료 목록들 중 일부입니다."

운현은 그가 내민 종이를 받아 들고 훑어보았다. 그리고 살짝 눈살을 찌푸렸다. 도무지 연관을 찾을 수 없는 단어들의 나열. 운현은 고개를 들어 정 학사를 바라본다.

"혹시 무엇에 관한 조사인지 알 수 있겠습니까?"

"그것은 밝힐 수 없습니다."

정 학사는 즉시, 그것도 단호하게 대답했다. 그것은 일고(一考)의 가능성도 없다는 것을 뜻한다.

'하긴, 한림원에서 행해지는 조사라면 분명히 기밀을 엄수해야 할 테지.'

한림원은 황제에게 국정 전반에 대한 의견을 직접 올릴 수 있는 권한을 가진 몇 안 되는 국가 기관 중 하나이다. 그렇기에 비록 정치적인 활동은 없다 해도 한림원에서 행해지는 활동은 어떤 것이든 기밀 사항이 아닐 수 없었다.

심지어 한림원이 어떤 주제에 관심을 가지고 있는지를 아는 것만으로도 국정의 흐름을 예상할 수 있을 테니까. 아마 이 종이에 적혀 있는 단어들 중 대부분은 그저 다른 사람의 이목을 속이기 위한 위장이리라. 정 학사는 급히 말을 잇는다.

"크흠. 그곳에 적힌 대부분의 관련 자료들이 있는 곳이 잡…… 흠, 이 구역의 서가에 있는 것으로 파악되었습니다."

"그냥 잡서(雜書)라고 하셔도 됩니다."

운현은 순순히 말했다.

문연각은 그 중요성과 가치에 따라서 모든 서적을 분류한다. 그 중 으뜸을 차지하는 황제의 대전(大典)과 성현들의 경서(經書), 그리고 이어지는 수많은 단계를 넘어 가장 바닥에 위치한 책들, 이 문연각에서 가장 하급에 속하는 책들이 바로 잡서(雜書)이다.

그러므로 잡서(雜書)라는 단어가 의미하는 바는 간단하다. 그것은 따로 분류를 할 필요가 없을 정도로 가치가 없는 책을 말한다. 그리고 이 잡서 구역은 운현이 문연각에서 유일하게 출입을 허가받은 구역이기도 하다.

"허나 운 학사께서도 아시다시피 이 구역은 규모가 방대한 데다 분류조차 체계적으로 되어 있지 않아 자료 파악에 어려움이 있습니다."

정 학사는 운현의 말에 별다른 대꾸 없이 말을 이었다. 규모가 방대하다는 그의 말은 정확하다. 처음 운현이 이곳에 왔을 때 잡서라 분류된 서가의 책은 37,000권에 이르렀다.

지금은 아마도 4만여 권은 훌쩍 넘었을 것이다. 그리고 분류가 되어 있지 않다는 말도 맞다. 어차피 잡서란 분류를 할 필요가 없다는 것을 뜻하니까.

"헌데 이 구역 서가의 책을 전부 읽으신 분이 있다고 하기에……"

"말씀 중에 죄송합니다만."

운현은 정 학사의 말을 끊고 사실대로 말했다.

"저도 이곳의 책을 전부 다 읽은 것은 아닙니다."

"네?"

"사실 제가 읽은 책이라 해야 이 중에서 500여 권 정도입니다."

갑작스런 운현의 말에 상대방이 당황해하는 것이 보인다. 하지만 이미 내친 걸음이라, 운현은 계속 말을 이었다.

"그리고 저도 해야 할 일이 있기 때문에, 하루 종일 자료를 찾는 데 협조해드릴 수도 없을 것 같습니다."

자료를 찾는다는 것은 말처럼 쉬운 일이 아니다. 산더미 같이 쌓인 책들과 하루 종일 씨름을 하고, 그 중에서 자신의 연구 목적에 적당한 것들을 골라내는 것은 그야말로 고역이다.

게다가 그것이 다른 사람의 일이라면 더욱 그러하다. 자신이 내용의 적합성 여부를 판단할 수 있는 것이 아니니 걸리는 시간도 그 몇 배가 된다.

"아, 네. 물론 그러시겠지만……"

정 학사는 작은 목소리로 대답하며 말끝을 흐렸다. 덕분에 두 사람의 분위기는 처음으로 돌아가 버렸다. 정 학사는 쉽게 말을 꺼내지 못하고 우물쭈물할 뿐이어서 금방 어색한 분위기가 서가에 감돈다.

'후.'

운현은 속으로 한숨을 내쉬었다. 이런 식으로 계속 있을 수도 없으니 아무래도 화제 전환이 필요할 듯싶다.

"그런데, 한림원에 들어가신 지는 오래되셨습니까?"

"네? 아. 네, 저는 삼 년 전에……."

정 학사의 얼굴이 금방 밝아지는 것이 보인다. 그리고 운현 역시 숨길 수 없는 호기심을 얼굴에 띤 채 그의 말에 귀를 기울였다.

정 학사는 삼 년 전 전시(殿試)의 탐화(探花)였다. 그 역시 운현과 마찬가지로 젊은 날을 서원에 바치며 오직 책과 더불어 살아야 했다.

그러나 운현과 달랐던 점은 정 학사의 집안은 대대로 문사를 지내온 번듯한 가문이라는 것이다.

"뭐, 그리 이름을 내세울 만하지는 않습니다만……."

굳이 이름을 밝히지는 않았으니 엄청난 세도를 부릴 정도는 아닐 것이다. 그러나 운현이 보기에는 충분히 부유하고, 충분히 여유로운 집안이었다.

'하긴 요즘은 돈이 없으면 제대로 공부를 하기도 힘든 때이니…….'

과거 준비는 오랜 세월이 걸리는 일이다. 아무리 과거 응시 자체에 돈이 들지 않는다고 해도, 오직 책만을 붙잡고 살아야 하는 생활을 감당할 재력이 없다면 애초에 불가능한 것이 과거 합격이다.

그러니 우수한 과거 합격자들의 가문이 번듯한 것도 당연한 일이다. 허나 남 보란 듯이 성공하고 싶은 가난한 집안의 자제들에게는 과거 합격만 한 길이 또 없기에, 결국은 가난한 자들이나 부자들이나 모두 과거에 몰릴 수밖에 없는 상황이다. 바로 운현이 예전에 그러했듯이 말이다.

집안의 후원과 자신의 재능을 바탕으로, 정 학사는 그리 늦지도, 빠르지도 않은 20대 후반에 전시에서 탐화의 자리를 차지할 수 있었다.

매년 전시의 합격자 중 장원, 방안, 탐화는 황제를 직접 배알하고 관직을 제수(除授)받는 관례에 따라 정 학사 역시 긴장과 감격으로 황제를 배알하고 의례 그렇듯이 한림원 소속의 학사가 되었다.

"다행이군요."

정 학사의 말을 듣던 운현이 짧게 말했다. 그러자 그제야 생각났다는 듯 정 학사가 운현에게 반색을 하며 말한다.

"아, 그러고 보니 운 학사께서도 전시에서 장원을 하셨다지요?"

"예전 이야기입니다."

운현은 이미 지나간 일이라는 말투로 말했지만, 입가에 쓴 웃음이 걸리는 것을 숨기지는 못했다.

다행히도 정 학사는 운현의 반응을 미처 살피지 못하고 자신의 이야기를 계속한다.

"휴, 하지만 좋았던 것은 그때까지뿐이었죠."

그 뒤로는 정 학사의 신세한탄 같은 이야기였다. 기대하던 한림원에 들어갔지만 제대로 된 일은 거의 맡을 수 없고, 선배들의 위세와 동료들 간의 경쟁 때문에 오히려 서생 시절보다 더 힘들다는 식의 이야기였다.

운현에게 동질감을 느꼈기 때문인지, 혹은 이야기를 털어놓아도 그다지 상관없는 사람으로 여겨진 탓인지는 몰라도 정 학사는 보기와는 다르게 자신의 이야기를 꽤나 많이 늘어놓았다.

어쩌면 처음 만난 어색함을 없애려는 나름의 노력인지도 몰랐다. 그러다 문득, 운현은 어느새 시간이 꽤 많이 흘렀음을 깨달았다.

"아, 저. 죄송합니다만……."

이야기를 멈춘 정 학사에게 운현이 말했다.

"오늘은 이만 가봐야 할 것 같습니다."

"어디를 가시는지……."

묻는 정 학사에게 운현이 답했다.

"금의위 훈련장에 가봐야 합니다."

정 학사의 눈빛에 갑자기 생기가 돌았다. 그는 기대를 숨기지 않고 운현에게 물었다.

"제가 같이 가도 괜찮겠습니까?"

운현은 의아한 표정으로 정 학사를 바라보았다. 운현이 아는 한, 금의위 훈련에 관심을 가지는 문사는 거의, 아니 전혀 없었다. 운현 자신처럼 어쩔 수 없었던 경우를 제외하고는.

"크흠. 딱히 개인적인 관심은 아닙니다만……."

운현의 표정을 읽었는지, 정 학사는 짐짓 헛기침을 하며 말했다.

"자료 조사에 필요하여 어쩔 수 없이 말씀드리는 것입니다."

"네?"

정 학사는 대답하지 않았다. 다만 손가락을 들어 운현 앞에 놓인 종이를 가리켰을 뿐이다.

"아까…… 보지 않으셨습니까?"

운현은 시선을 내려 종이 위에 적혀 있는 단어들의 나열을 바라보았다. 귓가에 정 학사의 머뭇거리는 목소리가 들려온다.

"거기, 중간 즈음에 적혀 있을 것입니다. '금의위 훈련에 관한 상세자료' 라구요."

운현은 살짝 눈살을 찌푸렸다. 그의 말대로였다. 전혀 연관을 찾을 수 없는 단어들의 나열 가운데, '금의위' 라는 세 글자가 똑똑히 적혀 있었다.

"으음."

자신도 모르게, 운현은 나지막이 신음소리를 흘렸다.

*　　　*　　　*

"그래서, 저분과 함께 오셨다는 말씀이시오?"

운현은 고개를 끄덕였다.

"흐음."

금의위 금군교두(禁軍敎頭) 일충현은 고개를 돌려 저편에 서 있는 정 학사를 바라보았다. 그러자 이쪽을 보고 있던 정 학사와 눈이 마주치고, 정 학사는 황급히 시선을 돌린다.

"금의위 훈련생의 수련을 참관하고자 하는 한림원 학사라……."

일충현은 잠시 정 학사를 바라보다가, 다시 운현에게 고개를 돌렸다.

"알겠소. 그렇게 하시오."

한 번 고개를 끄덕이는 것으로, 일충현은 정 학사의 수련 참관을 허락했다. 운현은 고개를 숙여 일충현의 호의에 예를 표한다.

"감사합니다. 훈련생들의 수련에 방해가 되지 않도록 각별히 주의하겠습니다."

운현의 말에 일충현은 미소를 지었다.

"무슨 말씀을. 운 학사가 있어서 도움을 받는 것은 바로 훈련생들이라오."

일충현의 말은 그저 인사치레가 아니었다. 그러나 운현은 가벼운 웃음으로 응대하고는 정 학사에게로 돌아갔다.

운현이 정 학사에게 무언가 말을 건네는 모습과 정 학사가 멀리서 자신에게 고개를 숙여 감사를 표하는 모습을 일충현은 보았다.

일충현 교두가 가볍게 고개를 숙여 답례하자, 운현과 정 학사 두 사람은 훈련생들의 수련이 잘 보이는 곳으로 이동한다.

'한림원 학사라……'

금군교두 일충현은 눈살을 살짝 찌푸렸다. 자신이 금군교두로 있던 십수 년간, 아무리 자신의 업무 때문이라 해도 이렇게 수련장까지 찾아오는 학사는 없었다.

단 한 사람, 운현을 제외하고는 말이다. 그러니 정 학사라는 자를 바라보는 일충현의 시선이 경계심에 가득 차 있는 것도 당연한 일이리라.

'적어도……'

그리고 그가 정 학사를 경계하는 데에는 또 다른 근거가 있었다.

'정말 금의위 훈련에 관심이 있는 자는 아니로군.'

정 학사를 바라보는 금군교두 일충현의 시선은 차가웠다.

정 학사는 이곳에 온 이후, 훈련생들의 수련에 제대로 시선을 보낸 적은 한 번도 없었다. 무관(武官)인 자신과의 인사 또한, 한림원의 다른 학사들이 그러하듯 멀리서 형식적으로 했을 뿐이다.

그에 반해 운현은 처음 이곳에 왔을 때부터 훈련생들의 수련하는 모습에서 시선을 떼지 못했다. 그리고 자신을 대하는 태도 또한 처음과 다름없이 늘 거리낌이 없다.

'운 학사는 이곳 자금성의 분위기에 물들지 않는 것이 장점이지만…….'

그렇기 때문에 또한 상대의 계산된 악의(惡意)를 경계할 줄 모른다. 일충현은 잠시 고민했다. 지금 운현에게 경고해 주는 것이 좋을까?

자금성은 부귀와 권력뿐 아니라 계략과 음모가 난무하는 곳이다. 언제, 누구에게 등을 찔릴 지 알 수 없는, 한시도 마음을 놓을 수 없는 복마전(伏魔殿).

운 학사가 그 소용돌이에서 비껴나 있는 것은 창룡전이라는, 아무도 돌아보지 않는 곳에 소속되어 있는 덕분이다. 하지만 그 탓에 이런 일에는 아무런 내성이 없다. 그러니 운 학사에 대한 일충현의 걱정은 당연한 것이라 할 수 있었다.

일충현은 운현과 함께 무언가 이야기를 나누고 있는 정 학사의 모습을 바라보았다. 아마도 운현은 정 학사에 대해 아무런 의심도 하지 않는 것이 분명했다.

그런 그에게 섣부른 충고는 오히려 상황을 나쁘게 만들 수
도 있을 것이다. 그러니 당분간은 지켜보는 것이 최선이다. 언
제든 저 정 학사가 운현을 좋지 않은 일에 끌어들이려 한다면
먼저 자신이 가만히 있지 않을 테니까.

"으음."

금군교두 일충현은 운현과 정 학사의 뒷모습을 보며 눈살을
찌푸렸다. 그리고 그의 걱정은 어느새 날카로운 시선이 되어
정 학사의 얼굴에 꽂혀 들고 있었다.

*　　*　　*

"어떠셨습니까?"

"네?"

정 학사는 약간 상기된 표정으로 자신을 바라보며 묻는 운
현의 목소리에 잠시 당황했다. 그러나 곧, 운현의 질문이 특별
히 대답을 요구하는 것이라기보다 일종의 감탄사 같은 것임을
깨달았다.

"아, 네. 뭐……."

얼버무리는 정 학사의 대답을 귓가로 흘리며 운현의 시선이
다시 훈련장으로 향한다.

"역시 교두들의 십팔반 시범은 볼 때마다 호쾌합니다. 특히
저 교두는 창 솜씨가 정말 멋지지요. 그가 곡선에서 직선으로

형(形)을 변환하는 모습은 정말 일품입니다. 그리고 저쪽에 있는 교두는 검 실력이 대단합니다. 물론 일충현 교두께는 비할 바가 아니지만 말입니다."

묘하게 자부심이 섞여 있는 운현의 말을 들으며 정 학사는 속으로 피식 웃음을 지었다.

'자신이 하는 것도 아니면서……'

게다가 금군교두들의 모습이 아무리 멋지다고 해도 학사인 자신들과는 전혀 다른 세계에 사는 사람들이다. 오히려 자신과 같은 문사들의 입장에서, 특히 한림원 학사로서 바라보는 그들의 모습은 아무리 금의위라 해도 그저 조금 특별한 재주를 가진 것에 지나지 않았다.

만일 그들이 무슨 명망 높은 무장(武將)이나 장군이라면 전혀 다른 이야기가 되겠지만 적어도 지금 그들은 그의 관심대상이 아니다.

물론 나중에 그들이 그렇게 될 가능성도, 따지면 없지는 않겠지만 말이다. 그러기에 운현의 감탄어린 설명에도 정 학사는 전혀 공감을 할 수 없었다.

"보아하니 끝난 것 같은데, 이만……"

정 학사는 운현을 돌아보며 넌지시 말을 건넸다. 여전히 움직일 생각조차 하지 않던 운현은, 정 학사의 말에 그제야 허둥지둥 짐을 챙긴다.

"아, 네."

부스럭 부스럭.

운현은 붓과 먹, 그리고 빼곡하게 적어놓은 종이들을 조심스럽게 정돈했다. 그 모습을 보며 정 학사는 자신도 모르게 실소(失笑)를 머금었다.

수련을 참관하는 내내 운현은 붓을 손에서 놓지 않았다. 서원(書院)에서 공부하던 서생 시절을 연상시킬 정도로 운현은 주의 깊게 수련을 관찰하고 이따금 무엇인가를 기록했다.

금군교두들이 시범을 보일 때는 더욱 심해서, 옆에서 보기에도 운현이 완전히 몰입하고 있다는 것을 느낄 수 있을 정도였다.

'이걸 정말 좋아하는 건가?'

조심스럽게 챙겨드는 운현을 보며 정 학사는 고개를 저었다.

'설마.'

무릇 선비의 취미라 함은 금기서화(琴棋書畵), 즉 가야금, 장기, 서예, 그림이다. 혹 일부 기인들이나 괴짜 문인들 중에는 검을 취미로 삼는 이도 있으나 어디까지나 소일거리의 수준을 넘지 않는다.

아니, 자신의 취미가 검술이라고 내세우는 문인이라면 아마도 단박에 웃음거리가 되고 말 것이다. 관(官)과 군(軍)의 통치가 지엄한 요즘 시대에, 검술이라면 예재(藝才)라기보다는 잡기(雜技)라 하여 무시되기 마련인 것이다.

아마 '왜? 공부 때려치우고 군문(軍門)에나 들려고?' 하는 핀 잔이나 들을지 모른다.

'일 때문에 어쩔 수 없는 것이겠지.'

정 학사는 나름대로 절충안을 만들어 스스로 납득했다. 비록 나라는 칼에 의해 세워질지라도 칼로 나라를 다스릴 수는 없다.

더욱이 그것이 오랜 역사 속에 융성해온 제국이라면 더욱 그러하다. 결국 칼은 붓에 의해 밀려날 수밖에 없는 것이다. 오죽하면 황제가 직접 지었다는 권학가(勸學歌)에 이런 말이 나오겠는가?

'사나이로 평생의 뜻을 이루려 한다면(男兒欲遂平生志), 창 앞에 책을 펴고 부지런히 읽게나(六經勤向窓前讀).'

이러니 정 학사로서는, 비록 창룡전이라는 한직(閑職)일망정 학사의 이름을 가지고 있는 운현이 보이는 이런 반응을 그대로 받아들일 수가 없는 것이다.

"다 됐습니다."

"아, 네."

운현의 말에 정 학사는 잠시 상념에서 깨어났다. 그리고 운현이 금군교두 일충현에게로 가서 다시 예를 올리는 것을 보았다.

그러나 정 학사는 일충현에게 인사하지 않았다. 그에게 예를 표하는 것은 아까의 한 번으로 족하다. 필요 이상으로 그와

거리를 좁히는 일은 절대 삼가야 할 일이다.

'저자도 내 인사를 기대하진 않을 테지.'

수련 참관 내내 정 학사는 불편함을 느껴야만 했다. 그것은 뜨거운 햇볕이나 바람에 실려 오는 땀냄새 탓도 있었지만, 대부분은 바로 자신에게 쏟아지는 금군교두 일충현의 따가운 시선 때문이었다.

마치 서툰 변명 따위는 통하지 않는다고 노골적으로 말하는 듯하는 그 시선은, 운현과 인사를 나누는 지금도 자신을 향해 번뜩이고 있지 않은가?

부담스러운 일충현의 시선을 뒤로 하고 정 학사와 운현은 금의위 수련장을 떠났다. 문연각을 향해 발걸음을 옮기며 정 학사는 운현에게 넌지시 말을 건넸다.

"운 학사께서도 힘드시겠습니다."

"네?"

운현의 반문에 정 학사는 부드러운 미소를 지으며 말한다.

"일 때문이라고는 해도, 저런 자들과 같이 있으셔야 하니 말입니다."

"네?"

순간 운현의 발걸음이 멈칫하는 것을 느꼈지만, 정 학사는 개의치 않았다. 그리고 뒤이어 운현의 조금은 긴장된 목소리가 흘러나왔다.

“저런 자들이라니……. 무슨 뜻으로 하신 말씀입니까?”

정 학사는 간단하게 대답했다.

“무식하지 않습니까? 예의도, 법도도 모르고 말입니다.”

새삼 불쾌감이 되살아나는 것을 정 학사는 느꼈다. 자신을 향하던 금군교두 일충현의 그 날카로운 시선. 어쩌면 자신에게 찔리는 것이 있어 그렇게 느낀 것일 수도 있지만, 지금의 정 학사에겐 그 시선보다 더 무례하고 잘못된 행동은 없어 보였다.

“혹시…… 그들이 정 학사께 무슨 무례한 행동이라도 했는지요?”

조금은 떨리는 운현의 목소리에서 정 학사는 그의 심정을 짐작할 수 있었다. 하지만 정 학사 또한 이상한 오기가 생겼다.

“그런 것이 아니라…… 왜, 무인들이 다 그렇지 않습니까? 오만하고, 머리에 들은 건 하나도 없는 주제에 순 제멋대로에다가, 걸핏하면 문사들을 깔보기 일쑤이고 말입니다. 비록 저들이 황궁의 지엄한 일을 수행하는 금의위라 해도, 저는 도저히 저런 자들에게 호감을 가질 수가 없더군요.”

정 학사는 운현이 아마도 화를 내리라고 생각했다. 아니면 적어도 무인들을 변호하는 말이라도 하리라 생각했다. ‘다 그런 것은 아니다’ 라는 식의 변명 말이다.

얼핏 보기에도 아까의 그 금군교두 일충현과 운현의 사이는

각별해 보였으니까. 그러나 운현은 침묵했다. 동의도, 반론도
없이 그저 입을 닫고 발걸음을 옮길 뿐이었다.

"크흠."

멋쩍어진 정 학사가 헛기침을 해보았지만 운현은 아무런 말
이 없었다. 정 학사도 혼자 무어라 떠들기가 어색해서 입을 다
물고, 결국 두 사람은 그렇게 침묵 속에 발을 옮겨 문연각에
다다랐다.

"수고하셨습니다."

문연각에 다다르자 운현은 공손히 고개를 숙여 정 학사에게
예를 표했다. 정 학사도 같이 고개를 숙여 답했다.

"수고하셨습니다. 운 학사님."

인사는 했지만 입맛이 쓰다. 자신이 상대의 기분을 상하게
했다는 것을 알고 있으니, 웃는 낯이 될 수가 없는 것이다.

'쯧. 괜한 짓을 했군.'

정 학사가 속으로 이렇게 생각하며 발걸음을 막 돌리려던
참이었다. 문득, 운현의 목소리가 그의 귓가에 들려온다.

"정 학사님."

정 학사가 몸을 돌려 운현을 바라보았다. 운현은 더없이 진
지한 표정으로 자신을 바라보고 있었다. 그는 화를 내고 있지
도, 웃음을 짓고 있지도 않았다.

"정 학사께서는 이름 높은 한림원의 학사이시니 저 같은 사
람보다 더 높은 학식을 지니셨을 것입니다. 성현의 경전을 논

하라 하여도 저보다 나을 것이고, 논쟁을 한다 해도 아마 제가 정 학사께 미치지 못하겠지요."

"아니, 그런 것은……."

"헌데."

운현은 조용히 정 학사를 바라보며 말했다.

"어찌하여 사람을 보려 하지 않으십니까?"

정 학사의 가슴에 무언가 무거운 것이 쿵 하고 내려앉는 듯한 느낌이 들었다.

"고금의 지혜를 그 머리에 담고 있다 하여도 사람을 보지 않는다면, 그 지혜는 대체 무엇을 위해 있는 것입니까?"

운현은 조용히, 그러나 멈추지 않고 말을 이어갔다.

"그저 책에 있는 것이라 하여, 혹은 명망 높은 이들이 한 말이라 하여, 혹은 여러 사람들이 하는 말이라 하여 사람 하나하나를 살펴보려 하지 않고 쉽게 예단(豫斷)한다면, 그것이 과연 학자의 자세라 할 수 있겠습니까?"

정 학사는 말문이 막혔다. 그것은 운현의 말이 정 학사의 가슴을 울린 탓도 있지만, 아까의 혈기와 분이 이미 식어 사라진 지 오래인 탓도 있으리라.

"짧은 식견으로 정 학사님의 심기를 어지럽혀 드려 죄송합니다."

운현은 부드럽게 말했다.

"그럼, 내일 뵙겠습니다."

　다시 한 번 정 학사에게 인사를 하고는, 운현은 몸을 돌려 총총히 멀어져 갔다. 정 학사는 한 방 맞은 심정이 되어 운현의 뒷모습을 멍하니 바라볼 수밖에 없었다.

“이거 참……”

정 학사는 머리를 긁적이며 중얼거렸다.

‘왜 사람을 보지 않는가라…….’

전혀 생각지도 못한 말이었다. 하지만 참으로 의미심장한 말이기도 했다.

“이거, 완전히 한 방 먹었는걸.”

허탈한 듯 말했지만 그다지 불쾌한 심정은 아니었다. 그것은 운현의 어조에서 감정적인 적대감을 전혀 찾아볼 수 없었다는 것도 있었지만, 그의 진지함이 진심이라는 것을 알 수 있었던 탓이기도 했다. 적어도 오늘 그가 보여준, 그 진지하게 몰두하는 모습만은 결코 꾸며낼 수 없는 것일 테니까.

“사람이라……”

정 학사는 작아져 가는 운현의 모습을 바라보며 조용히, 한숨처럼 한 마디를 내뱉었다.

“적어도 당신은, 이곳에 어울리는 사람은 아닌 것 같소.”

자신이 아는 한, 운현과 같은 사람은 이곳에 없다. 어쩌면 저 사람 역시 그저 그렇게 보이는 척하는 것인지도 모르지만.

정 학사는 발길을 돌려 문연각으로 향했다. 문연각에 들어서자마자 그의 발길이 향하는 곳은 문연각 위층, 바로 그가 소속된 한림원이 있는 장소였다.

*　　　*　　　*

"호오. 그러셨단 말입니까?"

"으음."

운현은 머리를 긁적거렸다.

"가만히 있을 걸 그랬나?"

"후후훗, 아니옵니다. 그 정도면 한 마디 해주어야죠. 아니, 오히려 아주 잘 하셨습니다."

언제나처럼 갈색 태감의(太監衣) 차림의 박 환관은 정말로 기뻐하는 듯 보였다.

"그럼 내일도 그 학사님과 함께 다니시겠군요?"

"아마 그럴 것 같소."

"니예. 그러하시군요."

박 환관은 알았다는 듯 고개를 끄덕이더니, 운현에게 인사를 한다.

"그럼 소인은 이만 가보겠습니다."

"아, 그러겠나?"

운현은 박 환관을 돌아보며 말했다. 이곳 자금성에 들어와서 만나게 된 사람들 중에서 박 환관은 특별하다.

환관이라는 그의 신분도 그렇지만, 일충현 교두를 포함해서 운현이 마음 편하게 만날 수 있는 몇 안 되는 사람들 중의 하나다. 물론 자금성에서 운현이 만나는 사람이 그리 많은 것도 아니지만.

"그럼, 또 뵙겠습니다."

여느 때처럼 공손히 고개를 숙이는 박 환관. 운현과 알고 지낸 세월에 비하면 지나치게 예를 차리는 듯도 하지만 운현은 그것이 박 환관의 생존 방법이라는 것을 안다.

자금성에 기거하는 환관들의 수는 수천에서 때로는 일만에까지 이른다.

단적으로 말해 자금성 어디든 그들이 없는 곳이 없다는 뜻이다. 그러나 환관들에 대하여 고고한 관리들이 느끼는 감정이라는 것은 거의 대부분 혐오감이다.

가끔 극소수의 고위층 환관에게는 고위 관리들마저 고개를 숙인다지만, 그 속내는 마찬가지다. 그들이 고개를 숙이는 것은 환관들이 가지고 있는 권세 앞에서일 뿐, 마음속으로는 내심 더욱 짙은 환멸감과 혐오감을 가지고 있을 것이 분명한 터이다.

그러므로 환관의 처세라는 것은 한 발만 잘못 딛어도 천 길 낭떠러지로 떨어지는 외줄타기와도 같은 것. 말 한 마디, 행동 하나에 자신의 목숨이 걸려 있는 것이니, 이런 것들을 너무나 잘 알고 있는 박 환관이 설령 실수로라도 운현 앞에서 허술히 행동할 리가 없는 것이다.

"그래. 또 보세."

운현은 부드러운 목소리로 박 환관에게 인사를 건넸다. 누가 뭐라 해도 박 환관은 자금성에 첫 발을 디딘 운현이 처음으로 만난 사람이자, 적어도 처음으로 호의를 가지고 운현을 대해 준 사람이기도 하다.

지금 생각해 보면 복마전 같은 이곳 자금성에서 운현이 처음 만난 사람이 박 환관이라는 것은 어쩌면 행운이었는지도 모른다.

탁, 탁, 탁.

운현에게 미소를 지어 보이곤, 박 환관은 몸을 돌려 가볍고 짧은 보폭으로 움직이기 시작했다.

멀리서 보면 마치 다람쥐 한 마리가 뽀르르 뛰어가는 것 같은 이 걸음걸이는 그가 십수 년간 자금성에서 일하며 몸에 익힌 것이다.

박 환관 정도의 위치라면 천천히 걸어간다 한들 누가 무어라 하겠는가만은, 다른 사람의 눈에 오래 띄어 좋은 일이 없다는 것을 잘 알기에 박 환관의 걸음은 전혀 고쳐질 기미가 보이지 않는다.

"흥, 흥—!"

박 환관은 작은 소리로 콧노래를 중얼거렸다. 규칙적으로 울리는 그의 발소리가 마치 노랫가락에 맞춰 울리는 소고처럼 느껴진다.

“재미있는 일이라네, 홍, 홍, 홍—.”

  탁, 탁, 탁.

  갈색 태감의를 날리며 박 환관은 가볍게 발을 놀린다. 그와 함께 그의 콧노래도 흥을 받기 시작한다.

  “노 환관을 만난 것은 두 달 전, 임시공문 날아온 건 그때쯤, 이제 와서 정식공문 웬 말씀—.”

  노 환관은 한림원에 출입하는 환관들 중 한 명이다. 관록이 있는 만큼 처신도 좋아서 그 까다로운 한림원에서도 꽤나 인정받는 환관이었다. 물론 인정이라고 해야 어디까지나 환관으로서지만.

  노 환관은 운현에 대해서도 잘 알고 있었다. 그것은 박 환관이 이야기한 탓도 있지만, 의외로 운현은 이곳 자금성에서 알게 모르게 유명인이 되어 있었던 까닭이다.

  물론 본인은 전혀 인식하지 못하고 있지만 말이다. 그리고 박 환관이 노 환관에게 한 이야기 중에는 이런 것도 있었다.

  ‘문연각의 잡서를 전부 본 사람은, 천하를 통틀어서 아마 운 학사밖에 없을걸?’

  두어 달 전 임시 협조공문이라는 것이 운현에게 날아온 이유도 노 환관, 아니 따지고 보면 사실 박 환관의 말 때문이다.

  문제는 임시 협조공문이 날아온 지 두 달 만에, 지금에서야 정식 협조공문이 날아온다는 것이 한림원의 통상적인 업무 처리 절차와는 상당히 동떨어진 경우라는 것이다.

　노 환관과 절친한 탓으로 한림원의 내부 사정이나 일의 처리 절차를 누구 못지않게 잘 알고 있는 박 환관에게는 그야말로 수상한 일이 아닐 수 없다.
　탁, 탁, 탁.
　"거시기는 없더라도 흥흥흥— 머린 쓸 줄 알아야지 흥흥흥—."
　박 환관의 모습은 화려한 전각 모퉁이를 지나 곧 사라져 갔다. 그와 함께 그의 콧노래도 멀어졌지만, 그의 발소리만은 여운처럼 가늘게 남아 오래도록 주변을 떠돌고 있었다.

제2장
백호 수련검식(白虎 修練劍式)

　황궁의 어느 곳이나 다 그러하듯, 문연각의 아침은 조용히 시작된다. 일찍부터 문연각으로 나온 학사들은 각자 자신의 직임에 따라 묵묵히 일을 시작한다.

　통칭 한림원 학사라 해도 그 품계와 맡은 소임은 그들의 숫자만큼이나 천차만별이다. 때문에 문연각에서는 서로의 일에 대해 관심을 갖지도 않고, 가져서도 안 된다는 분위기가 팽배했다.

　어쩌면 그것은 언제부터인가 문연각이 황제를 직접 보필하기 시작하며 형성된 것인지도 모른다. 순수한 학문의 탐구가 이루어지던 문연각(文淵閣)은, 어떤 의미로는 이제 더 이상 존재하지 않는 것이다.

　다른 문연각 학사들처럼 정 학사 역시 무표정한 얼굴로 그날 할 일들을 준비하고 있었다. 사실 준비라고 해봐야 별것 없지만 그래도 이것이 자신에게 주어진 업무였다. 그러나 정 학사의 단조로운 아침 일과는 누군가의 목소리로 간단하게 깨어졌다.

　"정 학사."

　낮게 깔리는 익숙한 목소리. 정 학사는 고개를 돌렸다. 그리고 정중하게 예를 올렸다. 그곳에 서 있는 것은 다름 아닌 자신의 직속상관이었다. 그는 정 학사와 눈을 마주치지도 않고, 그저 지나가는 말을 하듯 말했다.

　"조사는 오늘까지일세."

　정 학사는 잠시 혼란을 느꼈다. 전혀 예기치 않았던 말이 지금 그의 상관에게서 튀어나온 것이다.

　"내일 아침에 보고서를 제출하게."

　그 말을 끝으로 상관은 바로 몸을 돌리려 했다. 그러자 정 학사는 반사적으로 물었다. 아니, 물어보려 했다.

　"저……"

　상관은 발을 멈췄다. 그리고 한쪽 눈살을 찌푸린 채 정 학사를 돌아보았다. 오늘 처음, 그는 정 학사의 얼굴을 제대로 쳐다보고 있었다. 불쾌감을 두 눈에 가득 담고서.

"무언가?"

정 학사는 그 시선에서 자신의 물음이 대답을 얻지 못할 것이라는 것을 알았다. 그 눈에는 자신을 향한 일말의 호의도 담겨 있지 않았다.

언제라도 필요하다면 가차 없이 그를 쳐낼 수 있는 그런 눈. 정 학사는 목까지 올라온 물음을 속으로 삼키고 대신 정중하게 고개를 숙여 예를 표했다.

"알겠습니다."

정 학사를 쳐다보던 상관의 눈에서 불쾌감이 사라졌다. 그는 정 학사의 인사는 신경도 쓰지 않고 다시 고개를 돌렸다. 그리고 총총히 자신의 갈 길로 사라져 갔다.

그가 멀어질 때까지 정 학사는 그의 뒷모습에서 고개를 돌리지 않았다. 그리고 상관의 모습이 사라지자 정 학사의 입에서는 자신도 모르게 나지막한 탄식이 흘러나왔다.

"후우."

난데없는 명령, 허락되지 않는 물음. 그러나 정 학사가 이런 일을 겪은 것은 한두 번이 아니다. 문연각의 일은 그 특성상 모든 것이 기밀에 속하고, 그래서 항상 이런 식으로 처리되기 마련이니까. 익숙한 일이다. 그러나 씁쓸한 심정은 어찌할 수 없다.

잠시 그렇게 마음을 달래던 정 학사는 상관이 한 말을 다시 생각해 보았다.

‘조사를 중지하라고?’

정 학사는 무언가 있음을 직감했다. 비록 아무 말도 듣지 못했지만 그것은 분명했다. 분명한 결과가 나오기 전에 중지한다는 것은 일상적인 일처리 방식이 아니다.

‘외압(外壓).’

분명히 누군가의 입김이 작용한 것이다. 그것도 천하의 문연각이 하는 일에 간섭할 수 있을 정도의 누군가가. 비록 별것 아닌 조사에 불과하지만 감히 누가 문연각이 하는 일에 영향을 행사할 수 있을 것인가?

정 학사는 무언가 있음을 확신했다. 하지만 대놓고 물어볼 수는 없었다. 대답해 줄 리도 없을뿐더러, 이곳은 호기심이 때로 목숨을 앗아가기까지 하는 곳이니까.

‘창룡전의 운현이라……’

정 학사는 사람 좋아 보이는 운현의 얼굴을 떠올리며 눈살을 찌푸렸다. 처음 만났을 때부터 어딘가 미심쩍어 보이는 구석이 있기는 했다. 황궁에 있으면서도 황궁에 있는 사람 같지 않은 그 애매한 무언가가 계속 마음에 걸렸었다.

그래도 그저 어쩌다 권력의 사각지대에 놓인 단순한 사람이라고, 그렇게 결론을 지어가고 있었는데 오늘의 일로 인해 오히려 정 학사는 확신하게 되었다. 그저 사람 좋아 보이는 그에게는 보이는 것 이상의 무언가가 분명히 있다는 것을.

문득 가슴속에서 오기 비슷한 것이 치솟았다. 그래도 딴에는 수재라는 소리를 들어왔던 자신이다. 이런 식으로 아무것도 모른 채 그만둔다는 것은 왠지 납득할 수가 없다.

"어디, 두고 보자."

나지막하게, 정 학사는 그렇게 중얼거렸다.

*   *   *

그날, 운현이 만난 정 학사의 얼굴은 밝지 못했다. 그 어두운 표정에 운현이 무슨 일이 있었냐고 물어볼 정도였다. 하지만 정 학사는 화제를 돌렸고 운현은 그런가 보다 하고 넘어갔다. 서로 속사정을 물을 정도로 친근한 것도 아니었기 때문인데다, 운현의 관심은 다른 데 있었기 때문이다.

"저, 오늘은 제가 외부인을 만나야 합니다만……."

운현이 나름대로 에둘러 표현했음에도 정 학사는 단박에 그 말뜻을 알아차렸다.

"혹시 이야기꾼들을 만나는 겁니까?"

운현은 속으로 혀를 찼다. 방금 전까지 어둡던 얼굴 표정은 간데없고, 눈까지 반짝거리며 쳐다보는 것을 보니 아마 따라가겠다고 할 것이 뻔하다.

"아, 네. '들'은 아니고 그냥 한 사람입니다만……."

"당연히 가야죠."

어느새 목소리까지 높이며 대답하던 정 학사는 그제야 자신이 너무 흥분했다는 것을 알아차렸는지 헛기침을 하며 시선을 피했다.

"크흠. 아니, 뭐 딱히 개인적 관심은 아닙니다만 업무상 어쩔 수 없이……."

그러나 이미 때늦은 변명에 불과하다.

"그런데, 어떻게 아셨습니까?"

"네?"

정 학사는 운현의 말뜻을 잠시 이해하지 못했지만 그것은 잠깐이었다. 그는 운현이 무엇을 물어보는지 알아차렸다.

즉, 운현이 이야기꾼을 만난다는 사실을 어떻게 알았느냐는 것이다. 정 학사는 어깨를 으쓱하며 아무것도 아니라는 듯 대답했다.

"그야. 창룡전에서 황태자 전하를 위해 무림에 관한 이상한…… 아니, 조금 독특한 보고서를 작성하고 있다는 건 이미 유명하지 않습…… 크흠, 아니 뭐 그거야 그다지 비밀도 아니니까요. 저도 그 보고서는 다 읽어 보았습니다. 아, 그러고 보니 지난번 보고서는 꽤 신경을 쓰신 것 같더군요. 확실히 초기보다 필력이 좋아지셨……. 크흠."

운현의 얼굴색이 조금씩 변하는 것을 본 정 학사는 급히 말을 끊었다. 그리고 운현의 시선을 애써 외면하며 말했다.

"이럴 게 아니라, 어서 가시죠."

문연각 잡서(雜書)구역은 쳐다보지도 않은 채, 정 학사는 먼저 발길을 옮기기 시작한다. 하지만 뒤에 남은 운현은 얼굴이 일그러져 있었다.

'젠장.'

운현은 어디까지나 속으로만 중얼거렸다. 학사의 신분으로 험한 말을 내뱉을 수야 없지만, 자신도 모르게 그런 말이 떠오르는 것만은 어쩔 수 없다.

'알고는 있었지만…….'

자신이 황태자 전하를 위해 올린 무림에 관한 보고서가 흥미 위주로 황궁 내를 떠돌고 있다는 것은 이미 알고 있던 이야기다. 지금은 좀 사그라졌지만 궁녀들이 자신을 보며 수군거리는 것도 한두 번 본 것이 아니다.

하지만 그게 한림원 신출내기 학사들까지 알고 있을 정도로 유명한 줄은 몰랐다. 특히 요즘은 수련 때문에 다른 것에 전혀 신경을 쓰지 않다 보니 자신도 모르게 잊어버리고 있던 것이었는데, 이렇게 눈앞에서 직접 말하는 것을 들으니 기분이 착잡하기 이를 데 없다.

"뭐 하십니까?"

멍하니 서 있는 운현에게 정 학사의 재촉하는 목소리가 날아왔다. 그제서야 운현은 정신을 차렸다.

'뭐, 모르는 사람들이 보면 그렇게 보일 수도 있겠지.'

자신은 진지하고 성실하게 하루하루 일해왔다. 그리고 그런 태도는 그 자체만으로도 충분히 의미가 있는 것이다. 비록 남들은 창룡전을 황태자 취미 전담 부서라고 수군거린다 해도 말이다.

운현은 스스로 위안하듯 그렇게 되뇌고는 발걸음을 옮기기 시작했다. 저 멀리 벌써 문연각을 나선 정 학사가 자신을 향해 손짓을 하는 것이 보인다. 운현은 발길을 재촉했다. 어느새 정 학사의 어두웠던 표정에 대한 관심은 이미 저 너머로 사라진 후였다.

“호오. 그렇습니까?”

정 학사는 놀랍다는 표정을 숨기지 않았다.

“그렇습니다. 소위 고수들의 비무란 것은 정말 보통 사람들의 상상을 초월한다고 하더군요.”

“설마, 정말 하늘을 날아다니지는 않겠지요?”

운현은 쓴웃음을 지었다.

“설마요. 하지만 고수들에 대한 이야기를 듣다 보면, 어쩌면 정말 그럴지도 모르겠다는 생각도 듭니다. 그들이 추구하는 궁극이라는 것은, 결국은 힘(力)이 아니라 도(道)에 대한 것이니까요.”

“도(道)?”

“네. 무학의 태산북두라는 소림사도 본디 사찰이지 않습니까? 소림의 무학을 창안한 달마대사 역시 스님이시고……, 어찌 보면 무학이라는 것이 불도를 추구하는 것과 다름이 없다는 뜻이지요."

"저는 달마께서 스님들이 앉아서 불경만 외다 보면 건강이 상할까 봐 무공을 만드신 거라고 알고 있습니다만……. 그러니까 운 학사께서 말씀하시는 것은, 무학을 연마하다 보면 신선이 될 수도 있다는 그런 도가(道家)의 양생 비법을 말씀하시는 것이지요?"

운현은 또 이야기가 옆으로 샜다는 생각을 했다. 도를 닦으면 불로불사의 몸을 이루어 신선이 된다는 도교의 양생 비법은 널리 퍼져 있는 이야기들 중의 하나다.

오죽하면 황궁 내에도 도교의 신을 모시는 곳이 있을 정도일까? 그러나 그런 것들은 진지하고 학술적이기보다는 다분히 흥미 위주의 주제다.

똑같은 도가(道家)라 해도 철학적으로 진지하게 접근하는 사람들이 있는가 하면, 저잣거리에서 싸구려 약장수가 사용하는 것도 있기 마련이다. 그리고 운현이 의도한 바는 전자의 것이고 지금 정 학사가 한 대답은 바로 후자에 가까운 관심이다.

"물론 그런 것도 없지는 않으나, 저는 좀 더 진지하게 평가하고 싶습니다."

"진지하게라고 하신다면, 어떤 것을……."

"무도(武道)를 추구한다는 것은 결국은 도(道)에 대한 본질적인 탐구라는 것이지요. 그것은 결국 삶의 가치, 즉 세계와 운명에 대한 탐구라고 할 수도 있겠지요."

“허어.”

정 학사는 거창한 운현의 말에 혀를 내둘렀다.

“그러면 고수들은 모두 고금의 경전에 통달한 사람입니까?”

“잘은 모르지만……. 아마 그렇지는 않을 겁니다.”

“그럼 좀 이상하군요.”

정 학사는 고개를 갸웃했다.

“그렇게 진지하게 도를 추구한다면 먼저 책을 읽어 선현들의 지혜를 구하는 것이 마땅하지 않겠습니까?”

“그야 물론 그렇습니다만…….”

운현은 할 말이 없었다. 그 역시 학사인지라, 지혜라던가 탐구라던가 하는 말이 나오면 제일 먼저 떠올리는 것이 책이기 때문이다.

누군가 ‘세상에서 가장 중요한 것이 무엇인가?’ 라고 묻는다면 서슴없이 책이라고 대답할 것이다. 무릇 지혜의 보고(寶庫)이자 몽매 간일지라도 절대 함부로 대해서는 안 되는 것이 바로 책 아닌가?

“아마 추구하는 방법이 조금 다른 것이겠지요.”

“글쎄요.”

정 학사는 운현의 말에 동의하지 못하겠다는 표정을 역력하게 내비쳤다. 그리고 운현 역시 자신의 말에 그다지 설득력이 없다는 것을 알고 있었다.

“뭐, 그저 그럴지도 모르겠다는 겁니다. 크흠.”

운현은 어색한 헛기침으로 대화를 마무리했다. 그렇지 않아도 막 커다란 대전(大殿)앞에 도착한 참이다. 정 학사가 새삼 눈동자를 반짝이며 물었다.

"오늘은 어디서 온 야담가(野談家)입니까?"

'야담가(野談家)?'

생소한 그 단어가 이야기꾼을 뜻한다는 것을 금방 깨닫고 운현은 실소를 머금었다.

"강소성입니다만, 엄밀히 말하면 야담은 아니지요. 현장을 직접 지켜본 목격자이니 사료로 말하자면 어느 정도 신빙성 있는 일차 사료입니다. 그리고 그냥 저잣거리에 떠도는 이야기꾼하고도 상당히 차이가 있습니다. 자그마치 각 성에서 제법 이름을 날리는 자들이니 능력은 믿을 만하지요. 적어도 안목에 있어서만은 내로라는 무인들 버금갈 것입니다. 가끔은 한때 무가에 몸을 담기도 했던 자들도 있으니까요."

정 학사는 고개를 끄덕였다. 한 성이라면 그야말로 한 나라나 마찬가지다. 그 중에서도 제일로 이름을 떨칠 정도라면 적어도 보통 사람은 아니리라.

"그래도 직업의 특성상 허풍이나 과장이 심하지 않겠습니까?"

"그렇긴 합니다만, 그거야 알아서 걸러내야지요. 모든 일차 사료들을 대할 때 그렇듯이 말입니다."

그렇게 말하며 운현은 대전 문을 열었다. 언제나 그렇듯이 입구를 지키고 있는 두 사람의 금의위가 운현에게 가볍게 인사를 건네고, 운현도 고개를 숙여 그들의 예에 답한다.

저 멀리 대전 안쪽에는 강소성(江蘇省)에서 소환당해 온 이야기꾼이 느긋한 자세로 앉아 있는 것이 보인다. 처음에는 그도 긴장과 초조함으로 한껏 경직되어 있더니, 이제는 며칠 지났다고 긴장이 완전히 사라진 듯하다.

그리고 운현이 제일 조심해야 할 때도 바로 이때쯤이다. 정학사가 말했던 허풍이나 과장이 슬금슬금 고개를 들 시기인 것이다.

'언제나 이젠 익숙하다 할 때가 제일 위험한 법이니까.'

운현은 한 번쯤 으름장을 놔서 다시 긴장하게 해야겠다고 생각하며 발걸음을 옮겼다.

빌미는 이미 준비해 둔 터였다. 어제 그가 한 말 중에 앞뒤가 맞지 않는 것을 몇 개 찾아두었기 때문이다. 별것 아니지만, 잘못 말한 것이 확실한 그런 것 말이다. 그러다 문득, 정학사가 한 야담가라는 말이 생각났다.

'이야기꾼이 야담가(野談家)라……. 그럼 난 필담가(筆談家)겠군. 늘 보고서나 쓰고 있으니…….'

운현은 살짝 고개를 흔들어 상념을 털어냈다. 지금은 이런 생각을 할 때가 아니었다. 당장은 저 해이한 자세로 앉아 있는 이야기꾼을 다시 긴장하게 하는 것이 급선무였다.

"아이구, 이제 오셨습니까?"

이야기꾼은 그제야 운현을 발견한 듯 자리에서 일어나 인사를 했다. 그의 말이며 표정을 보니 역시 긴장이 풀어진 것이 분명했다.

"크흠."

운현은 그의 인사에 대답도 하지 않고 시선을 피했다. 그리고 짐짓 거친 표정으로 들고 있던 책을 탁자에 내려놓았다.

탁.

이야기꾼이 운현의 행동에 놀라는 눈치가 보이자 그제야 운현은 이야기꾼을 바라보았다. 그리고 한쪽 눈살을 찌푸린 채 최대한 낮은 목소리로 이렇게 말했다.

"실망이오."

"네? 시, 실망이라니요?"

이야기꾼의 눈동자에 불안이 스쳐 지나가는 것을 확인하고, 운현은 속으로 회심의 미소를 지었다. 앞에 있는 그가 이야기꾼 인생 이십오 년이라면, 자신은 그런 이야기꾼들만 벌써 스물다섯 명째였다.

*　　　*　　　*

탁, 탁.

운현은 만족스러운 표정으로 기록을 정돈했다. 그리고 흘깃 옆에 서 있는 정 학사를 바라보았다. 처음에 보였던 열의와는 조금 다르게 정 학사는 내내 아무 말도 하지 않았다. 한동안 운현이 그의 존재를 잊을 정도였다.

'그러고 보니 지난번 훈련장에서도 그랬지.'

나쁘지 않은 처신이라고 운현은 생각했다. 중요한 순간이라고 생각되면 정 학사는 철저하게 관찰자의 자세를 지키고 있었다.

그것은 그가 자신의 처지를 정확하게 잘 알고 있다는 것과 함께, 괜히 끼어들어 운현의 일을 방해하는 불상사가 없을 것이라는 것을 의미한다.

"자, 그럼 나중에 봅시다."

고생한 이야기꾼에게 가볍게 인사를 하고, 운현은 자리에서 일어났다. 이야기꾼의 얼굴이 살짝 일그러졌지만 운현은 상관하지 않았다.

이미 여러 번 겪어본 반응이기 때문이다. 하긴 돈도 안 나오고 불안감만 가중시키는 이런 일을 좋아할 이야기꾼이란 한 명도 없을 것이다. 제아무리 황궁에서 명한 일이라 해도 말이다.

오늘의 소중한 수확을 옆구리에 끼고 운현이 막 대전을 나서려는데, 조용히 따라오던 정 학사가 입을 연다.

"저……."

"왜 그러십니까?"

운현은 발걸음을 멈추고 정 학사를 돌아보았다. 무언가 궁

금한 것이 있는가 해서이다.

"저 이야기꾼 말입니다."

"네."

정 학사는 조금 주저하더니, 조심스러운 표정으로 말했다.

"제가 몇 가지 물어봐도 되겠습니까?"

운현은 정 학사의 표정을 한 번 보고, 대전 저편에 앉아 있는 이야기꾼의 모습을 바라보았다.

'흠.'

운현은 잠시 생각했다. 하지만 그리 길지는 않았다.

"뭐, 그러시지요."

딱히 안 될 것은 없다. 정 학사는 무엇보다 한림원 학사이고, 여러 가지로 자신보다 더 이곳에서 권한이 많은 사람이니 말이다.

사실 구태여 권한 운운할 것까지도 없다. 소환된 이야기꾼에게 몇 가지 물어본다는데 무슨 문제가 있으랴.

운현은 발길을 돌려 다시 이야기꾼에게로 가려 했다. 그러자 정 학사가 손을 내밀며 운현을 만류한다.

"아닙니다. 운 학사님께 괜한 수고를 끼칠 수는 없지요. 제가 금방 물어보고 따라갈 테니, 먼저 문연각에 가 계십시오."

어색한 미소를 머금으며 말하는 정 학사의 태도에서는 운현을 먼저 내보내고자 하는 의도가 다분하다. 그러나 운현은 금방 나름대로 납득했다.

‘흠. 뭐, 생각해 보면 부끄러워할 수도 있겠군.’

한림원 학사가 무림이라든가 하는 것에 개인적인 관심을 갖는다는 것이 생각하기에 따라서는 부끄러운 일일 수도 있을 것이다.

운현이야 물론 아무렇지도 않게 생각하지만 말이다. 하지만 부끄러운 것인지, 괜찮은 것인지는 다른 사람이 아니라 본인이 결정할 문제 아닌가?

“그럼, 그러시지요.”

운현은 가볍게 대답하고 다시 발걸음을 돌렸다. 그리고 정 학사를 남겨두고 대전을 나섰다. 물론 나갈 때도 대전 입구를 지키는 금의위에게 가볍게 인사하는 것을 운현은 잊지 않았다.

달칵.

운현이 대전을 나가자 문이 닫혔다. 그리고 그와 동시에 대전 안쪽에 남아 있던 정 학사의 얼굴에서 어색한 미소가 사라졌다.

그는 조용히 발을 옮겨 본래의 자리로 돌아와 섰다. 방금까지 그가 운현 옆에 서 있던 바로 그 자리였다. 그리고 자신을 바라보고 있는 이야기꾼의 의아해하는 눈을 똑바로 바라보았다.

정 학사와 시선을 마주친 순간, 강소성에서 온 이야기꾼은 내심 흠칫했다. 정 학사의 눈빛이 방금 전과 확연히 달라졌기 때문이다. 차갑고 메마른 그의 눈동자는 지금 그가 자신을 어떻게 보고 있는지 백 마디 말보다 더 확실하게 보여주고 있었다.

이야기꾼을 한 번 쳐다본 정 학사는 옆에 지켜 선 금의위 두 사람에게 시선을 옮기더니 한 손을 들어올려 가볍게 좌우로 저었다.

금의위는 아무 말도 없이 고개를 숙여 보이고는 조금 떨어진 대전 입구로, 그들의 나지막한 대화가 들리지 않을 만한 곳으로 자리를 옮겼다. 그들이 물러나자 정 학사의 시선이 다시 이야기꾼을 향하고, 낮은 목소리가 그의 입에서 흘러 나왔다.

"간단하게 이야기하도록 하지."

정 학사의 입에서 지극히 사무적이고 건조한 목소리가 흘러 나왔다. 아무런 감정도 없는 것 같은 그 목소리에는 일종의 권태감마저 묻어 있었다.

"허튼 대답을 할 경우, 네놈은 물론이고 강소성과 호남성에 있는 네 친족들까지 모두 화를 당하게 될 것이다. 알겠나?"

갑자기 변한 분위기에 그렇지 않아도 긴장을 하고 있던 이야기꾼의 눈동자가 크게 흔들렸다. 그는 놀란 눈으로 급히 고개를 끄덕였다.

친족이 어디에 있는지까지 알고 있다는 것은 이미 자신에 대해 모든 것을 파악했다는 뜻. 그리고 그 정도로 준비를 했다면 결코 가벼이 넘길 이야기는 아닐 것이다. 게다가 이곳은 바로 황궁이다. 자신의 목숨 하나쯤, 아니 친족들 몇의 목숨 정도야 그야말로 파리 목숨만도 못한 곳.

"물론 네가 오늘의 일을 발설할 경우에도 마찬가지다. 입으로 먹고 사는 놈이니, 입이 얼마나 큰 화를 불러오는지에 대해서는 잘 알고 있을 테지."

"무, 물론입니다."

이야기꾼의 즉각적인 반응에 만족한 듯, 정 학사는 본론으로 들어갔다.

"기억하기에 그다지 어렵지는 않을 것이다. 내가 물어볼 것은 네가 이곳에 와서 겪은 일에 대한 것이니까. 뭐, 그래도 기억이 잘 나지 않는다면……."

마치 손톱이라도 다듬으려는 듯, 정 학사는 한 손을 들어 만지작거리며 아무렇지도 않게 말했다.

"기억나기 쉽게 해줄 수도 있다."

이야기꾼의 얼굴이 딱딱하게 굳었다. 그렇게 잠시 침묵을 지킨 후, 정 학사는 손을 내리고는 바짝 긴장하고 있는 이야기꾼을 돌아보았다. 이야기꾼을 향한 그의 눈동자는 차갑게 가라앉아 있었다.

"먼저, 운 학사에 대해 네가 아는 것을 말해라. 하나도 빼지 말고, 전부."

높낮이가 느껴지지 않는 건조한 음성으로 정 학사는 그렇게 말했다.

*　　　*　　　*

　쿵.

　등 뒤로 대전의 문이 닫히는 소리가 들려오자, 정 학사는 자신도 모르게 긴 한숨을 내쉬었다.

　"후우."

　착잡한 표정이 되어 발걸음을 옮기던 정 학사는 문이 닫힌 대전을 돌아보며 눈살을 찌푸렸다. 그리고 천천히 고개를 저었다.

　"쯧."

　그는 최선을 다했다. 숨어 있는 진실의 한 조각이나마 찾기를 바라며 정 학사는 자신이 할 수 있는 최대한의 노력을 했다.

　실제로 준비도 했고, 이야기꾼에게 취조에 가까운 분위기를 조성하는 것도 성공했다. 그러나 그의 대답은 어이없을 정도로 단순했다. 살벌할 정도로 긴장을 조성한 것이 오히려 겸연쩍을 정도로 말이다.

　"결국 이렇게 됐군."

　정 학사는 낮게 중얼거렸다. 이제는 더 이상 시간이 없다. 오늘은 이미 지나갔고, 숨겨진 진실은 찾지 못했다. 그의 일은 이제 이것으로 끝이었다.

"그래, 뭐 어차피 따지고 보면 나하고는 별 상관도 없었던 일이니까."

스스로를 위로하듯 정 학사는 말했지만 결국 이렇게 끝나는 가 하는 패배감이 마음 한구석에 웅크리는 것은 어쩔 수 없다. 정 학사는 머리를 두어 번 저었다. 그러다 문득, 방금 전 이야 기꾼의 대답을 떠올렸다.

'말이 통하는 분이라……'

정 학사는 눈살을 찌푸렸다. 이야기꾼은 운현과 이야기하는 것이 편하다고 정 학사에게 말했다. 그렇게 말이 잘 통하는 사 람도 드물다고 했다. 대화가 통한다는 것은 공통적인 관심사 가 없다면 불가능한 일이다.

지금 생각해 보면 운현과 이야기꾼이 대화를 엮어 나가는 모습도 상당히 남달랐다. 처음에는 그저 그런가 보다 했지만, 두 사람은 분명히 대화를 이어 나가고 있었다.

일방적으로 듣는 것도 아니고, 필요한 것만 묻는 것도 아니 었다. 그것은 이야기꾼이 말한 대로 대화를 나누는 것이었다.

'황궁 학사와 이야기꾼의 공통 관심사가 비무 이야기 라……. 참 내.'

정 학사는 자신도 모르게 피식 헛웃음을 흘렸다. 사실 황궁 학사가 이야기꾼과 나누는 대화의 주제가 무공이니, 비무니 하는 것이라는 게 아무리 생각해도 말이 되지 않는다. 아니,

학사가 그런 사람들과 진지하게 이야기를 주고받는다는 것 자체가 웃긴 일이다. 그 이야기꾼이 아무리 한 성에서 알아주는 사람이라 해도 말이다.

'그러고 보니 사료라고 했던가?'

운현은 분명히 '일차 사료(一次史料)'라는 말을 사용했었다. 이야기꾼과의 대화를 '사료'라고 말한다는 것은, 운현이 정말로 진지하게 학문적 태도를 가지고 이 일에 임하고 있다는 것을 의미한다. 사료(史料)라는 것은, 학자로서 연구에 필수불가결한 것이며 결코 가볍게 대해서는 안 되는 소중한 자료를 의미하기 때문이다.

그는 새삼 운현이 이야기꾼과 대화를 나눈 방법을 되새겨보았다. 운현은 중간 중간 시의적절하게 질문을 던지기도 하고, 중요한 점을 다시 지적하기도 했다.

그리고 그럴 때마다 상대방의 반응은 '바로 그렇습니다'였다. 서로 말이 통한다는 것이니, 자연히 대화가 활기를 띨 수밖에 없었던 것이다.

'모르겠군.'

정 학사는 다시금 인상을 찡그리며 고개를 저었다. 대화가 비무 이야기나 무공 이야기로 이루어지는 것이야 당연하다 할 수 있다. 창룡전이 하는 일이 바로 그것이니까.

그리고 바로 그것 때문에 다른 학사들, 고고한 한림원은 물론이고 시녀나 환관들에게조차 동정, 때로는 웃음거리의 대상이 되기도 하는 것이 아닌가. 하지만 고작 그런 일에 이토록 열성인 사람이라니. 그것도 이렇게 진지하게.

'설마……'

곰곰이 생각하던 정 학사는 문득 마음에 떠오른 그 말을 무심코 입 밖에 내고야 말았다.

"정말 좋아서 하는 것은 아니겠지?"

"네? 뭐가 말씀입니까?"

"헉."

정 학사는 소스라치게 놀랐다. 갑자기 들려온 목소리도 목소리지만, 눈앞에 불쑥 나타난 누군가의 그림자 탓이다.

"아, 이거 죄송합니다. 제가 그만 놀라게 해드린 모양이군요."

예의 바르게 말하는 그 목소리의 주인공은 바로 지금까지 정 학사를 고민하게 하던 바로 그 사람이었다. 창룡전의 학사, 운현 말이다. 먼저 가라고 했는데 멀지 않은 이곳에서 기다리고 있었나 보다.

"아, 아닙니다."

놀란 가슴을 간신히 진정시키며, 정 학사는 대답했다.

"제가 그만 딴 생각을 하느라……"

정 학사의 말에 운현은 빙긋 웃었다.

"그렇지요? 저도 예전에는 그랬습니다. 일을 마치고 나올 때면 늘 비무 생각으로 가득하곤 했죠."

정 학사는 살짝 눈살을 찌푸렸다. 무슨 말인지 모르겠으나 운현이 무언가 지레 짐작한 것은 확실하다. 구태여 그의 착각을 바로잡아 줄 생각은 없었기에 정 학사는 별다른 대꾸를 하지 않으려 했다. 하지만 문제는 바로 운현의 그 눈빛이었다.

'이…….'

정 학사의 가슴속에서 무언가 울컥하는 것이 올라왔다. 이제 오늘로써 끝이라는 사실에 반쯤 자포자기한 심정이 된 정 학사는, 눈앞에서 싱글거리고 있는 운현의 모습에 그만 충동적으로 묻고 말았다.

"어떻게 그렇게 하실 수 있지요?"

"네?"

순간 아차 하는 생각이 가슴을 스쳐간다. 하지만 어차피 내친 걸음. 정 학사는 다시 물었다.

"이런 일을 어떻게 그렇게 열심히 하실 수가 있는가 하는 말입니다. 듣자니 이야기꾼이 말한 내용을 다시 정리하고 복기해서 당사자조차 몰랐거나 놓친 부분을 지적하신다면서요?"

"뭐, 그야……."

"저로서는 도저히 이해가 가지 않는 일이군요."

정체를 감춘 상대를 놀려 보려는, 어쩌면 치졸한 복수심 같은 것으로 시작한 말이었다. 웃음을 지으며 지나가는 듯한 말투로 가볍게 말하려 했지만, 마음과는 반대로 정 학사의 표정은 자꾸만 굳어갔다.

"저는 서생 시절이 참 힘들었습니다. 하루 종일 글만 읽어야 하니 당연하지 않습니까? 운 학사께서도 잘 알고 계시겠지요? 하지만 그래도 참았습니다. 성현들의 지혜를 배우는 고상한 일이니까, 의미 있는 일이니까 말이지요."

짐짓 여유롭게 시작한 정 학사의 말은 점차 빨라지기 시작했다. 알 수 없는 누군가에게 마치 울분이라도 토해내듯, 그 자신도 주체할 수 없는 단어들이 입에서 마구 쏟아졌다.

"장원급제는 아니라지만 그래도 남부러울 것 없는 탐화(探花)였습니다. 모든 서생들의 꿈이라는 한림원 학사도 되었습니다. 하지만, 저는 학사인데도 글 읽는 것이 싫습니다. 제 방 서탁에는 늘 사서삼경이 놓여 있지만 전시가 끝난 후에는 한 번도 들쳐본 적조차 없습니다."

자신이 왜 이런 말을 운현에게 하고 있는지 스스로도 이해되지 않았음에도, 그의 말은 멈추지 않았다. 게다가 그 목소리. 마치 둑이라도 터진 것처럼 걷잡을 수 없을 정도로 빠르게 말을 쏟아내고 있는 자신의 목소리는 스스로 듣기에도 분명히 가늘게 떨리고 있었다.

"한림원 학사요? 이 따위 이름만 번지르르한 한림원 학사도 이젠 지긋지긋합니다. 아니, 사는 게 전부 지긋지긋합니다! 그런데 운 학사께서는 그런 의미도 없는 일을 어떻게 그렇게 열심히 할 수 있는 겁니까?"

정 학사는 처연한 눈동자로 운현을 쳐다보았다. 그 시선을 받으며 운현은 묵묵히 귀를 기울이고 서 있었다. 그의 얼굴에는 비웃는 표정도, 당황한 표정도 없었다. 그저 정 학사를 바라보며 조용히 그의 말에 귀를 기울일 뿐이었다.

잠시 침묵이 흘렀다. 갑작스럽게 고양된 감정이 그제야 조금씩 사그라들면서, 정 학사는 천천히 평상시의 모습을 되찾아가기 시작했다.

"후우."

정 학사는 길게 한숨을 내쉬었다. 그리고 말했다.

"죄송합니다."

낮은 목소리로 정 학사는 정중하게 운현에게 사과했다.

"제가 너무 무례했습니다. 나이 어린 사람의 실수라 생각하시고 잊어주시기 바랍니다."

차분한 표정으로 정 학사는 정중하게 말했다. 그러나 그의 눈동자는 아직도 흔들리고 있었다. 마치 금방이라도 눈물을 쏟을 것 같은 모습이었다.

"괜찮으시다면……."

운현은 정 학사의 사과에 이렇게 대답했다.

"잠깐 같이 가보시겠습니까?"

"네?"

정 학사는 운현을 쳐다보았다. 운현은 겸연쩍게 웃으며 손가락으로 머리를 긁적였다.

"그게……. 제가 수련할 시간이 되어서 말입니다. 아직 아무에게도 보여주지는 않았습니다만."

운현은 어깨를 으쓱했다.

"어쩌면 대답이 될지도 모르겠군요."

정 학사는 갑작스런 운현의 말에 어떻게 반응해야 될지 몰라 멍하니 서 있었다.

운현이 무공을 배운다는 것 정도는 이미 알고 있었다. 아니, 사실은 비밀이라고 할 것도 아니다. 무공을 가르치는 금의위 교두들이 알고 있고, 자신은 물론 환관이나 시녀들까지도 알고 있는 사실이다.

창룡전 학사가 금의위 교두에게 무공을 배운다는 것은 예전에 한 번 웃음거리가 되어 황궁을 쓸고 지나간 소문이니까. 정 학사를 놀라게 한 것은 오히려 자신의 말에 운현이 진지하게 반응하고 있다는 것 때문이었다.

'놀리려는 것일까? 아니면……'

정 학사가 주저하는 동안 운현도 자신의 제의를 조금은 후회하고 있었다.

'이러다 잘못하면 괜히 웃음거리나 될지도 모르는데……'

처음 정 학사가 말을 쏟아낼 때에는 당황하기도 했다. 자신에게 이런 말을 하는 이유가 무엇인지 감이 잡히지 않았다. 운현의 일을 비하하는 듯한 그의 어조에 화가 나려고도 했다.

그러나 정 학사의 목소리에는 그의 가슴 깊은 곳에 맺혀 있는 무언가가 담겨 있었다. 그 무언가가 운현을 움직였다.

운현은 자신이 화를 내서도, 조롱을 해서도 안 된다는 것을 알아차렸다. 아니 그것은 오히려 가장 진지하고 진실되게 대답해 주어야 하는 물음이었다. 그리고 자신이 가장 진지하게 그에게 대답하는 방법은 직접 보여주는 것밖에 없다고 생각했다.

운현은 조금은 초조한 마음으로 상대의 대답을 기다렸다. 그러나 결코 재촉하지도 않았고, 상대방이 도망갈 만한 핑계의 말도 해주지 않았다. 운현은 그저 조용히 상대방의 결정을 기다릴 뿐이었다. 그렇게 얼마나 침묵이 흘렀을까? 마침내 정 학사가 입을 열었다.

"알겠습니다."

정 학사는 마음을 정한 듯 대답했다.

"함께 가도록 하죠."

운현은 고개를 끄덕였다. 그리고 쑥스러운 듯 어색한 표정으로 이렇게 덧붙였다.

"아, 그리고 다른 분들께는……."

운현이 말을 끝맺지 않아도 정 학사는 무슨 의미인지 알아들었다. 정 학사는 고개를 끄덕였다.

"걱정하지 마십시오."

그렇게 두 사람의 계약 아닌 계약은 성립되었다.

운현이 정 학사를 이끌어 간 곳은 황궁 한구석에 있는 작은 전각 뒤편이었다. 정 학사의 예상대로 운현이 금의위 교두에게 무공을 배우는 곳이다. 그러나 정 학사의 예상과 달랐던 것은, 그곳에서 기다리는 사람이 아무도 없었다는 것이다.

"찾는 것이라도 있으십니까?"

주위를 두리번거리는 정 학사에게 운현이 물었다.

"아닙니다. 그저……."

대답을 얼버무리고 정 학사는 운현에게 반문했다.

"여기에서 수련을 하시는 것입니까?"

운현은 대답하지 않고 대신 갈무리해 온 목검을 꺼내 들었다. 정 학사의 눈동자에 이채가 서린다.

"그건……."

"보시다시피 목검입니다."

말은 목검이라지만 마치 보검이라도 다루듯 조심스럽게 운현은 목검을 쥔다. 마치 오랜만에 만난 지인(知人)인 양 감개무량한 표정까지 슬쩍 엿보인다.

"실은, 제가 이렇게 혼자 검을 수련하고 있습니다."

"검을?"

"황궁 십팔반 무예는 일충현 교두께 배우고 있습니다만, 저 혼자 해보고 싶은 것이 있어서요."

운현은 손에 든 목검을 가볍게 위 아래로 휘둘렀다.

"그다지 남에게 내보일 만한 것은 못 됩니다만……."

운현은 고개를 돌려 정 학사를 똑바로 바라보며 물었다.

"아까, 어떻게 그렇게 열심히 할 수 있느냐고 물어보셨지요?"

정 학사는 고개를 끄덕였다.

"저는 제가 그렇게 열심히 한다고는 생각하지 못했습니다. 열심히라……. 뭐, 굳이 말하자면 열심히 한다고 말할 수도 있겠군요. 하지만 저는 그저……."

운현은 빙긋이 웃었다. 하지만 그것은 정 학사를 향한 미소가 아니었다. 운현은 마치 쓰다듬듯 목검을 어루만지며 이렇게 말했다.

"그저 이 시간이 좋을 뿐입니다."

운현은 천천히 검을 들어올리고는 정 학사를 바라보았다. 그 시선이 무엇을 뜻하는지 알아차린 정 학사는 뒤로 물러섰다. 운현이 가볍게 고개를 끄덕일 때까지.

운현은 다시 시선을 돌려 목검을 바라보았다. 잠시 숨을 고른 후, 아무런 말도 없이 운현의 백호 수련검 제일식이 시작되었다.

'후우, 목검이라.'

정 학사는 내심 어이가 없었다. 하긴 황궁에서 어찌 함부로 진검을 들 수 있으랴? 그러나 날이 시퍼런 진검도 아닌 뭉툭한 목검을 학사가 들고 있는 것은 그다지 좋은 그림은 아니다. 좋지 않은 의미로 인상적이라 할 수는 있겠지만 말이다.

목검을 들고 수련을 시작하는 운 학사를 바라보는 정 학사의 마음은 착잡했다. 그러나 정 학사의 그런 생각은 오래가지 않았다. 눈앞에서 펼쳐지는 운현의 검술에 어느새 자신도 모르게 빠져들고 있었기 때문이다.

파악.

기세를 더한 운현의 목검 끝에서 바람을 가르는 소리가 인다. 정 학사는 자신도 모르게 뒤로 한 발자국 물러섰다. 그러나 위험할지도 모른다는 생각 이전에, 그 검세가 뿜어내는 박력이 정 학사의 시선을 놓아주지 않았다.

후우웅—

운현의 목검 끝에서 이는 바람은 점점 더 그 기세를 더해간다. 때로는 비단결을 따라 흐르는 여인의 손길인 양 부드럽게 흐르고, 때로는 천지를 가르는 섬전인 양 강하게 내리꽂히는 운현의 검술은 여태껏 본 적도, 들은 적도 없는 그런 것이었다. 그 모습에 정 학사는 눈을 뗄 수가 없었다. 아니, 마치 검술 그 자체가 정 학사를 빨아들이는 것만 같았다.

"하아."

정 학사는 자신도 모르게 감탄 서린 한숨을 내쉬었다. 분명 검을 휘두르는 것에 불과하련만, 그 모습에 가슴속 깊이 아련히 번져오는 이것은 무엇이란 말인가?

그는 지금 운현이 창룡전의 학사라는 것도, 그리고 그가 들고 있는 것이 볼품없는 목검에 불과하다는 것도 잊었다. 아니, 자신이 어디에 있는지조차 잊었다. 정 학사는 마치 환상처럼 펼쳐지는 운현의 검술에 완전히 빠져들었다. 운현의 검과 함께 그는 마치 바람처럼, 꿈결처럼 허공을 내달렸다.

그리고 다음 순간 그것은, 무엇이라 표현할 수 없는 그것은 정 학사의 눈앞에 자신을 드러내었다. 마치 도도한 미녀처럼 그렇게.

화악.

"아아!"

탄성이 자신의 입에서 새어 나왔다는 것을, 정 학사는 알지 못했다. 그리고 자신의 두 뺨에 흘러내리고 있는 눈물도, 그는 알지 못했다.

"후우."

백호 수련검의 수련을 마친 운현은 숨을 고르며 목검을 갈무리했다. 언제나처럼 수련 후의 충만감을 만끽하던 그는 어느 정도 시간이 흐르고 나서야 자신이 혼자가 아니라는 사실을 퍼뜩 떠올렸다.

'아차!'

한 번만 보여주려는 생각이었다. 그런데 백호 수련검을 시작하자 그런 생각은 그야말로 까맣게 잊어버렸다.

일단 한번 수련을 시작하면 눈앞에 펼쳐지는 검 외에는 아무것도 보이지 않으니 어쩌면 당연한 일이다. 문제는 그 잊고 있던 상대가 한림원 학사라는 사실이다. 운현은 슬며시 고개를 돌려 정 학사가 있는 쪽을 바라보았다.

'응?'

정 학사를 발견하는 순간 운현이 본 것은 전혀 의외의 광경이었다. 화를 내거나 지겨워하고 있을 거라는 짐작과는 달리, 정 학사는 처음 그 자리에 못 박힌 듯 서 있었다. 그리고 그의 표정은, 마치 웃는 것도 같고 어찌 보면 우는 것도 같은 복잡한 모습을 하고 있었다.

운현은 정 학사가 서 있는 곳으로 걸어갔다. 그리고 조심스럽게 말을 걸었다.

"저……."

"후우우."

말을 꺼내자마자 돌아온 것은 긴 한숨이었다. 수련을 한 사람은 운현인데, 정작 정 학사가 마치 긴장을 풀어 버리려는 듯 길게 숨을 내쉰다.

"이건……."

정 학사는 작게 고개를 젓더니 운현을 보며 묻는다.

"운 학사님. 이건 대체 무엇입니까? 이건 마치, 마치……. 후우."

정 학사는 말을 잇지 못했다. 방금 본 것을 무엇이라 표현해야 할지 감조차 오지 않았다. 그러나 그의 말뜻을 오해한 운현은 어색한 웃음을 지으며 대답한다.

"아, 이건 백호 수련검식(白虎 修練劍式)이라고 합니다. 사실이 이름도 제가 그냥 붙인 것이고 본래는……."

운현의 대답은 정 학사가 고개를 젓는 바람에 중단되었다.

"그것이 아니라, 제 말은 지금 그……. 아니, 아닙니다."

정 학사는 말하기를 포기했다. 그리고 잠시 침묵했다. 방금 자신이 본 것은 대체 무엇이었을까? 다시 떠올리기만 해도 마치 온몸에 전율이 이는 것만 같다.

"그것은, 검무(劍舞)입니까?"

잠시 침묵하던 정 학사가 고개를 들고 운현을 바라보며 묻는다.

"검무요?"

정 학사는 고개를 끄덕였다.

"검무라……."

운현은 자신도 모르게 쓴웃음을 흘렸다. 학사가 검을 들고 춤을 춘다는 말이 불현듯 스치고 지나갔기 때문이다.

그러나 정 학사의 말은 그런 조롱의 뜻이 아닐 것이다. 무엇보다 진지한 그의 음성과 눈동자가 그것을 말해주고 있었기 때문이다.

'응?'

문득 운현은 이상한 것을 발견했다. 정 학사의 눈시울이 붉게 충혈되어 있는 것을 발견한 것이다.

'울었나?'

그러나 운현은 곧 고개를 저었다. 그럴 리가 없다. 눈물도 보이지 않을뿐더러 무엇보다 울 이유가 하나도 없지 않은가?

"검무라고 해도 굳이 틀린 것은 아니겠지요."

어차피 무엇이라 부른들 어떠하랴. 운현은 정 학사의 말에 순순히 수긍했다. 그리고 잠시 동안 두 사람 사이에 침묵이 흘렀다.

운현은 대화의 흐름을 잡지 못해 딱히 할 말을 찾지 못한 것이었고, 정 학사는 자신이 보았던 그것이 주는 충격의 여운을 음미하고 있었기 때문이다. 그리고 다시 입을 연 것은 정 학사였다.

"알 것 같습니다."

운현은 정 학사를 쳐다보았다. 정 학사는 미소를 머금은 얼굴로 운현을 바라보며 말했다.

"운 학사께서 어떻게 그렇게 열심히 하실 수 있는지 말입니다."

정 학사의 시선에 운현은 쑥스러운 표정을 숨기지 못했다.

"많이 아는 자도 좋아하는 자를 이길 수는 없고, 좋아하는 자도 그것을 즐기는 자는 넘어설 수 없다고 하더니……."

정 학사는 탄식처럼 말했다. 그의 목소리에는 분명한 부러움의 감정과 함께 스스로에 대한 회한마저 담겨 있었다. 그리고 운현은 그의 말에 몸 둘 바를 몰랐다. 그의 칭찬이 도를 넘는 것 같다고 생각되어 얼굴까지 붉어질 정도다.

사락.

정 학사는 운현을 향해 두 손을 모으며 공손히 예를 올렸다. 갑작스런 그의 행동에 운현도 급히 손을 올려 답례한다.

"귀한 것을 보여주셔서 감사드립니다."

정 학사는 말했다.

"당신을 아끼는 사람들의 마음을 조금은 알 것 같군요."

'나를 아끼는 사람들?'

운현은 고개를 갸웃했다. 정 학사의 말이 무슨 의미인지 전혀 짐작이 가지 않았다. 그러나 정 학사는 그런 운현의 반응에 개의치 않았다.

"하지만 이곳은 한 치 앞을 알 수 없는 곳입니다. 부디, 보중하시기를 바랍니다."

여전히 운현은 그의 말을 이해할 수 없었다. 하지만 지금 그가 작별의 말을 하고 있다는 것은 분명히 알 수 있었다. 그리고 그 말을 끝으로 정 학사는 돌아섰다. 운현이 미처 무엇을 말하기도 전이었다.

저벅 저벅.

마치 아무 일도 없었던 것처럼, 그냥 이곳을 스쳐 지나가는 사람인 양 정 학사는 그렇게 그곳을 떠났다. 그리고 운현은 영문 모를 정 학사의 말에 대한 궁금증보다도, 이렇게 갑작스럽게 그와 헤어진다는 것이 서운하여 한참을 그렇게 서 있었다. 떠나는 정 학사의 뒷모습에서 시선을 떼지 못한 채로.

　　　　　*　　　　*　　　　*

　서탁에 놓인 촛불이 은은하게 사방을 비추는 방에서 정 학
사는 홀로 앉아 있었다. 문인(文人)의 방이라면 의례히 있는
몇 가지 장식을 제외하고는 아무것도 없는 그 방은, 깔끔하고
단정한 주인의 성격을 그대로 전해주고 있었다.

　정 학사의 손은 붓을 들고 있었지만 무엇을 쓰고 있는 것은
아니었다. 그는 들고 있던 붓을 내려놓았다가 다시 들기를 몇
번이나 반복했다. 한참을 그렇게 앉아 있던 정 학사는 결국 한
숨을 내쉬었다.

　“후우.”

　본래 정 학사가 맡은 일은 간단했다. 공식적으로는 협조 요
청 공문에 적힌 대로였지만, 비공식적인 임무가 하나 있었다.

　그것은 자신이 속한 당파의 잠재적인 적대 세력으로 판단되
는 자들, 예컨대 금군교두 일충현이나 창룡전 학사 운현과 같
은 사람에 대한 근접 관찰 및 평가였다.

　그리고 자신에게 주어진 대상이 바로 창룡전의 학사 운현이
었다. 자신 같은 한림원 하급 학사에게 주어질 만한, 별로 중
요하지 않은 인물에 대한 평가 말이다. 처음 운현을 만났을 때
만 해도 정 학사는 그렇게 생각했다.

　분위기가 바뀐 것은 오늘 아침부터였다. 상관이 난데없이
그에게 조사의 종료를 통보했을 때, 그는 운현에게 무언가 있

다는 것을 확신했다. 천하의 한림원이 하는 일에 제동을 걸 수 있을 정도로 강한 누군가가, 운현에게 다가가는 것을 원치 않는다는 뜻이라고 말이다.

그 압력이 그에게 오히려 투지를 불러일으켰다. 그래서 이야기꾼에게 필요 이상의 긴장을 조성해 가면서까지 운현에 관한 무언가를 캐내려 했다.

하지만 아무것도 없었다. 운현에게 그렇게 모든 것을 토해내듯 말할 수 있었던 것도 어쩌면 그런 허탈한 심정 때문이었는지도 모른다. 그리고 그 결과는 자신의 짐작과는 너무도 달랐다.

"그것은……."

정 학사는 아까 보았던 운현의 검무를 떠올렸다. 그저 생각만으로도 온몸에 전율이 내달리는 듯하다. 자신도 모르게 눈물을 흘릴 정도였으니 오죽하랴.

급히 훔쳐내지 않았다면 우스운 꼴을 면치 못했을 것이다. 하지만 그 광경은 눈물을 흘리는 것이 부끄럽지 않을 정도였다. 지금도 무어라 표현해야 할지는 모르겠지만 한 가지는 분명히 말할 수 있었다.

'그것은 참으로 아름다웠다.'

지금껏 한 번도 상상조차 해보지 못한, 무척이나 아름답고, 그리고 거대하게 느껴지면서도 한없이 따뜻했던 그것. 가슴 벅찰 정도로 감격스러웠던 그것.

정 학사는 고개를 저었다. 도저히 자신으로서는 다가서는 것조차도 불가능한 세계다. 그리고 동시에 참담한 자괴감이 밀려온다.

자신과 그리 크게 나이 차이도 안 나는 것 같은데, 그는 자신의 세계를 개척하고 그런 경지까지 이루어내었다. 게다가 그가 보여준 품성과 마음 씀은, 자신을 진심으로 대했다는 것을 뜻하지 않는가?

"허어."

정 학사는 허허로운 웃음을 흘렸다. 이제야 알 수 있을 것 같았다. 운현에 대한 조사를 시작한 지 이틀 만에 한림원에 압력이 들어온 까닭도, 그리고 금군교두가 그런 노골적인 경계의 시선을 자신에게 보내가며 운현과 가깝게 지내는 이유도 말이다.

'그런 사람이 황궁에 숨어 있었다니.'

아무리 글밖에 모르던 자신이라도 그가 고수라는 것은, 그것도 대단한 고수라는 것은 알 수 있었다.

무슨 피치 못할 사정이 있는지, 혹은 황실의 누군가와 은밀한 약조라도 되어 있는지는 알 수 없지만 적어도 공개적으로 밝혀져서는 안 되는 것은 분명하다. 하긴 복마전 같은 황실에 그런 일이 어디 하나둘이랴.

문제는 바로 거기에 있었다. 자신이 이 내용을 보고하여 밝히게 된다면, 그를 숨기기 바라는 누군가의 심기를 거스를 것이 분명하다는 것이다. 천하의 한림원에 압력을 행사할 수 있을 정도의 누군가를 말이다.

그렇다고 모른 척하자니 또 걸리는 것이 있다. 혹여 나중에라도 이 일이 문제가 되어, 자신이 사실을 은폐하거나 혹은 내통한 것이라고 오해를 산다면 또 어찌할 것인가?

"아버님이 계시니 큰일은 없겠지만……."

그의 부친이 가진 영향력이라면 웬만한 일 정도는 문제가 되지 않을 것이다. 허나 황실의 일이 어디 함부로 속단할 수 있는 것이던가? 잘못하면 가문에 큰 해가 올지도 모르는 일이다.

그러니 정 학사로서는 이번 보고서가 유난히 신경이 쓰일 수밖에 없다. 게다가 오늘 일을 계기로 정 학사는 자신의 진로에 대한 결심을 굳혔다. 적어도 나중에 다시 문제가 될 만한 일은 만들고 싶지 않았다.

이런저런 생각에 붓을 든 채로 한참을 고민하던 정 학사는, 드디어 마음을 정하고 붓을 놀렸다.

가장 좋은 것은 가능한 한 이 일에 관여되지 않는 것이다. 그의 붓이 지나가며 하얀 백지 위에 유려한 필체의 짧은 문장 하나가 남았다.

특이 사항 없음.

더할 것도 뺄 것도 없는 딱 한 줄을 적고 나서, 그는 운현과 관계된 인물로 금군교두 일충현에 대해 몇 줄을 더 적었다. 운현과 가깝게 지내는 것으로 보이지만 그다지 특별한 관계는 아닌 것으로 보인다는 언급이었다. 그렇게 그는 조사에 대한 보고서를 끝냈다.

"후우."

막상 끝내고 보니 허탈할 정도로 간단하다. 이런 것을 가지고 그렇게 고민했나 하는 생각이 들 정도다.

'뭐, 지켜보는 눈이 나 하나만은 아닐 테니.'

이 정도면 족하다. 설령 후에 누군가 운현의 정체를 알아차린다 해도 자신의 역량이 이 정도였다고 말하면 그만이다. 무엇보다 자신에게 진심으로 대해 준 사람에게 해를 끼칠 만한 일은 하고 싶지 않았다.

정 학사는 완성된 보고서를 잘 마무리하고 서탁 한편에 밀어놓았다. 그리고 그 동안 자신이 매일 조금씩 적어두었던 운현에 대한 보고서를 꺼냈다. 꽤 여러 장의 종이에 빽빽하게 적어둔 운현에 대한 상세한 보고서.

"훗."

한 장을 들어올려 그 내용을 슬쩍 훑어보고 정 학사는 실소를 지었다. 그리고 미련 없이 그 종이를 촛불에 가까이 가져다 대었다.

화라락.

질 좋은 종이는 연기도 내지 않고 가볍게 타올랐다. 불이 붙은 종이를 잠시 쥐고 있던 그는 마지막 불꽃이 자신의 손에 닿을 즈음에 종이를 가볍게 위로 던져 올렸다.

불꽃은 마지막 남은 종이를 삼키고 공중에서 산화했다. 재도 별로 떨어지지 않았다. 다만 종이 타는 냄새가 방 안을 가득 메웠을 뿐이다.

화라락.

정 학사는 또 한 장을 들어 불꽃에 태웠다. 그렇게 한 장, 한 장 정 학사는 기존의 모든 보고서를 태웠다. 한 장씩 종이가 공중에서 산화할 때마다 아까 보았던 그 꿈결 같은 검무가 불꽃 속에서 어른거리는 듯했다.

덜컥.

정 학사는 자리에서 일어났다. 그리고 두 손으로 창을 밀었다. 종이 탄 내음이 가득했던 방 안의 따뜻한 공기가 일시에 요동치고, 차가운 바깥의 밤공기가 창문으로 가득 밀려 들어왔다. 정 학사는 깊이 숨을 들이쉬었다.

"후우우."

가슴 깊은 곳까지 가득 찬 차가운 기운은 머리마저 가볍게 하는 듯했다. 그렇게 한동안 바깥 공기를 만끽하던 정 학사는 창문을 닫고 자리로 돌아왔다. 자신의 선택에 만족하니 마음마저 가볍다.

서탁에 돌아와 앉던 정 학사의 시야에 문득 한켠에 놓여 있는 사서삼경이 들어왔다. 보기만 해도 진절머리가 나던 그 책들이다. 서생 시절에는 책을 보다가 진짜로 토하기도 했었다. 코피를 흘린 적은 물론 셀 수도 없다. 그래서였는지 전시가 끝난 후에는 들춰 본 적조차 없다.

"뜻을 글로 다 말하지 못하여 노래(歌)로 부르고, 노래로 다 하지 못하여 춤(舞)으로 한다⋯⋯."

정 학사는 고개를 저었다. 어디까지는 그것은 경지에 다다른 사람들의 이야기일 것이다. 오늘 자신이 본 운현의 그 검무(劍舞)처럼.

"춤까지는 안 되더라도⋯⋯."

정 학사는 책을 향해 손을 뻗었다.

"글 정도는 해야 되겠지."

가장 위에 놓여 있던 책은 우연히도 '시경(詩經)'이었다. 정 학사는 그 제목을 보는 순간 자신도 모르게 웃음을 흘렸다.

"노래까지는 해야 한다는 뜻인가?"

운현이 보여준 것은 가슴 벅찰 정도로 아름다운 검무만은 아니었다. 그것은 하나의 경지를 이룬다는 것이 얼마나 가슴 뛰는 일인가 하는 것이었다.

검무를 하건, 글을 읽건 상관없이 마침내 자신의 길을 이루어낸다는 것이 얼마나 멋진 일인가 하는 것을 그가 보여준 것이었다.

바스락.

오랫동안 손때가 묻었던, 그리고 한동안 펼쳐지지 않았던 책장이 조용히 넘어갔다.

'이렇게 책을 읽는 것이 대체 얼마 만인지…….'

처음 자신이 책을 대하던 때가 생각났다. 그때는 그도 순수하게 책 읽기를 즐거워하는 소년이었다.

마치 그때로 돌아간 것 같은 생각에 정 학사의 입가에 저절로 미소가 지어졌다. 그리고 그날 밤, 정 학사의 서재 불빛은 늦게까지 꺼지지 않았다.

다음날 아침, 정 학사는 부친께 아침 문안을 드리며 한림원 학사를 그만두겠다는 뜻을 분명히 했다. 부친은 눈살을 찌푸렸지만 더 이상 무어라 하지는 않았다.

'사오 년 정도 지방 관리로 지내보는 것도 훗날을 위해서는 좋을 것이다' 라며, 부친은 순순히 한림원 학사를 그만두는 것을 허락했다. 물론 정 학사의 뜻은 그것이 아니었지만 상관은 없었다.

그리고 그날, 한림원에 출근한 정 학사는 보고서와 함께 사직의 뜻을 밝혔다. 몇몇 선배 학사들이 눈살을 찌푸렸지만 대부분의 학사들은 관심조차 보이지 않았다.

다들 자신의 일만으로도 벅찼으니 다른 사람의 일까지 신경 쓸 겨를이 없는 것이다. 정식으로 사직이 허락되기까지는 시간과 절차가 필요했지만 정 학사는 신경 쓰지 않았다.

이미 부친에게 허락을 받았으니 부친이 모든 것을 알아서

할 것이다. 그렇게 정 학사는 삼 년간의 한림원 학사 생활을 접었다.

문연각을 나서다 그는 입구에서 잠시 머뭇거렸다. 혹시 운현을 만날까 해서 조금 기다려 보았지만 이런 이른 아침부터 그의 모습이 보일 리 없다는 것은 스스로도 잘 알고 있었다. 잠시 후, 미련을 접은 그는 문연각을 나섰다. 그리고 몇 걸음을 걸어 나간 뒤 마치 누군가 부르는 소리를 들은 것처럼 마지막으로 뒤를 돌아보았다.

날아갈 듯 미려한 검은 지붕의 문연각. 그 모습에 겹쳐 몇 개의 단어가 흐르듯 지나간다.

문연각, 한림원, 그리고 황궁. 모두 꿈만 같은 단어들이었지만 지금은 분명히 알 수 있었다. 자신이 좋아하는 것은 적어도 이 이름들은 아니라는 것을.

문연각을 바라보던 그의 얼굴에 문득 미소가 걸렸다. 그래도 덕분에 운현의 검무(劍舞)를 볼 수 있었다. 그 아름다운 검무를. 정 학사는 몸을 돌려 경쾌한 발걸음을 내딛기 시작했다. 언젠가 다시 한 번 운현의 그 검무를 보고 싶다는 미련을 남긴 채, 그는 그렇게 황궁을 떠났다.

＊　　　＊　　　＊

"안녕하십니까?"

문연각에 들어서자마자 운현은 언제나처럼 정중하게 고개를 숙여 인사를 했다. 그리고 역시 언제나처럼, 돌아오는 답례 같은 것은 없었다.

문연각 출입을 책임지는 관리는 운현을 돌아보지도 않고 붓을 놀려 방문 기록을 작성하고, 운현 역시 그의 무례함은 신경 쓰지 않는다. 다만 언제나처럼 서가를 향해 발걸음을 옮기는 대신, 오늘 운현은 잠시 입구에서 머뭇거렸다.

"뭔가?"

이례적인 운현의 행동에 관리가 물었다. 무언가 다른 볼일이 있나 싶어서다.

"아, 아닙니다. 혹시 정 학사가 내려왔나 싶어……."

관리는 자신이 관계된 일이 아니라는 것을 알게 되자 곧 흥미를 잃은 듯 고개를 돌려 하던 일을 계속했다. 운현은 위층으로 향하는 계단을 살펴보았지만 누군가 내려오는 기척 같은 것은 없었다.

"이젠 안 오려나……."

운현은 중얼거렸다. 그때 정 학사의 태도에서 이제 일이 끝났다는 것은 알아차릴 수 있었다. 정 학사의 말은 누가 들어도 작별인사를 하는 것 같았으니까.

하지만 일말의 기대를 가졌던 것도 사실이었다. 황궁에서 처음으로 사귄 동년배 학사이고, 게다가 그렇게 개인적인 일들을 나누기도 했으니 혹 가끔씩 이야기라도 나눌 수 있지 않

을까 하는 그런 막연한 기대 말이다. 그러나 곧 운현은 고개를
저었다.

　며칠 같이 다녔다고 친분을 운운하다니, 스스로 생각해도
너무 뻔뻔하다는 생각이 들었기 때문이다.

　운현은 잡서 구역 서가로 발길을 옮겼다. 그리고 서탁 한구
석에 앉았다. 언제나와 같은 자리이지만 유난히 허전한 것이
쓸쓸한 느낌마저 든다.

　"후우."

　심란한 마음에 저절로 한숨이 튀어나온다. 운현은 고개를
들어 창밖을 바라보았다. 오늘따라 바람이 많이 부는지, 어디
선가 달각거리는 소리가 계속 들려왔다.

제3장
무림맹 가는 길

따각, 따각.

귓가에 들려오는 말발굽 소리와 함께 운현은 눈을 떴다. 규칙적으로 흔들리는 마차의 움직임이 부드럽게 운현을 깨운다. 운현은 고개를 돌려 밖을 내다보았다.

보이는 것이라고는 한적한 노변(路邊)의 일상적인 풍경들뿐, 황금색 지붕과 붉은 기둥의 전각들은 온데간데없다.

"항주까지는 아직 한나절 정도 남았습니다."

독고랑의 목소리가 마부석에서 들려왔다. 운현이 움직이는 기척을 알아챈 모양이다.

"아, 네……."

반사적으로 독고랑에게 대답하고 나서, 운현은 머쓱한 목소리로 말했다.

"그보다, 피곤하지는 않습니까? 계속 혼자만 마차를 몰게 해서……."

독고랑에게 말하는 운현의 목소리는 잦아들어갔다. 독고랑은 내내 마차를 몰고 있는데, 자신은 안에서 졸기나 했다는 것이 꽤나 겸연쩍었던 탓이다.

"괜찮습니다. 제가 할 일이니까요."

대답하는 독고랑의 목소리에 미소가 묻어 나오는 듯하다.

"괜히 생각하시는데 방해가 되지는 않았는지 모르겠군요."

"아."

운현은 멋쩍은 미소를 지었다. 따뜻한 햇살에 잠시 졸았다고 말하기도 그래서, 운현은 대답을 얼버무리는 수밖에 없었다.

"잠시 예전 생각을 좀……."

생각해 보면 자금성의 학사로 있었던 때가 그리 오랜 옛일도 아니다. 그러나 그때가 마치 아득한 예전 이야기처럼 느껴지는 것은 그만큼 지금의 상황이 그때와는 너무 다르기 때문이리라.

'정 학사는 어떻게 되었을까?'

그날 이후 정 학사에 대한 소식은 들을 수 없었다. 사실 딱히 알아보려고도 하지 않았으니까.

‘그리고 보니, 다들 어떻게 지내는지.’

문득 그리움이 고개를 든다. 갑작스레 밀려드는 감정에 그만 마음이 아련해진다.

‘나중에라도 한 번 찾아가 봐야 할 텐데.’

생각은 그렇게 하지만 쉽지 않은 일이다. 먼 길인데다가, 간다고 쉽게 만날 수도 없는 사람들이다. 게다가 이제는 보고 싶어도 볼 수 없는 사람도 있으니.

상념을 털어내듯 운현은 고개를 저었다. 그리고 독고랑을 향해 말했다.

“조금 쉬었다 갈까요? 가다가 혹시 적당한 그늘이라도 있으면…….”

독고랑의 대답은 금방 들려왔다.

“그렇지 않아도 잠시 멈춰야 할 것 같습니다.”

운현은 독고랑의 대답이 조금 이상하다는 것을 눈치채고는 고개를 내밀었다. 하지만 주변은 그저 평범한 관도(官道)일 뿐, 특이할 만한 것은 보이지 않았다.

“무슨…….”

“몸을 숨기고 있는 자들이 있습니다.”

독고랑의 목소리에 운현이 고개를 갸웃했다.

“특별한 기척이 느껴지는 것 같지는 않습니다만…….”

운현의 말에 독고랑이 미소를 짓는다. 물론 운현에게 보이지는 않겠지만.

"아직 거리가 있습니다. 허나, 조금 전에 수상한 움직임이
보였습니다."

운현은 길 앞쪽을 뚫어져라 쳐다보았다. 그러나 보이는 것
은 길게 뻗은 관도뿐이다.

"이런 곳에 수상한 사람들이라……."

무언가 생각하듯, 운현은 혼잣말처럼 중얼거렸다. 그러나
결론은 분명했다.

"확인해 봐야겠군요."

"알겠습니다."

따각 따각.

독고랑의 대답과 함께, 마차는 여전히 단조로운 말발굽 소
리를 내며 관도를 따라 움직여 갔다.

"조장님."

"뭐냐?"

부하의 목소리에 조장이라 불린 사내는 권태가 섞인 목소리
로 대답했다. 아마 다른 사람이라도 텅 빈 관도를 며칠째 바라
보고 있노라면 반응이 그와 별반 다르지 않을 것이다.

"마차가 나타났습니다."

"뭐?"

사내는 풀숲에 반쯤 기대 누워 있던 몸을 똑바로 일으켜 세
웠다. 그리고 몸을 낮춘 채로 부하가 손짓하는 방향을 유심히

살펴보았다.

"쯧."

그는 자신도 모르게 혀를 찼다. 과연 부하의 말대로 작은 마차 한 대가 이쪽을 향해 오고 있었다.

"위치로!"

짜증이 섞인 말투로 그는 짧게 말했다. 그와 함께 주변에 이리저리 흩어져 있던 서너 명의 부하들이 길 좌우편으로 자리를 잡는다. 물론 풀숲에 몸을 숨긴 채로.

"어때 보이냐?"

그는 마차를 향해 시선을 고정시킨 채로 가장 눈이 밝은 부조장에게 물었다.

"마차에는 특별한 표식이 없는 것 같습니다."

"그래?"

일반인이라면 그들이 손댈 필요가 없다. 그저 모습을 들키지 않은 채 그대로 지나가게 하면 그만이다.

"하지만……."

"하지만, 뭐?"

"마차를 모는 사람의 복장이, 마부라기보다는 무림인 같아 보입니다."

조장은 눈살을 찌푸렸다.

"무림인?"

"네. 아마 마차에 탄 사람의 호위인지도 모르겠습니다."

부조장의 말이 아니더라도 그 정도는 짐작이 간다. 게다가 마차의 크기를 보자면 탑승자는 두 명, 많아도 네 명 정도를 넘지 않으리라.

"어떻게 할까요?"

저 정도 규모의 이동이라면 특별히 긴장할 것은 없다. 지금의 자신들이라면 어지간한 무인 정도는 단번에 제압할 수 있으니까. 문제는 저 마차를 그냥 통과시킬 것인가, 아니면 저지할 것인가 하는 것이다.

"무림맹에 속한 사람들일까요?"

"으음……."

조장은 잠시 고민했다.

"조금 더 두고 본다."

"네?"

부조장의 반문에 조장은 눈살을 찌푸리며 퉁명스럽게 말했다.

"그대로 대기!"

몸을 잔뜩 낮춘 채로 그들은 마차가 가까이 다가오기를 기다렸다. 그리고 점점 마차가 가까이 올수록, 조장은 자신의 판단이 현명했다는 것을 확신했다. 그러나 그보다 더 강하게 드는 생각은 이 일이 쉽게 끝날 것 같지 않다는 예감이었다.

'젠장.'

조장의 낭패감은 마부, 아니 그 무림인의 모습에서 시작되었다. 멀리서 볼 때는 몰랐는데 가까이 올수록 보통 상대가 아니라는 것이 확연히 느껴지는 것이다. 처음엔 자신들만으로도 충분히 제압할 수 있을 것이라고 여겼지만 이제는 그것이 오산이었다는 것을 인정할 수밖에 없었다. 기습으로 인한 형세의 유리함을 감안하더라도 백중지세. 정면으로 맞붙어서는 절대 자신들이 당해낼 상대가 아니었다.

조심스러운 손짓으로 조장은 다른 부하들에게 최대한 기척을 죽이고 꼼짝 말고 있을 것을 지시했다. 이제 마차를 통과시키는가의 여부는 자신이 정할 수 있는 사항이 아니게 되었다.

'더 이상은 위험하다.'

조장은 시선을 거두고 몸을 숨겼다. 그리고 그는 자신의 오산이 어디에서부터 비롯되었는지 깨닫게 되었다.

'쳇. 이런 사지(死地)에 태연히 들어오는 자들이 평범할 것이라고 생각하다니. 그보다…… 정체가 뭐지?'

저 정도의 무인이라면 반드시 상부에 보고해야 한다. 그러자면 그의 정체를 파악해야 하는데, 도무지 감이 잡히지 않는다. 조장은 몸을 숨긴 채로 고민하기 시작했다.

따각 따각.

단조롭게 울리는 말발굽 소리가 점점 크게 들려왔다. 그리고 그 말발굽 소리가 정확히 자신이 숨어 있는 곳 앞에서 멈추었을 때, 그는 일이 틀어지고 있다는 것을 직감했다.

"나와라."

그자의 목소리가 마치 사형선고처럼 음산하게 들려온다.

'칫.'

버텨 봐야 상황만 더욱 악화시킬 뿐이라는 것을 직감한 조장은 천천히 몸을 일으켰다.

부스럭.

그와 눈이 마주친 순간, 조장의 등을 타고 섬뜩한 느낌이 흐른다. 이건 보통 상대가 아니다. 게다가 자신들을 향한 분명한 적의를 숨기지 않고 있다.

"신경을 거스르게 했다면 죄송하오. 대협."

조장은 속으로 의문을 품으면서도 겉으로는 공손하게 예를 표하며 그에게 인사했다.

"허나 우리는 대협에게 위해를 가할 의사가 없소이다."

공손한 인사에도 불구하고 상대는 아무런 대꾸가 없다.

'아무래도 일이 틀어질 것 같군.'

상대가 무림맹의 인물이라면 정체불명의 자신들을 그냥 놓아둘 리가 없다. 언제든지 손을 쓸 수 있도록 긴장을 늦추지 않은 채로 조장은 상대의 반응을 예의 주시했다. 마차 문이 열린 것은 바로 그때였다.

달칵.

마차의 문을 열고 나타난 사람은 문사 차림의 젊은이였다. 한눈에 보기에도 그리 건장하다고는 할 수 없는, 오히려 호리호리한 몸매를 지닌 전형적인 서생처럼 보이는 사람어 마차에서 내린 것이다.

"실례합니다."

그는 조장을 향해 정중하게 예를 표했다.

"저는 운현이라 합니다. 그리고 이쪽에 계신 분은 독고랑이라 하지요."

조장은 얼떨결에 그의 인사를 받았다.

"아, 네……."

"녹림의 분들 같아 보이시는데, 문왕(文王)의 수하에 있는 분들입니까?"

그는 주위를 두리번거리며 아무렇지도 않은 듯 말했지만 조장의 얼굴에는 경악이 그대로 떠올라 있었다.

문왕(文王)이라는 이름은 수로채와 녹림에서 극히 소수의 사람들에게만 알려진, 그의 존재만큼이나 철저히 숨겨져 있는 이름이다.

자신 역시 얼마 전 문왕의 수하에 들기 전까지는 그 이름을 들어본 적조차 없었다. 그런데 이 평범한 문사 차림의 사내가 서슴없이 그 이름을 입에 올린 것이다. 마치 옆집 누구의 이름이라도 되는 양 말이다.

"당신은……."

조장은 굳은 표정으로 말했다.

"누구시오?"

그의 음성은 어느새 착 가라앉아 있었다. 문왕이라는 이름을 꺼낸 이상, 결코 보통 상대는 아니다. 경우에 따라서는 목숨을 걸어야 할지도 모르는 상황.

"이름은 방금 밝혔습니다만……. 아, 일단은 무림맹 서기라고 해야 하겠지요."

'무림맹 서기?'

그의 대답은 조장의 머릿속을 더욱 혼란스럽게 했다. 그가 정말 무림맹의 사람일까? 아니면 만의 하나 문왕의 지인(知人)은 아닐까? 그러나 그 혼란을 정리할 만한 시간은 주어지지 않았다.

"그보다, 제 질문에 아직 답을 안 하셨습니다."

자신을 향해 날아드는 독고랑이라는 무인의 날카로운 눈빛을 의식하며, 조장은 최대한 정중하게 운현에게 답했다.

"우리는 신녹림(新綠林)에 속한 사람들이오."

"새로운 녹림이라……. 그러면 왜 이곳에서 모습을 감추고 있었지요?"

조장은 입술을 깨물었다.

"그것은…… 말할 수 없소."

자신을 무림맹의 서기라고 밝힌 문사 차림의 사내는 조장의 눈을 한동안 물끄러미 쳐다보았다. 그리고 무엇인가 생각하는 듯, 잠시 관도 저편을 향해 고개를 돌린다.

조장은 혹시나 하고 흘끔 독고랑 쪽을 쳐다보았지만, 그가 확인한 것은 언제라도 검을 뽑을 수 있도록 검 손잡이 위에 손을 얹은 빈틈없는 모습이었다.

'역시.'

경계하고 있으리라고 예상은 했지만 이건 지금 당장이라도 손만 까딱하면 베어 버릴 기세다. 마치 칼 위에 놓인 듯 팽팽한 긴장감이 감도는 순간. 가만히 있어도 땀이 등줄기를 타고 흐르고, 입안이 바싹 바싹 말라오는 것이 느껴진다.

"그렇군요."

운현이라고 밝혔던 사내의 목소리가 다시 이어졌다.

"어쨌거나, 우리에게는 별다른 용무가 없다는 뜻이지요?"

"그, 그렇소이다."

조장의 대답은 반사적으로 튀어나왔다. 상대의 말 속에서 보이는 한 자락의 희망 때문이다.

"알겠습니다."

그 말을 끝으로 운현은 몸을 돌렸다.

"자, 잠깐. 당신은 대체 누구요?"

마차에 오르는 운현을 향해 조장은 마지막 용기를 짜내 물었다. 보고를 하려면 어떻게 하든 그의 정체를 알아내야 했다.

"그거야, 이미 말씀드렸지 않습니까?"

운현은 실소를 머금으며 대답했다. 그리고 독고랑의 섬뜩한 시선이 다시 한 번 조장의 눈과 마주친 후, 마차는 아무 일도 없었다는 듯 움직이기 시작했다.

따각 따각.

마차가 완전히 자신을 지나쳐 가는 것을 확인할 때까지 조장은 한 발자국도 꼼짝하지 않았다.

아니, 꼼짝할 수 없었다는 말이 옳으리라. 지금은 그저 최악의 상황을 모면했다는 것만으로도 충분히 행운이라고 생각하는 중이니까.

"후."

어느 정도 거리가 멀어진 것을 확인하고, 조장은 안도의 한숨을 내쉬었다.

스륵.

"조장님, 이게 대체……."

마차가 떠나자 모습을 드러낸 부조장이 옆에 와서 묻는다. 그러나 조장은 머릿속에서 가물가물하는 이름 하나를 생각해 내느라 여념이 없었다.

"분명히 들어본 이름인데……. 그게……."

"네?"

"아!"

조장은 갑자기 고개를 돌려 부조장을 바라보며 말했다.

"삼전무적 독고랑!"

부조장의 얼굴색이 변하며 그도 놀란 목소리로 내뱉었다.

"삼전무적검객!"

삼전무적이라는 이름은 꽤나 유명했다. 무엇보다 낭인과 다름없는 신분으로 그 이름난 공손세가의 난다 긴다 하는 대제자를 보기 좋게 꺾어 버렸다지 않는가? 그것도 무림맹 한복판에서 말이다. 이것은 마치 영웅담에나 나올 법한 이야기였다.

덕분에 삼전무적검객이라는 이름은 낭인들이나 삼류 무인들, 특히 무림맹의 위세에 은근히 반감을 가지고 있던 사람들에게는 마치 전설처럼 회자되고 있었다. 아마도 본인은 잘 모르고 있겠지만 말이다.

"역시 대단하군요. 바로 그 삼전무적검객이라니……."

"그래. 소문이 결코 과장된 것이 아니었어. 그 기세하며……."

그의 살벌한 눈빛을 생각만 해도 몸이 오싹해지는 듯하다. 조장은 다시 한 번 멀어져 가는 마차의 뒷모습을 바라보며 안도의 한숨을 쉬었다. 자신들이 새삼 사지(死地)에서 탈출했다는 것이 실감난 까닭이다.

"그런데, 아까 그 사람은 누구입니까?"

"응?"

부조장은 말을 계속했다.

"마차에서 내린 사람 말입니다.. 그 뭐더라……. 운영?"

"무림맹 서기인 운현이라고 했다."

조장은 낮은 목소리로 씹듯이 말했다. 목소리에 묻어나는 불쾌감이 완연하다.

어쩐지 자신들이 그에게 무시당한 것 같다는 생각이 짙게 들었기 때문이다.

"그게 누구입니까?"

부조장의 질문에 조장은 간단하게 답했다.

"모른다."

잠시의 침묵이 이어지고, 부조장이 다시 물었다.

"그대로 보고해도 될까요?"

조장은 대답이 없었다. 그러나 그의 시선은 이제 멀어져 가물가물한 마차의 뒷모습에서 떠날 줄을 모른다. 그리고 한참 후, 조장은 낮게 내뱉듯이 말했다.

"가자."

휙, 휙.

그의 손짓과 함께, 부하들과 그의 모습은 관도에서 순식간에 사라져 버렸다.

따각 따각.

"떠났습니다."

나지막한 독고랑의 목소리에 운현은 고개를 끄덕였다.

"문왕의 수하들인 것은 확실한 것 같으나, 조금 허술하군요."

"그렇지요?"

독고랑의 말에 운현이 빙긋 웃었다. 독선(毒仙)이 알려준 대로라면 문왕의 세력은 이 정도 수준이 아니었다. 방금 전 그들은, 스스로 말한 대로 딱 녹림의 도적떼 수준이 아닌가?

"저들은 정예가 아니라는 뜻이지요. 자신들이 녹림, 아니 신녹림 소속이라고 스스로 밝힌 점과 규모를 보건대 일종의 탐색조나 정찰조 정도라고 생각됩니다."

"정찰조라……."

독고랑은 잠시 생각하더니 말을 이었다.

"그렇다면 길목을 지키는 것이 이곳만은 아니라는 뜻이겠군요."

항주로 통하는 길은 이곳만이 아니다. 탐색과 정찰을 목적으로 한다면 이곳만 지켜서는 의미가 없다.

"그렇습니다."

운현은 고개를 끄덕였다.

"그리고 무림맹이 아니라 길목을 지키고 있다는 것은, 이미 무림맹에 대한 파악이 끝났다는 뜻이기도 하겠지요."

"문왕은…… 매우 치밀한 성격을 가진 사람이겠군요."

독고랑의 목소리에 운현은 다시 한 번 고개를 끄덕였다. 장강의 통제권은 수로채 연합이 장악했다. 각 문파의 병력이 무림맹으로 오기에는 오랜 시간을 필요로 하게 된 것 또한 문왕이 의도한 바이다.

가장 가까이에 있는 남궁세가와 공손세가 또한 무림맹을 도울 형편이 못 된다. 이 역시 문왕이 계획한 대로이다.

그럼에도 불구하고 문왕은 이렇게 치밀한 탐색조를 광범위하게 운영하는 것이다. 혹시 모를 만약의 경우를 대비해서 말이다.

"또한 매우 영리한 사람이기도 하지요."

독고랑의 말에 운현이 대답한다. 상대가 치밀하고 영리하다는 사실은 아무리 봐도 좋은 소식은 아니다. 운현은 나지막이 한숨을 내쉬고는 말했다.

"무림맹은, 어려운 상대를 만났습니다."

"괜찮으시겠습니까?"

운현은 독고랑이 무엇을 묻고 있는지를 알았다. 이대로 무림맹으로 가도 괜찮겠느냐는 뜻이다. 격전지가 될 것이 분명한, 경우에 따라서는 사지(死地)가 될 수도 있는 그곳으로 가는 것이 말이다.

운현은 조용히 대답했다.

"진정 소중한 것을 위해, 중요하지 않은 것을 포기하는 것은 결코 어리석은 일이 아니다 라는 말이 있지요."

"대인의 목숨이 소중하지 않다는 뜻입니까?"

"그건 아닙니다."

운현의 말에는 웃음이 묻어나왔다.

"그래도 해야 할 일이 있으니까요."

따각 따각.

그 말을 끝으로 마차 안에서는 더 이상 아무 소리도 들리지 않았다. 그리고 독고랑도 말없이 묵묵히 마차를 몰았다. 단조로운 말발굽 소리와 함께, 그렇게 마차는 한 걸음씩 무림맹에 가까워지고 있었다.

*   *   *

"창룡검주로 추정되는 자가 있다고?"

"네. 그렇습니다. 정찰조의 보고에 따르면 무림맹 서기인 운현이라는 자가 항주로 향했다고 합니다."

공손히 엎드린 수하의 대답에 문왕의 눈빛이 반짝였다.

"정찰조의 조장을 데려와라."

공작 깃털로 만든 화사한 부채를 가볍게 흔들며 문왕이 말했다.

"직접 들어야겠다."

문왕이 일개 정찰조의 조장을 직접 만난다는 것은 대단히 이례적인 일이다. 수하는 예기치 않은 문왕의 반응에 잠시 당황했지만 곧 고개를 깊이 숙이며 문왕의 명을 받들었다.

"존명."

수하는 곧 밖으로 사라졌다. 그리고 잠시 후, 잔뜩 움츠러든 정찰조 조장이 그와 함께 안으로 들어왔다. 문왕의 직접 호출이라는 사실만으로도 조장을 긴장하게 하기에는 충분했다.

거기다 화려한 대형 천막, 아니 천막이라고 하기엔 대단히 크고 화려한 문왕의 거처에 발을 들여놓게 되자 당혹스러운 표정을 감추지 못한다.

“짧고 간결하게, 여쭈시는 말에만 대답하도록.”

옆에서 나지막이 속삭이는 목소리에 조장은 정신이 번쩍 들었다.

“데려왔습니다.”

그가 한쪽 무릎을 꿇고 문왕에게 아뢰자, 조장은 지체 없이 오체투지하고 문왕 앞에 고개를 조아렸다.

“네가 직접 그를 보았느냐?”

감히 고개를 들지 못하니 문왕의 표정을 볼 수는 없다. 그러나 조장은 지금 문왕이 자신을 거만하게 내려다보고 있을 것이라고 생각했다. 그의 목소리에서 묻어나는 느낌이 그랬다는 뜻이다.

“네, 네. 그러니까 저희는⋯⋯.”

조장의 말은 끝까지 이어지지 않았다. 옆에서 무릎을 꿇고 있던 그가 날카로운 시선으로 노려본 까닭이다.

‘아차.’

그제서야 조장은 그가 했던 경고를 다시 떠올렸다. 짧고 간결하게, 묻는 말에만 대답할 것.

“네. 그렇습니다.”

“일행은?”

“두, 두 사람뿐이었습니다.”

“그의 차림이 어떠하더냐?”

조장은 침을 꿀꺽 삼키고는 최대한 빠르게 대답했다.

“삼전무적검객은 평범한 무사의 차림이었습니다. 그리고 그 서기 쪽은…… 평범한 문사처럼 보였습니다.”

“흐음.”

문왕이 공작 깃털 부채로 입을 가리며 수하에게 시선을 던진다. 수하는 즉시 그 시선의 의미를 알아차렸다.

“삼전무적검객은 지난번 무림맹에서 열린 천하무림대회의 장외 비무에서 공손세가의 대제자를 꺾은 자입니다. 일정한 소속이 없으며 현재 모용세가의 식객으로 있습니다. 때문에 대회에서도 정식 출전자는 아니었습니다.”

“창룡검주의 제자라고 했던 독고랑이라는 자로구나.”

“그렇습니다.”

두 사람의 대화에 귀를 기울이던 조장은 고개를 갸웃했다.

‘삼전무적검객이 창룡검주의 제자라고?’

그가 들은 소문에는 삼전무적검객은 가문이나 문파에 소속되지 않은 낭인 무사라고 했다. 그리고 한 마리 늑대처럼 갑자기 천하무림대회에 나타나서 삼전무적검객이라는 이름을 얻고, 그리고 공손세가의 대제자를 단숨에 꺾어 버렸다고 했다.

그가 들은 것은 거기까지뿐이었다. 소문을 전하는 자들도 그 이상은 알지 못했고, 자신도 사실 그 뒤에 어찌되었는지는 관심이 없었다. 이야기는 자고로 절정에서 단숨에 끝나야 맛이 사는 법 아닌가?

게다가 지금 대화로 미루어 보건대 두 사람의 관심은 삼전

무적검객 독고랑이 아니다. 그럼 처음에 문왕이 말했던 '그'
는 서기 쪽을 말하는 것일까?

"그가 무어라 했느냐?"

조장은 잠시 머뭇거렸다. 하지만 대답은 금방 튀어나왔다.

"삼전무적검객은 아무 말도 하지 않았습니다. 그러나 문사
는 자신을 무림맹 서기라 했으며, 이름을 운현이라 밝혔습니
다."

문왕의 얼굴에 비릿한 웃음이 떠올랐다. 그는 눈을 빛내며
말했다.

"창룡검주 운현!"

득의의 미소가 문왕의 얼굴 가득 퍼져간다. 그리고 무릎을
꿇고 있던 조장은 자신의 추측을 확신하는 동시에 또 하나의
의문이 가슴 속에서 고개를 들었다.

'가만. 그러면 이게 어떻게 되는 거야?'

조장은 자신도 모르게 눈살을 찌푸렸다.

'그가, 그의 제자?'

삼전무적검객이 창룡검주의 제자라고 한다. 그런데 그 문사
차림의 서기가 창룡검주라면 그가 바로 독고랑의, 삼전무적검
객의 사부라는 말인가?

'그럼 이거 좀 이상한데?'

확실히 이상하다. 자신이 보기에도 그 문사 차림의 청년과
삼전무적검객은 그리 크게 나이 차가 나지 않아 보였다.

아니 오히려 풍기는 분위기로 봐서는 삼전무적검객이 더 윗줄이라고 해야 할까? 그런데 삼전무적검객이 그 청년의 제자란다. 삼전무적검객을 길러낼 정도라면 적어도 흰 눈썹에 긴 수염을 휘날리는, 그러니까 거의 신선과 같은 풍모를 지녀야 하지 않을까?

조장은 입이 근질근질하기 시작했다. 분명히 무언가 잘못 알려진 것이 분명했다. 평소에는 참을성이 많은 그였지만, 입을 놀리는 데는 그 참을성이 발휘되지 못했다.

"하지만 그 운현이라는 자는 꽤 젊어…… 보였…… 습니다."

옆에서 날아든 날카로운 시선에 조장의 뒷말은 기어들어가듯 작은 목소리로 끝났다. 묻는 말에만 대답하라던 경고를 어긴 것이다.

조장은 침을 꿀꺽 삼켰다. 그리고 무거운 침묵이 흘렀다. 그것은 잠시 뿐이었지만 조장에게는 마치 몇 년이 흐른 것처럼 느껴졌다.

"당연하지."

느긋한 표정으로 문왕은 부채를 가볍게 흔들며 말했다. 문왕의 목소리가 들려오자 조장은 안도의 한숨을, 물론 속으로만 내쉬었다. 아마도 문왕은 그의 무례를 문제 삼지 않기로 한 듯하다.

"그 밖에 그가 한 말은 없느냐?"

“저희에게 문왕 전하의 수하에 있는지, 녹림의 소속인지 물었습니다.”

문왕의 얼굴에 희미하지만 만족스러운 미소가 떠오른다. 자신의 이름을 창룡검주가 알고 있다는 것이 그의 자존심을 만족시켜 준 탓이다.

“물론 저희는 대답하지 않았습니다. 저희는…….”

그러나 조장의 대답은 끝을 맺지 못했다. 문왕의 목소리가 들려온 탓이다.

“그만.”

문왕은 뒤로 몸을 기댔다. 그리고 수하에게 가볍게 손짓을 했다. 이제 그만 물러가게 하라는 뜻이다. 수하는 고개를 숙여 문왕의 명을 받들었다.

다시 한 번 경의를 표하며, 조장은 고개를 숙인 자세 그대로 천천히 뒷걸음질로 문왕의 거처를 나왔다.

자신의 코앞에서 장막이 다시 내려지는 순간까지, 그가 본 것은 그저 바닥에 깔린 고급스런 융단의 화려한 무늬뿐이었다.

“휴우.”

바깥의 조금은 시원한 공기를 코끝에 느끼는 순간 조장은 마치 죽다가 살아난 것 같은 느낌을 받았다. 가슴 깊이 숨을 들이쉬고 나서, 조장은 고개를 이리저리 돌려 긴장으로 굳은 근육을 풀었다.

“이거 몇 번만 했다간 목숨이 남아나질 않겠군. 수명이 십 년은 줄어든 것 같아. 그나저나…….”

목숨 걱정이 없어지고 긴장이 풀리자 호기심이 왕성하게 고개를 든다.

“그 문사 차림의 청년이, 꽤나 대단한 사람인가 보지?”

하지만 적어도 자신이 보기에는 그저 어디서나 흔하게 볼 수 있는 평범한 문사였을 뿐이다. 동행이 삼전무적검객이라는 것을 빼고는. 조장은 문득 아까 문왕이 ‘당연하다’ 라고 말한 것을 떠올렸다.

‘삼전무적검객의 스승이 젊어 보이는 것이 당연한 일이라……. 혹시 반로환동인가?’

아직 한 번도 보진 못했지만, 고수 중의 고수가 되면 그런 일도 가능하다는 말을 들어본 듯도 하다. 물론 확인할 도리는 없지만.

“다음에 만나면 조심해야겠군.”

조장은 혼잣말을 중얼거리며 자신의 거처로 향했다. 이런저런 생각에서 벗어나서 적어도 오늘 저녁만은 푸짐하게 즐길 수 있을 것이다. 이게 모두 다 자신이 문왕 앞에서 현명하게 대처한 덕이다. 그렇게 생각하며, 조장은 가벼운 마음으로 발걸음을 옮겼다.

“후후훗.”

조장을 내보내고 난 후 문왕은 시종일관 웃음을 감추지 않았다. 이렇게 드러내 놓고 기뻐하는 모습을 본 적이 없었지만, 문왕의 성격을 잘 아는 수하는 참을성 있게 입을 다물고 있었다. 그리고 그 참을성은 곧 보답을 받았다.

"좋군. 아주 좋아!"

화려한 공작 깃털 부채를 그러쥐고 문왕은 기쁨에 찬 목소리로 중얼거렸다.

"창룡검주라니! 이거야말로 바라던 바가 아닌가!"

문왕의 두 눈동자가 희번덕거리며 빛을 발한다.

"그래, 그러면 되는 거야. 다름 아닌 그 창룡검주를 바로 이 손안에 잡아넣는다면 말이야."

마치 지금 손안에 창룡검주가 있기라도 한 듯, 문왕은 빈손을 마치 갈퀴처럼 그러쥔다.

그와 함께 문왕의 목소리가 점차 일그러지기 시작하더니, 그가 말을 맺을 때 즈음엔 마치 이를 가는 듯한 짐승의 나지막한 울음소리처럼 변해 버리고 만다.

"상인(上人)께 보고를 올릴까요?"

수하는 넌지시 물었다. 창룡검주는 문서(文書)의 주인으로 추정되는 인물. 그 창룡검주의 출현이라면 암천무제뿐만 아니라 상인(上人)의 절대적 관심사이기도 하다.

그가 무림맹으로 향했다는 것이 확실한 이상, 상인의 구체적인 지시를 기다리는 것이 옳다. 그러나 문왕은 그렇게 생각하지 않았다.

"안 돼!"

부릅뜬 문왕의 시선은 마치 그 눈빛만으로도 수하를 죽일 듯했다.

"아직은 아니야! 아직은……."

수하를 향해 이를 갈 듯 말하던 문왕은 천천히 허공으로 시선을 옮겼다.

"조금 더 기다려야 해. 그래, 조금 더……."

마치 이곳에 있지 않은 누군가를 바라보는 듯한 시선으로, 문왕은 중얼거렸다.

"그래, 그래야지. 창룡검주를 이 손아귀 안에 넣는다면, 그러면 볼 수 있을 테지. 그 오만한 시선들이, 나를 내려다보던 그 시선들이 어떻게 변하는지……."

이제는 거의 알아들을 수도 없을 정도로 작게 중얼거리는 문왕의 목소리. 수하는 조용히 자리를 떴다. 이렇게 되면 문왕에게는 이제 아무것도 보이지 않고, 아무것도 들리지 않기 때문이다.

사락.

문왕의 거처 밖으로 나온 수하는 나지막하게 한숨을 내쉬었다.

"후우."

문왕과 가장 가까운 사람을 꼽으라면 그것은 바로 자신이다. 문왕을 마치 손자처럼 극진히 생각하는 삼태상(三太上)도 문왕의 속내를 알지 못한다.

삼태상이 문왕을 애지중지 여기는 것은 바로 문왕이 상인의 하나뿐인 아들이기 때문이다. 상인(上人)또한 예외다. 상인의 생각과 행동은 이미 인간의 도를 벗어나 있으니까.

그러나 자신은 다르다. 가장 가까운 곳에서 문왕의 말과 행동을 보아왔고, 어떠한 경우에 어떠한 반응을 보이는지 잘 알고 있다. 자신이 이제껏 문왕 가까이에 있을 수 있었던 이유도 바로 그 때문이다.

물론 그렇다고 해도 자신이 문왕에게 무슨 특별한 존재는 되지 못한다는 것도 잘 알고 있다. 분명 문왕은 아직 자신의 이름조차 알지 못하리라.

그의 이름은 문왕에게 아무런 의미도 주지 못하기 때문이다. 문왕에게 의미를 주는 이름은, 정확히 말하자면 단 한 명뿐이다. 그것도 이제는 더 이상 세상에 존재하지 않는 이름.

"쯧."

문왕의 거처를 돌아보며 수하는 낮게 혀를 찼다. 이 세상에서 가장 문왕을 잘 아는 사람은 바로 자신이다. 그러므로 문왕의 이런 모습에 자신도 모르게 마음 한구석에서 연민이 솟아났다 해도 그리 부자연스러운 것은 아니리라.

하지만 그는 자연스럽게 그것을 억눌렀다. 섣불리 감성적이 되어서는 절대 안 된다. 적어도 문왕의 곁에서 계속 목숨을 부지하고자 한다면 말이다.

스륵.

조금 몸을 움직이는 듯하더니, 그의 모습은 소리 없이 사라졌다. 마치 처음부터 그곳에 존재하지 않은 것처럼.

*　　　*　　　*

항주에 들어선 운현 일행을 맞이한 것은 화려한 불빛과 왁자지껄한 사람들의 목소리였다. 마치 커다란 축제나 장이 열리기라도 한 듯, 항주 거리는 환한 등불과 북적이는 사람들로 가득했다.

"호오."

운현은 마차 밖을 내다보며 감탄했다. 항주야 원래 화려하고 아름다운 곳으로 알려져 있기는 했지만 지금처럼 모든 가게가 환하게 불을 밝히고 사람들로 북적일 정도는 아니었다.

분명히 수로채와 녹림이 무림맹으로 쳐들어오고 있다는 소식이 전해졌을 텐데도, 항주는 오히려 예전보다 더 시끌벅적하고 화려해 보였다.

"이건, 예상외로군요."

운현은 독고랑에게 말했다.

"그 소문을 듣지 못했을 리는 없을 텐데……."

수로채 연합은 자신들의 새로운 개파대전에서 당당하게 무림맹에 선전포고를 했고, 수로채 연합의 총채주인 철면무심

(鐵面無心) 이무심은 장강 유역에서 무림맹 소속의 문파들을
모조리 봉문시키겠다고 공언했다.

게다가 이미 장강 유역에 있는 수많은 도관(道觀)과 사찰, 그
리고 무림맹에 속하거나 협조적인 문파들이 습격을 받았다는
구체적인 이야기도 떠돌았다. 그리고 이곳 항주는 그 모든 소
문의 중심이라고 할 수 있는 무림맹이 있는 도시인 것이다.

운현은 항주가 불안에, 혹은 적어도 위기의식에 휩싸여 있
을 것이라고 생각했다.

실제로 장강 유역 전체에 걸쳐 동시에 퍼져나가기 시작한
그 소문으로 인한 폐해도 적지 않았다.

당장 장강을 오가는 장삿배들이 모두 몸을 사리기 시작했
고, 덕분에 운현 일행이 장강을 건너는 데에만도 상당한 시간
을 지체해야 하지 않았던가? 그런데 눈앞에 보이는 항주의 모
습은 운현의 예상과는 아주 틀렸다.

"역시 대도(大都)라는 것일까요?"

"그렇지만도 않습니다."

나지막이 들린 독고랑의 대답에 운현이 시선을 돌렸다. 독
고랑은 날카로운 눈빛으로 왁자지껄한 거리를 노려보며 말했
다.

"저는 이런 광경을 본 적이 있습니다. 긴장과 불안을 덮어
버리려고 과도하게 흥청거리는 거리를 말입니다."

그 말에 운현은 다시 시선을 돌려 거리의 표정을 살폈다. 과

연 독고랑의 말대로였다. 웃는 사람도 많았고, 소리를 높여 떠
드는 사람도 많았지만 그들의 표정에는 하나같이 여유가 없었
다. 마치 누군가에게 쫓기기라도 하듯, 모두들 서두르는 기색
이 역력하다.

"마치…… 변방의 그것과도 같은 분위기로군요."

"그렇습니까?"

운현은 착잡한 표정으로 독고랑의 말을 받았다. 늘 전란의
위험을 안고 사는 변방 도시에 비교될 정도라니, 그동안 항주
에 번진 불안과 긴장이 어느 정도인지 짐작이 간다.

따각 따각.

그렇게 말없이 거리를 지나다, 운현이 문득 생각났다는 듯
독고랑에게 물었다.

"변방에 있었습니까?"

"잠시 흘러 다니던 때가 있었습니다."

독고랑이 쓴웃음을 지으며 대답한다. 운현은 고개를 끄덕였
다. 늘 홀로 떠돌아 '고독검'이라는 이름을 얻었을 정도이니
변방이라고 가보지 않았으랴.

"잠시 들러서 알아보시겠습니까?"

독고랑의 목소리에 운현은 고개를 들었다. 마차 앞쪽에 커
다란 객점이 보인다. 객점에서 상황을 파악하는 것이 어떻겠
느냐는 말이었지만 운현은 고개를 저었다.

"그냥 무림맹으로 가는 게 좋겠습니다."

운현은 밖을 살펴보던 시선을 거두었다.

"어차피 모든 일의 중심에는 바로 무림맹이 있을 테니까요."

독고랑은 고개를 끄덕였다. 운현의 말이 옳았다. 어차피 모든 일의 중심에는, 바로 그 무림맹이 있다.

"하아!"

따각 따각.

독고랑은 가볍게 말고삐를 챘다. 혼잡한 거리를 지나느라 한껏 속도를 늦췄던 마차가 다시 빨라진 말발굽 소리와 함께 무림맹을 향해 나아가기 시작했다.

제4장
귀환(歸還)

무림맹 정문은 시끌벅적했다. 마치 항주 거리의 모습처럼, 무림맹 정문은 사람들과 물자들이 들어가고 나가느라 북새통이었다. 정문을 지키는 경비 무사들도 문 좌우로 넓게 길을 비킨 채 자리를 지키고 있을 뿐이었다.

사람들은 간단한 신분 확인도 없이, 혹은 검을 차고, 혹은 짐을 지고 무림맹 정문을 드나들고 있었다. 정문 경비 무사들은 사람들을 향해 쉴 새 없이 큰 눈을 부라리며 날카로운 눈빛을 보내고 있었지만, 드나드는 사람들을 제지하거나 짐을 검사하지는 않았다.

따각 따각.

그러나 운현의 마차는 그 관용의 대상이 아니었다. 운현이 탄 마차가 무림맹 정문에 가까이 다가서자 두세 명의 경비 무사들이 마차를 향해 다가오며 소리쳤다.

"멈춰라!"

"워!"

독고랑이 고삐를 당기자 마차는 기다렸다는 듯 멈춰 선다.

"신분을 밝혀라!"

경비 무사들의 창날은 마차를 겨누고 있었지만 그저 형식적일 뿐이었다. 정문을 드나들던 다른 사람들도 새로 나타난 마차에 그리 신경을 쓰지는 않았다.

달칵.

운현은 문을 열고 마차에서 내렸다.

"지객당 소속의 운현입니다."

경비 무사들 중 한 명에게 운현은 부드러운 목소리로 말했다. 그러자 운현을 알아본 경비 무사가 창을 거두며 대답했다.

"아, 운 서기."

다른 경비 무사들 역시 운현을 알아보았다.

"길이 험하다던데 무사히 왔구려. 그럼, 들어가 보시오."

운현의 신원이 확인되자 경비 무사들은 간단한 인사를 건네고는 금방 다시 제자리로 돌아간다.

"아, 장 대협."

운현의 목소리에 제자리로 돌아가던 경비 무사 하나가 돌아본다. 처음 운현을 알아보았던 바로 그 경비 무사다.

"왜 그러시오?"

"무슨 일이 있었습니까?"

잠시 어리둥절한 표정을 짓고 있던 경비 무사는 곧 운현이 무엇을 묻고 있는지 알아차렸다.

"아하, 이거 말이오?"

경비 무사는 시끌벅적한 무림맹 정문을 턱으로 가리키며 말했다.

"소문도 못 들었소? 수로채가 무림맹으로 쳐들어온다지 않소?"

"그건 알고 있습니다만, 이건……."

운현은 지금도 무림맹을 드나드는 사람들을 쳐다보며 물었다.

"허, 적이 쳐들어온다는데 멍하니 있을 바보가 어디 있겠소? 지금 항주와 인근의 모든 무관에 무림맹의 협조 요청이 내려진 상태라오. 덕분에 이렇게 몰려든 사람들로 지금 난리도 아니오. 하긴, 무리도 아니지. 각 문파와 무인들에게 지급하겠다는 은자가 얼마인데……. 쯧."

분주하게 드나드는 사람들을 쳐다보며 경비 무사는 혀를 찼다.

"덕분에 제대로 쉬지도 못하고 다들 초과 근무를 하느라 고생이 이만저만이 아니라오. 운 서기도 어서 들어가 보시오. 아마 다른 사람들도 다들 일에 치여서 난리일 거요.”

그 말을 끝으로 경비 무사는 다시 제자리로 돌아갔다.

“역시, 그렇군요.”

운현이 중얼거리는 소리를 독고랑이 받았다.

“무림맹의 대응은 당연합니다.”

“그렇지요.”

운현은 말했다. 수로채가 쳐들어온다고 하자 무림맹은 지극히 상식적인 대응을 했다.

사람을 모으고 물자를 확보하는 것이다. 그렇게 무림맹으로 사람과 물자가 흘러들고, 무림맹에서 흘러나온 은자는 항주 거리를 흥청거리게 한 것이다.

“다만, 현실 인식에서는 근본적인 차이가 있겠지만 말이죠.”

운현은 씁쓸한 표정으로 그렇게 말했다.

*　　*　　*

탁탁탁.

바쁘게 발을 움직이던 변기량은 운현의 모습을 발견하자 반색을 했다.

“운 서기님!”

변기량의 목소리에 서류 속에 파묻혀 있던 관지부도 고개를 들어 운현을 바라보았다.

"아, 우, 운 서기."

운현을 대하는 관지부의 태도는 어정쩡했다. 어쩔 수 없는 일이다. 관지부는 운현이 신승(神僧) 불영대사의 사제이자, 검성(劍聖) 이검학과 가까운 사이라는 것을 잘 안다.

물론 직급상으로만 본다면 자신이 상관인데다, 운현도 편하게 대해 달라고 말하기는 했지만 조직의 관계라는 것이 어디 그렇게 법대로만 되는 것이던가?

평소에 운현을 상전 모시듯 해야 하는 관지부로서는 운현을 대하는 태도가 어정쩡할 수밖에 없다. 물론 아예 대놓고 '우리 운 서기님'을 연발하는 변기량이야 그저 싱글벙글이지만 말이다.

"다녀왔습니다."

운현은 공손히 관지부에게 예를 올렸다.

"아, 잘 다녀왔소?"

관지부도 운현의 인사에 답을 한다.

"네. 덕분에 남궁세가에서의 일은 잘 마쳤습니다."

운현의 말에 관지부는 어색한 표정으로 대답을 대신했다. 명목상 운현의 이번 출장은 지객당 서기의 업무 수행으로 되어 있다.

신승 불영이 머물고 있는 와룡헌(臥龍軒)에서 요청한 일을 지객당 소속인 운현이 수행한 것이라지만, 사실 운현이 신승의 사제로서 일을 처리한 것을 누가 모르랴? 때문에 관지부는 운현의 일에 대해서는 무어라 대답할 형편이 못 되는 것이다. 물론 평소에도 운현에게 이래라 저래라 할 수 있는 상황이 아니긴 했지만.

"일이 많군요."

"아, 이거……."

운현의 말에 문득 정신을 차린 관지부는 서탁 가득한 서류 더미들을 내려다보았다.

"그렇게 됐네."

자신의 아랫사람이건만, 운현을 대하는 관지부의 태도는 어디까지나 손님을 대하는 듯하다. 그 대화에 끼어든 것은 옆에서 싱글벙글하고 있던 변기량이었다.

"아이고, 지금 난리도 아닙니다. 운 서기님."

"어허."

관지부가 변기량을 말리려는 듯 한 마디 했지만 아까부터 간지러운 입을 참고 있던 변기량을 멈출 수는 없었다.

"뭐 어떻습니까? 어차피 다 아는 일인데다, 운 서기님이 남도 아닌데."

입을 삐쭉이며 말하는 변기량의 말에 관지부는 말문이 막혔다. 하긴 그렇다. 지객당 소속이라고 해야 관지부 자신과 변기량, 그리고 운현뿐인데 무어 숨길 것이 있으랴. 문제는 운현이 상전 같은 아랫사람이라는 것에 있지만.

"이놈아. 그래도……."

관지부가 다시 무어라 하려 했지만 이미 변기량은 듣고 있지 않았다.

"정말 난리도 아닙니다요, 운 서기님. 수로채가 이곳으로 쳐들어온다지 않습니까?"

'저놈이 앞뒤도 모르고. 쯧.'

기다렸다는 듯 말을 풀어내기 시작하는 변기량을 보며 관지부는 속으로 혀를 찼다. 운현이 지객당 소속 서기라지만 실제로는 어지간한 거대 문파의 대표자급이나 마찬가지다. 그는 다름 아닌 신승 불영의 사제가 아닌가?

변기량은 운현을 영웅시하며 맹목적으로 따르는데, 무림맹의 문사직으로서 운현에게 일종의 대리만족을 느끼는지도 모르겠지만 관지부가 보기에는 어차피 사는 세계가 다른 사람이다. 저렇게 좋아라 해봤자 남는 것은 아무것도 없다.

'쯧쯧.'

관지부는 슬쩍 고개를 젓고, 다시 서류 더미에 고개를 파묻었다. 천하무림대회가 끝난 지 얼마나 되었다고 또 이런 일 더미라니.

아무래도 올해 운수가 그리 좋지 않은 모양이라고 관지부는 그렇게 생각했다. 그 사이, 변기량의 말은 한참 흥을 더하고 있었다.

"그런데 말입니다. 일이 그렇게 간단하지 않더란 말입니다.

아, 글쎄 흑도회 분들이 온몸에 시커먼 화살을 잔뜩 박은 채로 피투성이가 되서 돌아왔지 않습니까? 게다가 도적 떼들 중에는 그 무시무시한 철혈사왕이 있었다고 합니다. 무공을 위해서 자신의 아내와 아이까지 잡아먹었다는 그 철혈사왕 말입니다.”

철혈사왕(鐵血蛇王)은 신승, 검성과 함께 정사대전 당시 당당히 오존(五尊)에 이름을 올린 인물이다. 그리고 그는 무공보다는 잔혹하고 이기적인 성품으로 더 유명하다.

오죽하면 자신의 가족을 잡아먹었다는 소문이 돌까? 물론 그 소문은 사실이 아닌 것으로 밝혀졌지만 어찌되었건 그가 가족의 죽음을 그다지 중히 여기지 않았다는 것만은 확실했다.

그래서 사람들은 그 피도 눈물도 없는 그에게 철혈사왕이라는 별호를 붙여 주었다. 차가운 피의 뱀과 같은 성정을 가진 자. 그가 바로 철혈사왕 염중부였다.

“흑도회가 말입니까?”

운현은 눈살을 찌푸렸다. 철혈사왕 염중부가 문왕의 수하에 들었다는 것은 이미 독선(毒仙)에게 들은 바다. 그러나 흑도회가 당한 것은 처음 듣는 소리다.

“말도 마십시오. 살아 돌아온 분들도 간신히 숨만 붙어 있었습니다. 의원들이 밤새도록 그 시커먼 화살을 뽑아냈는데……. 어이구.”

변기량은 생각만 해도 소름이 끼친다는 듯 치를 떨었다.

"그 몇 안 되는 분들에게서 뽑은 화살만 해도 한 아름이었습니다. 바로 제가 그걸 치웠지 않습니까? 피 냄새가 진동을 하는데다 어찌나 끔찍하던지……."

생각하는 것만으로도 변기량은 소름이 돋는 듯 몸을 떨었다. 검은 피가 엉겨 붙어 있는 짧고 굵은 그 검은 화살들이, 마치 이를 드러낸 독사를 보는 것 같아서 손을 대기도 껄끄럽던 그때의 기억이 변기량에게 다시 떠오르는 듯하다.

"그래도 소림과 무당의 분들이 나서서 구해오셨기에 다행이지요. 안 그랬으면 아마 대부분의 흑도회 분들이 길에서 죽었을 겁니다. 흑도회 회주이신 진무량 대협이 돌아가시고 묵혈엽 대협도 큰 중상이었으니까요."

"저런."

운현의 이마에 패인 골이 더욱 깊어졌다. 목숨을 잃는 사람들이 나올 것이라는 것은 알고 있었지만 직접 이렇게 듣고 보니 더욱 마음이 무거워진다.

"그러니 맹으로서도 가만히 있을 수 있겠습니까? 당장에 항주와 인근 무관들에 협조공문을 전부 발송했습니다. 물론 각 주요 문파에도 전갈을 보냈지요. 아마 전갈이 없더라도 지금쯤은 벌써 이곳을 향해 출발했겠지만 말이죠."

아마 그렇지는 않을 것이라고 운현은 생각했다. 각 주요 문파에 보낸 연락이라는 것도 대부분 아직 장강을 넘지 못했을 것이다.

"그래서 보다시피 이런 형편입니다. 이거야 원, 천하무림대회 때보다 배는 더 일이 많아진 것 같으니……. 다들 이러다간 수적 떼 손에 죽기 전에 일에 치여 죽겠다고 할 정도라니까요."

변기량은 어깨를 으쓱하며 농담처럼 말한다. 운현은 그런 변기량의 모습을 잠시 바라보다가 물었다.

"괜찮으십니까?"

"네? 뭐가요?"

"흑도회 분들이 목숨을 잃으셨지 않습니까? 이러다가 혹 해를 당하기라도 하면……."

"아이고, 무슨 농담을……."

변기량은 웃음을 지으며 손을 내젓는다.

"설마하니 천하의 무림맹이 수적 떼들에게 당하기야 하겠습니까? 아니, 만에 하나 그런 일이 벌어진다고 해도 우리는 무인도 아닌데 무슨 상관입니까? 그저 어디 숨어 있거나, 도망가면 그뿐이지요. 그래도 그런 일은 결코 없을 테니 걱정 마십시오. 천하의 내로라하는 문파의 어른들과 신진 고수들이 모두 이곳에 있는데 무슨 걱정입니까?"

마치 자신이 그 고수들 중의 하나라도 되는 듯, 변기량은 가슴을 두드리며 말했다.

"지금 객청에 모여 있는 분들도 마찬가지죠. 모두들 이번이 기회라고 생각하고 있을 테니까요. 뭐, 조금 위험하긴 할 테지만 이번에 무림맹에 잘 보여두면 확실히 남는 장사인 걸요? 혹시라도 눈에 띄는 활약이라도 보인다면 그야말로 인생역전을 할 수도 있으니 말이지요.”

“객청에 모여 있는 분들이요?”

“아, 인근 무관에서 오신 분들 말입니다. 아직 안 가보셨군요? 무슨 시장통처럼 난리도 아닙니다. 다들 시끌벅적 시끄러운데다 먹기는 또 얼마나 많이 먹는지……. 하인들이 수발하느라 아주 허리가 휠 정도라니까요? 뭐, 그래도 무림맹인만큼 함부로 행동하는 자들은 없지만 말입니다. 아, 글쎄 아까 전에도 한 무관 소속 문도가…….”

이야기가 잡담으로 흘러가는 듯하자 관지부가 짐짓 헛기침을 한다.

“으흠. 기량아!”

“네?”

왜 불렀냐는 듯 멍한 표정으로 자신을 쳐다보는 변기량을 보며 관지부는 속에서 울컥 올라오는 것을 간신히 참았다.

‘자식이 분위기도 모르고!’

관지부는 화를 눌러 참으며 점잖게 말했다.

“해야 할 일이 많으니 사담은 이제 그만하고, 거기 서류나 서기부에 가져다 주도록 해라.”

변기량은 짐짓 부루퉁한 표정을 지었지만 관지부의 말을 거역할 수는 없었다. 그는 운현과의 대화를 방해한 관지부에게 속으로 투덜거리며 서류 더미를 들어올렸다.

"관지부님."

운현이 공손한 목소리로 관지부를 부르자 이번엔 관지부가 무슨 일이냐는 듯 운현을 쳐다본다.

"저도 일을 도와야 마땅하겠지만, 남궁세가에 다녀온 일로 마무리할 것이 좀 있습니다."

"아, 그야 뭐……."

관지부는 어색한 표정으로 어물쩍 대답했다. 사실 운현이 무슨 일을 하건 자신이 상관할 바가 아니다. 신승의 사제가 하는 일에 감히 자신이 뭐라 한단 말인가? 자신이 보기에는 각 문파의 무림맹 대표자들도 은근히 그의 눈치를 보는 것 같은데 말이다.

"자세한 보고는 와룡헌에 다녀온 후 서면으로 올리도록 하겠습니다."

"그, 그러시오."

여전히 어정쩡한 태도로 관지부가 대답했다. 그러면서도 속으로 '역시' 하고 중얼거리는 것을 잊지 않았다.

'와룡헌이라……. 신승께 가는 거로군.'

와룡헌은 신승의 거처다. 그리고 그곳을 이처럼 자연스럽게 출입할 수 있는 사람은, 관지부가 아는 한 운현밖에는 없었다. 다른 문파의 대표자들은 와룡헌에 출입하기는커녕, 이름을 입에 올리는 것도 꺼리는 기색이 역력하니까.

"그럼, 다녀오겠습니다."

관지부는 운현의 인사를 받았다. 그렇게 발길을 돌리려던 운현이 문득 생각난 듯 고개를 돌린다.

"아 참. 저와 함께 오신 분이 있는데 괜찮겠습니까?"

"함께 오신 분이라면?"

"독고랑이라는 분입니다. 얼마 전 천하무림대회에 모용세가와 함께 참석하셨던……."

"아!"

관지부는 고개를 끄덕였다. 분명히 기억에 있는 이름이다.

"그럼 숙소는……."

"숙소는 제가 알아보고 마련해 드리겠습니다."

변기량이 잽싸게 끼어든다. 이럴 때는 참 재빠르기도 하다고 속으로 투덜대며 관지부는 고개를 끄덕여 승낙의 뜻을 보였다.

"감사합니다."

운현은 관지부에게 고개를 숙여 감사의 예를 표했다.

＊　　　＊　　　＊

지객당을 나온 운현이 향한 곳은 와룡헌이 아니었다. 독고랑과 함께 운현이 찾아간 곳은 모용세가 사람들이 머물고 있는 곳이었다.

　다른 세가들도 마찬가지였지만, 모용세가도 본래 무림맹에
오래 머무를 예정이 아니었다. 때문에 지금 모용세가의 거처
는 그다지 편한 곳이라고는 할 수 없었다.

　그리고 따로 출입문을 지키는 사람도 당연히 없었다. 때문
에 막 모용세가의 거처에 들어서려던 운현은 담 밖으로 흘러
나오는 대화를 본의 아니게 그대로 들을 수밖에 없었다.

　"허, 방패라고?"

　"네."

　들려오는 일남 일녀의 음성은 운현에게 익숙한 목소리였다.

　'모용미 소저로군. 그리고 모용진 대협.'

　운현은 빙긋 미소 지었다. 모용미는 모용세가의 가주(家主)
모용단천의 친손녀이자 외당 당주다. 그리고 두 손녀만을 둔
가주가 먼 친척뻘 되는 아이를 손자로 들인 것이 바로 대제자
모용진. 이 두 사람은 가주가 가장 신뢰하는, 현재 모용세가의
기둥이라고 할 만한 사람들이다. 그리고 또한 운현이 신뢰하
는 사람들이기도 하다.

　"하지만 그런 전쟁터에서나 쓰는 것을 어디서 구한단 말이
냐?"

　"이미 항주 전역에 수배가 되어 있어요. 아마도 저녁쯤에는
현재 항주에 있는 물량이 전부 들어올 거예요."

　"흠. 하지만 방패 같은 것이……."

　"우리에게는 필요가 없겠지만, 객청에 있는 사람들에게는

목숨이 달린 일이에요. 그들도 눈과 귀가 있으니, 그 검은 화살에 대해 모를 리가 없지요. 그런 상황에서 방패 하나 없이 앞장서라고 한다면 누가 나서겠어요? 아무리 지금이 좋은 기회라고 생각된다 해도 말이에요. 그래서 무림맹 대표자 회의에서도 방패를 지급하기로 한 것이에요."

모용진은 고개를 끄덕였다. 모용미의 말은 일리가 있었다. 객청에 있는 사람들이라는 것은 바로 이번 무림맹의 공문에 호응하여 모인 항주와 인근 무관들에 소속된 사람들이다.

당연히 무림맹 정식 문파들보다야 그 수준이 한참 부족하다. 게다가 그들이 상대해야 할 것은 바로 흑도회를 괴멸시킨 그 검은 화살이다.

그것을 잘 아는 그들이, 비록 이번이 무관의 이름을 빛내고 세력을 넓힐 절호의 기회라 할지라도, 그저 생각 없이 앉아 있을 리는 없는 것이다.

"그래서, 물량은 충분하다더냐?"

객청에 모여 있는 수많은 사람들을 떠올리며 모용진이 물었다. 모용미는 고개를 젓는다.

"모르겠어요. 정확한 것은 저녁때가 되어야 알 수 있겠지요. 그래도, 지금 할 수 있는 것은 그 정도밖에 없으니까요."

"흠. 처음부터 그랬다만, 그다지 내키지는 않는구나. 이건 대놓고 화살받이로 쓰겠다는 뜻이니……."

씁쓸한 표정으로 모용진이 말하자 모용미의 얼굴 역시 어두워진다.

"그들도 이미 알고 있어요. 그래도 그들은……."

"안다."

모용진은 동생의 말을 끊었다. 알고 있다. 그도, 그리고 모용미도 너무나 잘 알고 있다. 무림에서 힘이 없는 무가의 형편이 어떠한 것인지. 설령 제자들의 희생을 감수하고서라도 세가를, 문파를, 무관을 일으키고 싶어 하는 그 열망이 어떠한 것인지 그들도 뼈저리게 알고 있다.

아마 '그 일'이 없었더라면, 아니 '그'가 없었더라면 모용세가 역시 지금 객청에 모여 있는 그들과 비슷한 처지에 놓여 있었을지도 모르는 일이다.

"그럼 저는…… 아!"

들어서는 운현의 모습을 모용미가 먼저 발견했다. 그리고 동생의 반응에 고개를 돌린 모용진도 그를 보았다. 그 즉시 모용진의 얼굴이 환하게 밝아진다.

"대인!"

밝은 목소리로 모용진이 운현을 부르고, 운현 역시 미소를 머금은 채 그에게 예를 표했다.

"그간 잘 지냈습니까?"

운현의 인사에 모용진도 마주 예를 표한다. 그리고 미소를 지으며 말했다.

"하하. 저야 잘 지내고 있지요. 그보다 운 대인께서는 별고 없으셨습니까?”

모용진은 운현에게 깍듯이 존칭을 사용했다. 운현이 모용진보다 나이가 많다고는 하지만 깍듯이 존칭을 받을 정도는 아니다.

그러나 모용진이 운현을 대하는 태도는 항상 극진했다. 그가 운현을 어떻게 생각하고 있는지를 말해주는 것이다.

“그럭저럭, 괜찮았습니다.”

사실 그럭저럭이라고 표현할 만한 것은 아니었다. 남궁세가에서의 일이며 독선(毒仙)을 만난 일은 결코 가벼운 일이 아니니까. 하지만 지금은 그것을 말할 때가 아니었다.

“아! 독고 대협께서도 오셨군요. 잘 지내셨습니까?”

모용진이 운현 뒤에 서 있던 독고랑에게 인사를 건넸다. 그 사이, 운현은 모용미에게 예를 표했다.

“모용 소저께서도 평안하셨습니까?”

운현은 모용미에게 인사를 건넸다. 모용미는 가볍게 고개를 숙여 운현의 인사에 답했다.

“그럭저럭이요.”

모용미의 대답을 들으며 모용진은 피식 웃음을 흘렸다. 요 며칠 모용미가 한 일은 그럭저럭이라고는 말할 수 없었기 때문이다.

모용세가의 외당 당주이자, 무림맹 대표자 회의의 일원으로서 모용미가 한 일은 그야말로 하루 종일 말해도 부족할 정도였다. 옆에서 지켜보는 자신으로서는 동생에게 모든 짐을 지운 것이 너무나 미안했을 정도니까.

"오라버니."

"크흠."

모용미가 살짝 눈을 흘기고, 모용진은 짐짓 헛기침으로 자신의 웃음소리를 덮었다.

"이렇게 찾아오신 것은, 분명 중요한 일이 있기 때문이겠지요?"

운현을 바라보며 모용미는 조용한 음성으로 물었다.

"그렇습니다."

"후우."

모용미는 나지막이 한숨을 내쉬었다.

"중요한 일이라면 이미 충분하고도 넘칠 정도예요."

요 며칠간 일어난 '중요한 일들'을 떠올리며 모용미는 고개를 젓는다. 그러나 곧 체념한 듯, 이렇게 대답했다.

"하지만, 대인께서 그러하시다면 그런 것이겠지요."

운현을 바라보며, 모용미는 말했다.

"자리를 옮기시지요."

운현은 미소를 지은 채 고개를 끄덕였다.

차향이 은은히 퍼지는 조용한 객실에서 운현은 모용미, 모용진과 함께 탁자에 마주 앉았다. 독고랑은 굳이 자리를 사양

하고 운현의 뒤에 가서 섰다.

"차향이 좋군요."

운현은 따뜻한 차의 온기를 손으로 음미하며 말했다. 남궁 세가에서 이곳까지, 긴 여정이었다. 차의 향과 온기를 느끼는 이 순간은 마치 운현의 기나긴 여정을 달래주는 듯했다.

"이곳이라면 괜찮아요."

모용미는 찻잔을 들어올리며 말했다.

"평소에도 세가의 회의 때에 늘 사용하던 장소입니다. 다른 사람의 이목은 걱정하지 않아도 좋아요."

운현은 고개를 끄덕였다.

"그래서, 중요한 일이라는 게 무엇이지요?"

들어올리던 찻잔을 내려놓으며, 운현은 대답했다.

"이번 일에 대해 지금 무림맹에서 어떻게 파악하고 있는지 먼저 말해주겠습니까?"

"그 말씀은, 이번 일에는 감춰진 것이 있다는 말씀으로 들리는군요."

"그렇습니다."

모용미는 운현을 바라보았다. 자신을 쳐다보는 운현의 눈빛은 더 없이 진지하다.

"이번 일이라⋯⋯."

찻잔을 만지작거리며 모용미는 중얼거렸다. 요 며칠간 지긋지긋하게 시달려왔던 바로 그 일이다. 모용미는 찻잔을 들어

올려 차를 한 모금 마셨다.

"복잡하지만, 간단히 정리하자면 못할 것도 없지요."

찻잔을 내려놓으며 모용미는 말했다.

"장강 수로채 연합이 무림맹을 치겠다고 선언했어요. 녹림과 무림맹에 불만을 가지고 있던 세력들이 합류했구요. 지금 그들은 이곳으로 오고 있는 중이고, 무림맹은 그들과 일전을 치르기로 결정했어요. 그게 지금의 상황이에요."

모용미는 잠시 말을 끊었다. 그리고 다시 말했다.

"물론 미심쩍은 일들도 한두 가지가 아니에요. 지난 십 년 간 간신히 명맥만 이어오던 장강 수로채 연합이 느닷없이 개파대전을 열어 무림맹을 치겠다고 선언한 것도 그렇고, 그 직전에 공손세가가 의문의 습격을 당한 것 역시 충분히 수상하지요. 무림맹에서는 그 배후에 지난번 장강에서 남궁세가를 봉문하게 만든 암천무제라는 자가 있을 것이라고 확신하고 있어요."

"그리구요?"

운현의 질문에 모용미는 잠시 운현을 바라보다가 다시 말했다.

"왜 그들이 하필 지금 무림맹을 치겠다고 했는지도 미심쩍어요. 이번 천하무림대회가 아니었다면 무림맹에는 지금처럼 많은 문파들이, 그것도 핵심 전력들이 모여 있지 못했을 거예요. 그들도 그것을 알고 있어요. 그런데도 그들은 하필이면 지금 무림맹을 치겠다고 했죠. 누구는 그들이 화를 자초한 것이라 하지만, 저는 오히려 그것이 더 수상하게 생각되요.”

“음.”

모용미의 설명을 들으며 운현은 잠시 생각에 잠겼다. 그리고 다시 물었다.

“흑도회의 분들께서 목숨을 잃으셨다고 들었습니다.”

고개를 끄덕이며 모용미가 말했다.

“그래요. 그 일이 아니었다면, 무림맹은 수로채의 선언을 그저 세력 시위 정도로 치부하고 넘어갔을 거예요. 무림맹을 상대하겠다고 선언함으로써 자신의 영향력을 높이려는 그런 술수 말이지요. 그런데, 흑도회가 괴멸에 가까운 피해를 입으면서 일이 심각하다는 것을 알게 되었죠. 더군다나 철혈사왕 염중부가 있다는 것은 충분히 무림맹을 긴장시킬 만한 일이었어요. 항주 전역의 중소 문파와 무관에 협조를 요청하기로 한 것도 그 때문이에요.”

“혹시, 관(官)에는 연락을 해보셨습니까?”

운현의 질문에 모용미는 내심 놀랐다.

‘알고 그러는 것일까? 아니면 학사 출신이라 그런 것일까?’

보통 무림인들이라면 무림의 일에 결코 관을 거론하지 않는다. 그러나 일반 상식으로 생각할 때 수적들이 몰려온다면 당연히 관(官)을 먼저 떠올릴 것이다. 지금 운현의 질문도 그런 맥락이었을까?

"실은 도지휘사와 포정사, 안찰사에게 사람을 보냈어요. 하지만 전부 자리에 없었다는군요."

도지휘사는 지방 병권(兵權)의 책임자요, 포정사는 행정, 안찰사는 감찰의 책임자다. 수로채, 다시 말하자면 도적 떼들이 항주로 몰려오고 있는데 그들이 모두 자리에 없다고 하는 것은 결코 정상이 아니다.

녹림과 수적들에게서 양민(良民)을 지켜야 할 지방 행정과 군정(軍政), 감찰의 총 책임자들이 하나같이 자리를 비운 것이다. 이 사실은 무림맹이 사태를 심각하게 보는 데 크게 일조한 바였다.

"역시 그랬군요."

운현의 대답은 모용미에게 확신을 주었다.

"알고 있었나요?"

가볍게 머리를 긁적이며 운현이 대답했다.

"혹시 그럴지도 모르겠다고 생각했습니다. 아무래도 그들은 관(官)에도 줄이 닿아 있는 모양인 듯했으니까요."

"저희가 모르는 많은 것을 알고 계신가 보군요."

모용미는 날카로운 눈매로 말했다. 무림맹은 이번 일의 배후로 암천무제를 지목하고 있다. 그런데 그가 관(官)에도 영향력을 행사할 수 있다는 것은 금시초문이었다. 그리고 결코 무시할 수 없는 중요한 요소이기도 했다. 그런 사실을 운현은 미리 알고 있었다는 것이다.

"그렇지는 않습니다만…… 많다고 할 수도 있겠군요."

자조적인 웃음을 머금으며 운현은 찻잔을 두 손을 감쌌다.

"문제는 제 말을 믿어주지 않는다는 데 있지 않을까요?"

운현은 천하무림대회 직후에 있었던 일을 떠올렸다. 그때 운현은 무림맹 주요 문파의 가주들이 모인 곳에서 분명히 말했다.

암천무제의 뒤에는 일대상인(一大上人)이라는 배후가 있으며, 큰 재력과 무력을 가지고 장강 수로채와 녹림을 이용하여 자신의 뜻을 이루려 하고 있다고 말이다.

하지만 운현의 말은 아무도 믿어주지 않았다. 오히려 그들은 운현을 의심하고 취조하려 하였고, 신승의 안배로 인해서야 운현은 그 자리를 벗어날 수 있었다. 모용미도 그 일을 모르는 바가 아니어서 운현의 말에 반론을 제기할 수는 없었다.

"그래도."

모용미는 조용히 말했다.

"믿어주는 사람들도 있잖아요?"

운현은 고개를 들었다. 그리고, 자신을 바라보고 있는 모용미의 눈동자에 떠오른 신뢰를 발견했다.

"그렇군요."

비로소 운현의 얼굴에 미소가 피어났다. 그것은 손에 느껴지는 차의 온기만큼이나 따뜻했다. 잠시 침묵을 지키던 운현이 천천히 입을 열었다.

“무림맹은.”

운현의 얼굴에서 미소가 사라지기 시작했다.

“이 싸움에서 지게 됩니다.”

모용미는 놀란 표정을 숨기지 않았다.

“무림맹이 지게 된다구요?”

운현은 고개를 끄덕였다. 그리고 다시 말했다.

“네. 무림맹은 이길 수 없습니다.”

“어째서죠?”

모용미는 물었다. 운현은 대답했다.

“무림맹이 이길 가능성이 있었다면, 그들은 이곳에 쳐들어오지 않았을 것입니다.”

“판단은 누구든지 잘못할 수 있어요.”

“남궁세가는 무림맹이 죽음의 땅이 될 것이라 말했습니다. 독선(毒仙) 또한 그렇게 말했고, 그래서 철혈사왕은 저들과 한 편이 되었습니다.”

운현이 말을 계속할수록 모용미의 안색은 하얗게 질려갔다.

“그리고 아직 확인하지는 못했지만, 불영대사님의 의견 또한 그다지 다르지 않을 것입니다.”

“정말인가요? 신승께서…….”

운현은 모용미의 말을 잘랐다.

“그것은 이제 곧 확인하러 갈 참입니다.”

“후우.”

모용미는 한숨을 내쉬며 고개를 저었다. 운현의 말은 하나같이 믿기 힘든 것들뿐이었다.

독선이라면 신출귀몰하며 아무도 그가 있는 곳을 모른다는 기인이 아니던가?

"독선(毒仙)을 뵈었다고 했나요?"

운현은 고개를 끄덕였다.

"오는 길에 뵈었습니다. 그분은 제게 세 가지를 알려주셨죠. 하나는 철혈사왕 염중부가 그들과 한편이 되었다는 것, 그리고 또 하나는 무림맹이 무너지게 될 것이라는 것."

"나머지 하나는요?"

모용미는 굳은 표정으로 물었다. 운현은 잠시 주저하다가 대답했다.

"그들이 찾는 것이 바로 저라는 것입니다."

"운 대인을? 아니, 어째서?"

내내 말이 없던 모용진이 놀란 표정으로 운현에게 묻는다.

"글쎄요."

운현은 고개를 저었다.

"자세한 이유는 저도 모르겠습니다. 다만, 제가 자신들이 찾는 사람이라고 그들은 생각하는 모양이더군요."

"그들이 찾는 것이 대체 누구이길래……."

"잠깐만요, 오라버니."

모용진의 물음을 모용미가 제지했다.

"지금은 그보다 먼저 확인해야 할 일이 있어요."

모용미는 운현을 바라보며 말했다.

"독선께서 그렇게 말씀하셨다면, 당문도 그렇게 알고 있다는 것인가요?"

운현은 고개를 끄덕였다.

"제가 독선을 뵈었을 때, 당설련 소저가 함께 있었습니다. 당연히 알고 있을 것이라고 생각되는군요."

"당문은 공손세가의 참변을 일으킨 원흉을 조사하겠다고 떠났어요. 당신이 무림맹을 떠나던 바로 그 즈음에요."

"그런가요?"

운현은 찻잔을 들어올리며 가볍게 대답했다.

"처음부터 당문은 발을 빼려는 속셈이었나 보군요."

한 모금 차를 들이키고서 운현은 말했다.

"아마도 당문은 돌아오지 않을 것입니다. 물론 보고 같은 것도 없을 테구요."

'설마 당문이⋯⋯.'

순간 그럴 리가 없다는 생각이 모용미를 스쳐갔지만 무림은 알 수 없는 곳이다. 그리고 무엇보다 자신은 이미 운현에게 말하지 않았던가? '나는 당신을 믿겠다' 라고 말이다.

한동안 침묵이 흘렀다. 모용미도, 모용진도 그리고 운현도 아무 말이 없었다. 독고랑은 언제나 그렇듯이 묵묵히 운현의 뒤를 지키고 섰을 뿐이다.

"배후는 누구죠?"

한참만에 모용미가 다시 입을 열었다.

"전에 말씀드린 대로 일대상인(一大上人)이라는 자입니다. 물론, 저도 아직 모르는 자입니다."

"지금 무림맹으로 쳐들어오고 있는 자가 그자인가요?"

"아닙니다. 문왕(文王)이라고 합니다."

"문왕?"

모용미는 고개를 갸웃했다. 처음 듣는 이름이었다.

"암천무제는?"

장강의 싸움에서 남궁세가를 무너뜨린 자. 당시 남궁세가의 가주를 죽이며 한순간에 무림의 폭풍으로 떠오른 자. 무림맹은 이번 싸움의 배후를 그로 지목하고 있었다.

"그가 지금 저들 가운데 있는지는 모릅니다만, 그 역시 일대상인의 수하에 불과합니다."

"이미 철혈사왕이 저들 중에 있어요. 암천무제가 있는지의 여부는 아주 중요한 문제예요."

모용미의 지적은 옳았다. 어디까지나 그녀가 알고 있는 한도 내에서만.

"문제는, 암천무제가 아니라 삼태상이라는 자들입니다."

"삼태상?"

모용미가 살짝 눈살을 찌푸리며 물었다. 또 생소한 이름이 튀어나왔기 때문이다.

"철혈사왕 염중부가 그들의 공격을 채 십여 초도 받아내지 못했다고 독선께서 말씀하시더군요."

"설마!"

이번에는 모용미도 경악의 표정을 숨기지 않았다. 철혈사왕 염중부는, 비록 검성이나 신승보다는 낮게 평가받지만 당당히 그들과 어깨를 나란히 하는 절대강자다. 그런 그가 십여 초도 받아내지 못했다는 것은 그야말로 무림을 뒤흔들만한 이야기가 아닐 수 없다.

"사실입니다. 아니, 저는 그렇게 확신합니다."

다른 사람도 아닌 독선(毒仙)이 한 말이다. 거짓말이 있을 수가 없다.

"맙소사."

모용미는 나지막이 탄식했다. 그리고 살짝 입술을 깨물었다.

"독선께서 하신 말씀이라면 의심의 여지가 없겠지요. 하지만……."

무언가 생각하던 모용미는 문득 운현에게 물었다.

"그러면 독선께서도 그 자리에 계셨다는 뜻인가요? 허면 독선께서는……."

운현은 일부러 독선에 대한 언급을 피하고 있었다. 적어도 그의 패배를 공공연히 말하고 싶지는 않았기 때문이다. 그러나 굳은 운현의 표정은 이미 충분히 모용미의 답이 되어주고 있었다. 모용미는 즉시 질문을 멈췄다.

"아니. 죄송해요. 쓸데없는 것을 물었군요. 그보다……."

모용미는 말했다.

"그 삼태상이라는 자들은, 대체 어디서 나타난 거죠?"

운현은 고개를 저었다.

"그것은 모르겠습니다. 하지만 한 가지는 확실하지요."

모용미를 똑바로 바라보며, 운현은 말했다.

"그들 중에 그런 고수가 있다는 것을 알게 된다면, 오대세가는 물론 그 어느 문파도 목숨을 걸고 싸움에 임하지는 않을 것이라는 사실 말입니다."

운현의 말은 핵심을 찔렀다. 모용미의 얼굴이 딱딱하게 굳어졌다.

"그렇지 않습니까?"

모용미는 입을 다물었다. 하지만 운현의 말을 시인할 수밖에 없었다.

"맞아요."

"아니, 그게 무슨 뜻입니까?"

운현의 말에 의문을 제기한 것은 모용진이었다.

"지금 무림맹에는 천하를 호령하는 문파들이 모두 모여 있습니다. 헌데 어째서……."

"간단한 논리예요. 오라버니."

답변은 운현이 아니라 모용미로부터 나왔다.

"그들이 무림맹에 있는 것은, 무림맹이 그들에게 이익을 주고 있기 때문이에요. 만일 무림맹을 지키기 위해 그들이 대가를 치러야 한다면, 그것도 핵심 전력의 손실이라는 적지 않은 대가를 치러야 한다면 그들은 무림맹을 지키기보다는 가문의 미래를 지키는 쪽을 택할 거예요. 만일 그 손실이 더욱 크리라 예상되고, 성공 여부조차 불투명하다면 선택은 더욱 쉽게 이루어지겠지요."

"그럴 수가……."

신음처럼 모용진은 내뱉었다. 하지만 누이의 말이 옳다는 것을 그도 분명히 알아차릴 수 있었다. 무림맹이라는 것은, 본질상 압도적 우위를 바탕으로 한 이익집단에 불과하다는 것을 그도 알고 있었기 때문이다.

"제가 신승께서도 같은 생각이실 것이라고 말한 것은……."

"신승 불영대사님보다 더 무림맹 문파들의 생리를 아는 사람이 없다는 전제에서 나온 결론이구요."

운현은 고개를 끄덕였다. 모용미는 정확히 운현이 말한 바를 이해하고 있었다.

"후우."

모용미는 긴 한숨을 내쉬었다.

"문제는 또 있습니다."

운현은 말했다.

"제가 오면서 들은 소문은, 이미 수로채와 녹림이 장강을 장악했다는 것입니다. 이것은 장강을 오가는 장삿배들 사이에서는 이미 사실로 굳어져 있었습니다.”

“수로채와 녹림이?”

모용미는 고개를 갸웃했다.

“즉, 무림맹으로 쳐들어오는 것은 문왕의 세력뿐이라는 것입니다. 이것이 뜻하는 것이 무엇이겠습니까?”

운현의 물음에 모용미는 눈살을 찌푸렸다. 예상한 것보다 적의 숫자가 더 적다는 것이 뜻하는 바가 무엇일까? 그러나 모용미는 곧 그 답을 알아차렸다.

“그들의 힘이 우리보다 강하다는 뜻이군요.”

모용미는 낭패한 표정을 지으며 대답했다.

“그렇습니다.”

운현은 고개를 끄덕였다. 그리고 모용미는 입술을 깨물었다.

그녀가 생각에 잠겨있는 동안 방 안에는 다시 침묵이 감돌았다. 이제는 식어가는 차향만이 가끔씩 주위를 떠돌 뿐, 입을 여는 사람은 아무도 없었다. 그리고 잠시 후, 침묵을 깬 것은 또다시 모용미의 목소리였다.

“그러면, 이제 우리가 해야 할 일은 한 가지뿐이군요.”

모용미는 운현을 바라보며 분명한 목소리로 또박또박 말했다.

“질 것을 전제로 대책을 세우는 것.”

“그렇습니다.”

운현은 고개를 끄덕였다.

“다시 말하자면 언제라도 퇴각할 수 있도록 준비해야 한다는 것입니다. 사실은 지금 무림맹을 모두 떠나는 것이 가장 좋다고 생각합니다만.”

운현은 손가락으로 머리를 긁으며 멋쩍은 얼굴로 말했다.

“아무래도 그것은 무리겠죠.”

“네. 그것은 절대 무리예요.”

모용미는 대답했다.

“무림맹이 수로채를 상대로 싸워보지도 않고 도망간다는 것은 누구도 받아들일 수 없을 테고, 무엇보다 당신의 말을 신뢰하는 사람도 아마 거의 없을 테니까요.”

“그게 무슨 소리냐? 운 대인의 말을 신뢰할 수 없다니.”

“후우, 오라버니.”

모용미는 작게 한숨을 내쉬고 말했다.

“지금 운 대인의 말은 사실 객관적인 근거가 아무것도 없어요. 일대상인이나 문왕, 그리고 삼태상에 대한 일은 젖혀놓더라도 독선을 만나 뵈었다는 말 역시 아무 증거가 없다는 뜻이에요. 남궁세가의 예측이라면 그나마 객관적으로 확인할 수 있겠지만, 그것도 사실 확인을 위해서는 시간이 필요하지요. 결국 냉정히 판단해 보자면.”

한숨 섞인 목소리로 모용미는 말했다.

"지금 당장 운대인의 말을 증명할 수 있는 것은 아무것도 없어요. 질 것을 대비해야 한다는 운대인의 말은 결전을 앞둔 무림맹에게는 우울한 저주의 목소리나 마찬가지죠."

"그럴 수가."

모용진은 입술을 깨물었다. 그러나 모용미의 말이 옳았다.

"그러나 모두 사실입니다."

침묵을 지키고 있던 독고랑이 입을 열었다. 묵직하고 낮은 목소리로 독고랑은 말했다.

"운 대인의 말씀은 사실 그대로입니다. 그들이 믿건, 믿지 않건 간에."

"그러나 당연한 사실조차 받아들이려 하지 않는 사람들은 많아요. 그것이 증명할 수 없는 사실이라면 더더욱."

"괜찮습니다."

운현의 나지막한 목소리가 흘러나왔다. 운현은 모용미를 바라보며 말했다.

"저는 무림맹을 구하려고 온 것이 아닙니다. 다른 사람들이 믿건, 믿지 않건 제게는 그다지 중요한 일이 아닙니다. 다만 저를 신뢰하는 사람들을, 단 한 번의 경고조차 없이 위험에 내버려둘 수는 없었습니다."

운현은 말했다.

"그것이 제가 무림맹으로 돌아온 이유입니다."

"운 대인!"

모용진의 목소리에는 그의 격동이 그대로 담겨 있었다. 지금 운현의 말은, 운현이 돌아온 것은 바로 그들을 위해서라는 것이다. 무림맹이 죽음의 땅이 될 것이라고 스스로 믿고 있음에도 불구하고.

"그럼, 이제 이곳을 떠나실 건가요?"

모용진의 격동한 모습과는 달리, 모용미는 차분한 음성으로 물었다.

"뭐, 그럴 수는 없겠죠."

운현은 다시 손가락으로 머리를 긁으며 대답했다.

"일단 돌아온 이상 무림맹 서기로서의 책임이 있으니까요."

"책임?"

운현은 고개를 끄덕이며 말했다.

"무림맹 대표자 회의에 보고를 올리려 합니다."

"운 대인!"

모용진이 운현을 불렀다. 지금 이 상황에서 그런 보고를 공개적으로 올린다는 것은 모용미의 말대로 사람들의 비난을 불러올 뿐이다. 그러나 운현은 아무렇지도 않은 듯 말했다.

"그러면 과연 제 말이 옳았는지를 확인하기 위해서라도 저는 이곳에 있어야 하겠지요. 그리고, 제 몸 하나 지킬 정도의 역량은 충분히 가지고 있다고 생각하니까요."

운현은 미소를 지었다. 그리고 그 말에 반박할 생각은 아무도 하지 않았다. 모용미도, 모용진도, 그리고 독고랑도.

“아.”

문득 생각났다는 듯, 운현이 말했다.

“뭐죠?”

모용미가 물었다.

“제가 잘 몰라서 여쭙는 것인데…… 무림맹이 수로채와 싸우게 되면 여기서 일하는 사람들은 어떻게 됩니까?”

“일하는 사람들?”

“네.”

운현은 고개를 끄덕이며 말했다.

“저 같은 서기들이나, 하인들 같은…… 그러니까 무공을 모르는 일반인들 말입니다.”

‘저 같은 서기들?’

모용미는 운현의 표현이 어울리지 않는다고 생각했다. ‘저 같은 서기들’이라니. 운현 같은 서기가 세상에 또 어디 있단 말인가?

“무림맹이 지게 될 것을 전제로 말이죠?”

“그렇습니다.”

모용미는 운현이 무엇을 생각하는지 대강 짐작이 갔다. 나지막이 한숨을 내쉬고 나서, 모용미는 대답했다.

“그들이라면 걱정하실 필요 없어요. 무림맹이 무너지게 될 것 같으면, 제일 먼저 도망갈 사람들이니까요. 무림맹에서도 그다지 상관하지 않을 거구요. 수로채나 녹림이라고 해도 딱히 그들을 건드릴 이유는 없을거예요.”

“그렇군요. 다행입니다.”

고개를 끄덕이는 운현의 반응에 모용미는 자신도 모르게 실소를 흘렸다.

“만일 무림맹이 그들을 잡아두기라도 한다면, 먼저 무림맹과 싸우기라도 하실 것 같은 말이로군요.”

“그야.”

운현은 어깨를 으쓱하며 말했다.

“필요하다면요. 아, 물론 어디까지나 논전(論戰)에 한해서입니다만.”

모용미의 얼굴이 살짝 굳었다. 그런 모용미를 쳐다보는 운현의 눈빛은 진지하기 그지없었다.

제5장
서기의 임무

신승 불영.

삼십 년 전, 무림맹을 세움으로써 피비린내 나던 정사대전에 사실상 종지부를 찍은 사람. 무림맹 설립 이후 단 한 번도 전면에 나서지 않았지만, 누구나 인정하는 무림맹의 주인 아닌 주인.

또한 그렇기에 무림맹 거대 문파들에게 끊임없이 견제를 받아 온 사람, 그가 바로 신승 불영이다. 그리고 와룡헌(臥龍軒)은 바로 그 신승이 거하는 무림맹의 금지(禁地) 아닌 금지이다. 겉으로 보기에는 그저 허름한 집으로만 보이는 이 와룡헌이 말이다.

　다음날 아침, 와룡헌을 찾은 운현은 독고랑을 잠시 밖에서 머무르게 하고 혼자 와룡헌으로 들어섰다. 외인(外人)의 방문을 꺼려하는 불영의 성격을 잘 알고 있기 때문이다.

　항주에 흔한 여느 별장의 뒷문 정도로만 여겨지는 와룡헌 입구를 지나 안으로 들어서자, 늘 그렇듯이 아담한 정원과 초라해 보이는 집 한 채가 모습을 드러냈다. 그리고 그 정원에, 늘 그러하듯 불영의 작은 그림자가 여느 때와 같이 그 모습을 보이고 있었다.

"대사님."

"혈."

운현을 맞이하는 불영의 대답은 여전했다.

"오지 않아도 좋다고 했더니 기어이 찾아오는구나."

운현은 빙긋 웃으면서 말했다.

"제가 와도 여기 없을 것이라고 하지 않으셨습니까?"

"없을 예정이었지."

불영은 한숨을 쉬며 말했다.

"헌데 네가 돌아오는 바람에 내가 여기 있게 되었잖느냐? 네가 오지 않았다면 여기 내가 있지 않았어도 될 것을…… 쯧."

　운현은 고개를 갸웃했다. 돌아와도 없을 예정이었는데, 돌아와서 있게 되었다니 아무리 생각해도 말이 되지 않는다.

"저, 무슨 말씀이신지……."

"됐다. 이해하라고 한 말도 아니니까."

투덜거리듯 내뱉은 불영은 서 있는 운현을 바라보며 퉁명스
럽게 말했다.

"뭐하고 섰냐? 늙은 중에게 차 공양이라도 해야 할 거 아니
냐?"

"네? 아, 네."

운현은 급히 부엌으로 발걸음을 옮겼다. 그러면서 운현은
고개를 저었다. 이상하게 불영과 대화하다 보면 자신도 모르
게 휘말린다는 느낌을 지울 수가 없다. 딱히 잘못한 일이 없는
데도 왠지 모르게 기가 눌린다고 할까?

'역시 살아온 연륜의 차이라는 건가?'

항상 웃어른을 공경하도록 배워 온 탓인지, 혹은 정말 불영의
연륜이 만만치 않아서인지 모르지만 어쨌거나 분명한 것은 죽
었다 깨도 저 불영을 말로 이길 수는 없을 것이라는 사실이다.

그렇게 부엌으로 들어가는 운현의 등 뒤로 불영의 투덜거림
이 들려온다.

"에잉, 요즘 젊은 것들은 기본적인 것도 모르면서 뭘 배우
는지…… . 배웠다는 것들이 더 경우가 없으니 세상 참 말세로
다, 말세야."

여느 노인네와 같은 불영의 투덜거림을 들으며 운현은 미소를
지었다. 여느 때처럼 휘말렸다는 생각도 잠시, 불영이 전혀 달라
진 것이 없다는 사실이 오히려 운현의 마음을 편안하게 했다.

"헐. 역시 차는 용정차가 제맛이로다."

따뜻한 찻잔을 들어올리며 불영은 만족한 듯 말했다. 그는 찻잔 속에 떠 있는 찻잎을 후후 불며 음미하듯 조금씩 홀짝거린다.

"제 말은 들으셨겠지요?"

운현은 미심쩍은 표정으로 말했다. 지금까지 있었던 일들을 그야말로 장황하게 늘어놓은 참인데, 정작 불영의 반응이라는 것이 영 딴소리라 자연히 그런 말이 나온 것이다.

"헐, 귀는 닫으려 해도 늘 열려 있는 것이 아니더냐? 그런 걱정은 마라."

들었다는 뜻이긴 한데 반응은 기대 이하다. 적어도 놀라는 척이라도 해야 할 것 아닌가? 아무리 천하의 신승이라고 해도 말이다.

"무림맹이 무너질 것이라 독선이 말씀하시던데, 걱정이 되지 않으십니까?"

"걱정?"

불영은 차를 한 모금 후룩 마시고는 말했다.

"되지. 되고말고."

고개를 들어 하늘을 우러러보며 불영은 허허로운 목소리로 말했다.

"어떻게 해야 이 숱한 집착을 훌훌 털어버리고 깨달음을 얻을 것인지 자나 깨나 걱정이다, 걱정."

운현은 눈살을 찌푸렸다. 어찌 보면 승려로서 당연한 말이라 하겠지만, 지금 주제가 그것이 아니지 않는가?

"저, 그게 아니라 무림맹 말입니다."

운현은 말했다.

"평생을 들여 이루어 놓으신 것인데, 이렇게 놔두어도 괜찮으신지……."

괜찮을 리가 없다. 무림맹은 천하가 인정하는 신승 불영의 업적이다. 그리고 비록 불영이 와룡헌을 나서지 않고 있다고는 하지만, 그늘에서 무림맹을 지켜왔다는 것을 운현은 알고 있다.

지난번, 무림맹을 대표해서 자신을 북해에 가게 한 것만 봐도 분명하지 않은가? 그러니 이번 일 역시 신승 불영의 계산 속에 있을 것이라고, 운현은 분명히 확신했다.

"으음."

운현의 말에 불영은 눈살을 찌푸리고 신음을 흘렸다. 무언가 심각하게 고뇌하고 있는 듯한 모습. 운현은 '역시' 하고 생각했다. 그러나 불영의 입에서 튀어나온 말은 운현의 예상과는 전혀 다른 말이었다.

"실은 그보다 더 중요한 일이 있다."

"네?"

운현은 놀란 얼굴로 되물었다. 그러나 돌아온 것은 불영의 긴 한숨이다.

“후우우.”

그답지 않게 긴 한숨을 흘린 불영은 다시 하늘을 쳐다보며 무언가 회한에 잠기는 듯했다.

운현은 긴장했다. 자신이 아는 한 불영이 이런 표정을 지은 적은 거의 없었다. 그렇게 침묵을 지키던 불영이 천천히 입을 열었다.

“이런 이야기를 들어본 적이 있느냐?”

운현은 귀를 쫑긋 세웠다. 대체 무슨 이야기일까?

“예전에 한 청년이 있었다. 그는 무공에 뛰어난 자질을 보였고, 스스로도 그것을 잘 알고 있었다. 그는 남들이 부러워할 만한 절기를 여럿 가지고 있었는데, 그 중에서도 그가 가장 자랑스러워했던 것은 바로 지풍(指風)이었다.”

“지풍?”

“그래.”

불영은 검지를 들어 보이며 말했다.

“그의 지풍은 강한 양강의 내력으로 순식간에 상대를 제압하는 것이었다. 그는 곧 강호에 이름을 알리기 시작했지. 하지만 그는 그것으로 만족하지 않았다.”

검지에 이어 중지, 약지를 차례대로 들어 보이며 불영은 말했다.

“처음 검지에서 시작하여 중지, 약지……. 청년은 뼈를 깎는 수련을 거듭하며 자신의 절기를 발전시켜 나갔다. 그는 곧 다섯 손가락 모두에서 마음대로 지풍을 쏘아낼 수 있는 경지에 이르게 되었지. 생각해 봐라. 그가 한 번 손을 스윽 떨치기만 하면 다섯 손가락에서 쏘아진 지풍이 어김없이 다섯 명의 적들을 나뒹굴게 하는 것이야. 단 한 번의 손짓에 다섯 명이 그 앞에서 무릎을 꿇으니, 꽤나 사람들의 이목을 끌었을 것 같지 않느냐?”

불영은 스윽 손을 움직여 보이며 말했다. 그리고 운현은 자신도 모르게 손을 움찔했다. 과연 그러했다. 한 번 손짓에 나가떨어지는 적들이라니, 생각만 해도 꽤나 호쾌한 장면이 될 것 같았다.

“사람들은 곧 그를 오지선풍(五指旋風)이라 부르기 시작했고, 그의 절기인 옥애발휘(玉靄發揮; 옥빛 아지랑이가 빛나다)와 함께 곧 강호에 이름을 떨치기 시작했지.”

“오지선풍 옥애발휘…….”

“허나 산이 높으면 골이 깊은 법, 그의 이름이 높아지는 것과 동시에 그의 적들도 많아졌다. 아니, 뽐내기 좋아하고 나서기 좋아하는데다, 자기보다 못한 사람을 무시하는 그의 성격은 그의 친구보다는 적을 더 많이, 더 빠르게 만들어내기 시작했지.”

착잡한 음성으로 불영은 말했다. 운현은 납득이 간다는 듯 고개를 끄덕였다. 자신의 실력으로 자수성가한 사람은 실력 없는 자를 무시하기 쉽다. 모든 사람이 다 자기 같다는 생각에서 말이다.

"그리고 그에게는 더 큰 문제가 생겼다. 옥애발휘를 완성한 그 직후부터, 수련을 계속 할수록 그의 손가락이 점점 오그라들기 시작한 것이다. 바로 이렇게 말이다."

불영은 자신의 손가락을 살짝 오므려 보였다. 활짝 편 그의 손가락이 마치 갈퀴처럼 살짝 구부러진다.

"그야말로 하늘이 무너지는 것 같았지. 청년은 미친 듯이 수련했지만 그럴수록 그의 손가락은 점점 더 굽어만 갔다. 마침내 그도 수련을 중지하고 은밀히 약을 찾아다닐 수밖에 없었다."

"저런……."

운현은 혀를 찼다.

"그러나 누구도 그런 증세에 대해 알지 못했다. 은밀히 찾아간 명의들도 그저 고개를 저을 뿐, 그는 그때마다 실망과 좌절을 겪을 수밖에 없었다. 게다가 엎친 데 덮친 격으로 그의 적들이 그에 대해서 알게 되었다. 비록 손가락에 대해서는 알지 못했지만, 은밀히 약을 구하러 다니는 그의 행동은 적의 이목을 끌기에 충분했지. 그리고 깊은 산중에 천라지망(天羅地網)을 펼치고 그를 유인하여 몰아넣기에도 말이다."

"천라지망이라니? 그렇게 적이 많았단 말입니까?"

운현의 물음에 불영은 쓴웃음을 지었다.

"원한을 가진 자 중에 나름대로 세력을 가진 좀 독한 놈이

있었다. 설마 개인적인 원한을 가진 자들이 수백, 수천이라도
되었겠느냐?”

“흐음.”

운현은 고개를 끄덕였다. 하긴, 원한을 가진 자가 어떤 조직
을 이끌고 있는 수뇌라면 수하를 동원할 수도 있었으리라.

“그는 살아남기 위해 발버둥 쳐야 했고, 믿을 수 있는 것은
오직 자신의 옥애발휘뿐이었다. 굽어가는 손가락을 다른 손으
로 억지로 붙잡고 그는 죽을힘을 다해 옥애발휘를 펼쳤다. 그
러나 적들은 점점 더 조여들어왔고, 그의 손가락 역시 점점 더
굽어만 갔다.”

다른 손으로 굽어가는 손가락을 억지로 쥐어 피며 불영은
말했다. 운현은 물론 불영의 시선도 점점 오그라드는 불영의
손가락을 향해 있었다.

“미친 듯이 활로를 찾았다. 그러나 무섭도록 치밀한 적들은
절대 길을 열어주지 않았지. 하나, 둘, 셋. 그는 점차 심각한
상처를 입기 시작했다. 그리고 그의 손가락은 점점 더 굽어 들
어가서 처음엔 무명지가, 그리고 곧 약지가 지풍을 쓸 수 없을
정도가 되어버렸다. 오지선풍이 삼지선풍이 되었을 때는 이런
방법까지 사용했지.”

불영은 오그라드는 손을 운현의 가슴에 가져다 대었다. 세
개의 손가락이 마치 심장을 파내려는 듯 운현의 가슴에 닿자
왠지 오싹한 마음에 운현은 슬그머니 불영의 손을 치운다.

"그렇게 했군요."

운현은 고개를 끄덕였다.

"그렇게 했지."

불영은 말했다.

"그러나 새벽이 다가올 무렵, 하늘이 검보라색으로 물들어 갈 때 결국 그는 최후의 순간을 맞이하고야 말았다. 온몸에는 크고 작은 상처에서 피가 흐르고 있었고, 두 손은 걸레처럼 너덜너덜해져 있었지. 손은 이미 완전히 굽어 마치 주먹을 쥔 것처럼 되어 버렸고 말이야."

하늘을 올려다보며 불영은 말했다. 마치 그때의 하늘빛을 회상하는 듯.

"그가 쓰러지자 마침내 배후 인물도 모습을 드러냈다. 한 손에 검을 들고 비릿한 미소를 머금은 채, 마치 사신(死神)처럼 자신의 숨을 끊으려고 한 발 한 발 다가오는 그 모습을 보며, 청년이 어떤 생각을 했는지 아느냐?"

운현은 고개를 저었다. 불영은 나지막한 목소리로 말했다.

"그는 이상하게도 죽음의 공포나 두려움은 느낄 수 없었다. 마지막의 마지막까지 탈진한 탓일까? 아니면 너무 많은 사람들을 죽여 온 탓일까? 그 순간, 그의 눈앞에 자신의 지나온 삶이 마치 주마등처럼 지나가고 있었다. 그리고 깨달았다. 모든 게 덧없는 일이었음을."

불영은 천천히 독백 같은 말을 이어나갔다.

"모든 게 덧없었다. 자신의 이름을 날리며 강호를 종횡하는 것도, 사람들의 선망과 칭찬과 질시가 뒤섞인 부러움의 시선도, 그리고 꽃 같은 아가씨들의 달콤한 목소리도 모두 덧없게 느껴졌다. 그에게는 한 발 한 발 다가오는 죽음의 그림자보다 눈앞을 스쳐 지나가는 자신의 생(生)이 아무 의미가 없다는 것이 더욱 허탈하게 느껴졌지."

문득 불영은 운현을 쳐다보며 말했다.

"너라면 어찌했겠느냐?"

운현은 잠시 당황했다. 그러나 곧 말을 흐렸다.

"글쎄요……."

문득 예전의 그 순간이 운현에게 떠올랐다. 성공하리라 생각하며 오직 글만을 읽었고, 그래서 황궁에 들어와 남보란 듯이 성공했다고 생각했는데, 그것이 헛된 꿈에 지나지 않았음을 알게 되었던 바로 그 순간이 말이다.

"백척간두 진일보(百尺竿頭 進一步) 시방세계 현전신(十方世界 現全身). 백 척 장대의 끝에 서서 한 발을 내딛어라, 그리하면 새로운 세계가 모습을 나타낼 것이다."

불영은 말했다.

"그는 모든 미련과 집착을 버렸다. 그 순간, 그의 움켜쥔 손이 자신도 모르게 적을 향했다. 적은 순간 흠칫했지만 곧 그것이 덧없는 최후의 몸부림이라는 것을 알고 조소했지. 그대로 옥애발휘를 시전한다면, 그 지풍은 틀림없이 청년의 손바닥과

팔을 꿰뚫어 버릴 테니 말이다.”

운현은 주먹을 쥐어 보았다. 그리고 곧 고개를 갸웃했다. 네 손가락은 분명히 손바닥을 향해 있는데, 엄지는 옆을 향하고 있지 않은가?

“아, 저기…….”

운현의 질문을 눈치챈 불영이 눈을 흘긴다. 그 눈빛에 운현은 즉시 입을 다물었다. 하긴 이런 것을 따져 물을 만한 순간이 아니다.

“무념무상의 순간, 청년은 마치 당연히 그래야 한다는 듯 손을 들어올리고 지극히 자연스럽게 옥애발휘를 펼쳐냈다. 마치 자신이 해야 할 일이 오직 그것뿐인 것처럼. 그리고 바로 그 순간, 완전히 오그라든 그의 손에서는…….”

불영은 운현을 향해 천천히 손을 뻗었다. 마치 주먹을 쥐듯 하고 있는 불영의 손. 그 순간, 불영의 주먹에서 강한 기세가 뿜어져 나왔다.

“콰앙!”

“헉!”

운현은 깜짝 놀라 펄쩍 뛰었다.

“왜, 왜 이러십니까!”

불영의 주먹에서 나온 기세는 생각보다 크지 않았다. 그보다 불영의 목소리에 더 놀랐다. 그러나 불영은 얼굴 가득 득의양양한 웃음을 머금고 말했다.

“엄청난 권풍이 나가더라 이거다.”

“네?”

“이해가 안 되냐? 아, 그러니까 손이 오그라든 건 무공이 잘 못돼서 그런 게 아니라 더 높은 단계로 넘어가기 위한 자연스러운 변화였다는 거지.”

불영은 손을 쥐었다 폈다 해가며 운현에게 설명했다. 운현은 문득 불길한 예감을 떠올렸다.

“그럼 그 청년은……”

“당연히 그 독한 녀석을 해치우고 출가해서 도를 닦았지. 아니, 그러면 좀 그런가? 그냥 잘 먹고 잘 살았다고 하는 게 더 낫겠구나. 어떠냐? 재미있지 않냐?”

“그럼 이것이 대사님의 과거 이야기가 아니었단 말입니까?”

불영은 잔뜩 얼굴을 찌푸렸다.

“내가 언제?”

하긴 그렇다는 말은 한 마디도 없었다. 운현은 손으로 이마를 짚었다. 갑자기 머리가 아파오는 듯하다.

‘백척간두 어쩌고 했을 때 알아차렸어야 했는데……’

백척간두 진일보는 이미 불영의 사부, 와불이 써 먹은 수법이다. 와불이 말하기를, ‘남의 말은 믿을 것이 못 된다는 것을 깨달았다’ 고 하지 않았던가?

“그럼 이 이야기는 왜 하신 겁니까?”

“그야 재미있을 것 같아 한 것이지. 너 나중에라도 이 이야기를 써 먹으려면 꼭 내게 허락을 득(得)해야 하느니라. 내가 만든 이야기를 네 마음대로 함부로 써 먹었다간 반드시 경을 칠 테니까."

"안 씁니다."

운현은 단호하게 말했다.

"후우."

한숨을 내쉬고, 운현은 다시 물었다.

"정말 그냥 재미로 하신 겁니까?"

"헐, 녀석. 쳐다보는 눈초리하고는……."

불영은 피식 웃으며 말했다.

"아직 이 이야기의 뜻을 모르는 걸 보니, 너도 도를 깨닫기는 참으로 먼 인생이로구나."

운현은 눈살을 찌푸렸다. 이건 또 무슨 얘기인가? 그러나 불영은 운현의 반응에는 상관없이 말을 이었다.

"인생에는 죽고 사는 것보다 더 큰 일이 있다는 것이다. 너는 무림맹이 어쩌니 저쩌니 하지만, 나에게는 그보다 더 중요한 일이 있지 않느냐? 아직 그 답을 얻지 못했는데, 어찌 무림맹의 흥망이 내게 걱정거리가 되겠느냐?"

"더 중요한 일이라시면……."

운현이 묻자 불영은 그저 미소만 지을 뿐, 대답해 주지 않는다.

"으음……."

운현은 눈살을 찌푸렸다. 대체 감을 잡을 수가 없었다. 불영의 말은 항상 이런 식이다.

그저 둘러대는 것인지, 혹은 정말 진실이 담겨 있는 것인지 알 수가 없다. 그러나 적어도 한 가지는 분명해졌다.

"결국, 무림맹의 일에는 상관하지 않으시겠다는 것이군요."

"그래. 너 때문이다."

"네?"

난데없는 말에 운현이 반문하자 불영이 대답한다.

"네가 돌아오는 바람에 내가 여기 있게 되었다고 말하지 않았느냐?"

운현은 눈살을 찌푸렸다. 다시 그 얘기다. 운현은 더 이상의 질문을 포기했다.

"알겠습니다. 여하튼……."

운현은 자리에서 일어섰다. 적어도 불영이 나서지 않을 것이라는 것은 확인한 것이다. 하기야 얼마 전 무림맹에서 신승과의 결별을 공식적으로 통보한 만큼, 불영에게는 더 이상 무림맹에 대한 미련이 없을 지도 모른다. 물론 불영의 속내를 감히 누가 알리요마는.

"부디, 몸조심 하십시오."

정중하게 예를 올리며 운현은 진심으로 그렇게 당부했다.

"헐헐. 승려가 몸을 아껴서야 어찌 득도를 하겠느냐?"

불영의 허허로운 목소리가 운현의 귓가를 간지럽힌다. 운현은 문득 이상한 느낌이 들어 불영을 올려다보았다. 그러나 불영은 찻잔을 들어올리며 찻물을 홀짝이는 그 모습 그대로다. 운현이 계속 쳐다보자 불영이 흘겨보며 핀잔을 준다.

"뭘 보고 섰느냐? 인사했으면 냉큼 가지 않고."

"네. 그럼, 이만……."

왠지 불영의 목소리가 다시 들려올 것 같아 운현은 머뭇거렸지만, 불영은 그저 차를 홀짝일 뿐 아무런 말이 없었다. 잠시 기다리던 운현이 결국 포기하고 발걸음을 돌리려는데 순간, 불영의 목소리가 들려온다.

"잠깐."

"네?"

기다렸다는 듯, 작은 주머니 하나가 돌아서는 운현에게로 바로 날아온다.

탁.

운현은 가볍게 받아들었다.

"이게……."

"선물이다."

불영은 아무렇지 않은 듯 말했다. 운현은 주머니를 살펴보았다. 날아온 것은 거친 삼베로 만든 작은 주머니였다. 투박한 솜씨로 대강 만든 것이 분명해 보이는 허름한 주머니.

운현은 안을 열어보려다 흠칫했다. 열어도 되는 건가 하는 의심이 들었기 때문이다. 그러나 불영은 아무 말이 없고 운현은 결국 작은 주머니를 열어보았다. 안에서 나온 것은 한 움큼이 될까 말까 한 정체모를 마른 찻잎들이었다.

"이건……."

"왜? 차 싫어하냐? 그럼 말고."

대뜸 불영은 쑥 손을 내민다.

"아닙니다. 감사합니다."

"먹을 때 내 생각해라."

불영은 짐짓 딴청을 피우며 말했다.

"귀한 차니라. 이 땅에선 구경도 할 수 없는 것이지."

"알겠습니다."

운현은 고개를 숙여 감사의 뜻을 표했다. 하지만 여전히 무슨 영문인지 종잡을 수 없었다.

난데없이 찻잎을 주는 것에 무슨 속셈이라도 있는 걸까? 당한 일이 있으니 그대로 받아들일 수가 없다. 그러나 생각한다고 불영의 속마음을 알아차릴 수 있는 것도 아니다.

"뭐 하는 게냐? 어여 가라니까."

"알겠습니다. 그럼……."

혹시나 싶어 운현은 머뭇거렸다. 또 자신을 부르는 소리가 들려올 것 같았기 때문이다.

하지만 정말 그것으로 마지막인지 불영은 운현을 돌아보지도 않고 더 이상 아무런 말도 없었다. 잠시 그렇게 머뭇거리다가, 결국 운현은 발걸음을 돌려 와룡헌을 나올 수밖에 없었다.

"헐."

운현의 모습이 와룡헌 밖으로 사라지자, 불영은 운현이 사라진 쪽은 쳐다보지도 않은 채 나지막한 한숨을 내쉬었다.

"백척간두 진일보……."

아무에게도 들리지 않을 목소리로 불영은 그렇게 중얼거렸다. 그리고 혹시라도 누가 들을세라, 후루룩 찻물을 들이켜는 소리가 그 뒤를 이었다.

"일은 잘 마치셨습니까?"

와룡헌 밖에서 기다리던 독고랑은 운현을 보자 그렇게 인사를 건넸다. 운현은 씨익 웃으며 머리를 긁적였다.

"글쎄요. 잘 된 건지……."

운현의 애매한 대답에 독고랑은 일이 그리 잘 된 것이 아니라는 것을 알아차렸다.

"역시 신승께서는 이번 일에 움직이지 않으실 모양이군요."

"아마 그런 듯합니다."

운현의 대답에 독고랑은 고개를 돌려 와룡헌을 쳐다보았다. 마치 불영의 마음을 꿰뚫어 보기라도 할 듯 와룡헌 안쪽을 주시하던 독고랑은 운현에게 다시 물었다.

"하지만 신승께서 움직이실 의향이 없으시다면, 왜 이곳에 계시는 것입니까?"

"글쎄요."

　운현은 어깨를 으쓱했다. 하지만 독고랑의 말이 맞다고 운현도 생각하고 있었다. 게다가 불영 역시 곧 이곳을 떠날 것처럼 이야기하지 않았던가? 지난번 운현이 남궁세가로 갈 때 말이다.

　"무언가 생각이 있으시겠지요."

　"왠지 마음에 들지 않는군요."

　"네?"

　"마치 저희가 그분의 손바닥 위에서 노는 것 같아 기분이 좋지 않습니다."

　운현은 웃었다. 불영을 한 번도 만나보지 못한 독고랑마저 그런 느낌을 받는 것을 보니 어쩐지 공감을 느꼈다고 할까?

　"더 중요한 일이 있다고 그러시더군요."

　독고랑은 살짝 눈살을 찌푸렸다. 하지만 더 이상 묻지 않았다. 운현이 말하지 않았다는 것은, 알려주기 어려운 내용이거나 그도 모른다는 뜻이다.

　"가죠. 저에게도 중요한 일이 있으니."

　운현은 독고랑을 향해 그렇게 말하고는 발걸음을 옮겼다. 독고랑은 한 번 더 날카로운 눈빛을 와룡헌으로 보내고, 묵묵히 운현의 뒤를 따랐다.

*　　　*　　　*

　와룡헌을 나온 운현은 곧바로 지객당으로 향했다. 어제처럼 일에 파묻혀 있는 관지부와 변기량을 만난 후, 운현은 곧장 서탁에 앉았다. 하지만 지객당의 일을 돕기 위한 것은 아니었다.

　운현은 붓을 들어 자신이 파악한 무림맹의 상황과 문왕에 대해 자세히 적어 나갔다.

　물론 구체적인 내용을 생략한 것들도 많았지만 정확하게 표현하려 애썼다. 그리고 무림맹이 어떻게 대처해야 하는지에 대한 자신의 의견도 적었다. 최대한 에둘러 표현하기는 했지만 말이다.

　"후우."

　붓을 내려놓으며, 운현은 제법 두툼해진 보고서를 바라보았다. 마음이 착잡했다. 이 보고서가 어떤 반응을 불러 올지 대강 짐작이 되었기 때문이다.

　아마도 전날 모용미 소저의 예측과 크게 다르지 않으리라. 그럼에도 불구하고 운현이 이 보고서를 쓴 것은, 자신이 말한 대로 무림맹 서기의 직임을 다하기 위해서였다.

　잠시 생각에 잠겨 있던 운현은 다시 붓을 들었다. 일필휘지로 몇 자를 적어 내려가던 그는 금방 붓을 멈추고 중얼거렸다.

　"이번이 두 번째로군."

　처음에는 황궁에서, 그리고 두 번째는 무림맹에서. 운현이 방금 적어 내려간 것은 바로 자신의 사직서였다. 잠시 상념에 잠겨있던 운현은 곧 고개를 저었다. 그리고 자리에서 일어섰다.

달칵.

운현은 방금 끝마친 보고서와 사직서를 들고 지객당 책임자인 관지부에게 다가갔다.

"관지부님."

서류에 정신없이 파묻혀 있던 관지부는 운현의 목소리에 고개를 들었다.

"아, 운 서기. 무슨 일이시오?"

여전히 반 존칭을 사용하는 관지부에게 운현은 미소를 보냈다.

"이번에 제가 남궁세가에 다녀온 일에 대한 보고서입니다."

"보고서? 그런 건……."

관지부의 반응은 떨떠름했다. 어차피 무림맹에서 정식으로 보냈던 일도 아닌데 보고서 같은 것을 기대할 리가 없는 것이다. 그러나 운현은 물러서지 않았다.

"맹의 대표자 회의에 올려 주셨으면 합니다."

"대표자 회의에?"

대표자 회의에 올린다는 것은 맹의 상부에 정식으로 보고되어야 한다는 것을 뜻한다. 당연히 관지부로서는 뒤로 뺄 수밖에 없었다. 가능하면 얽혀들고 싶지 않은 것이 그의 솔직한 심정이었으니까. 그러나 운현은 미소가 사라진 진지한 얼굴로 다시 말했다.

"중요한 일입니다. 아주, 중요한."

한 마디 한 마디를 강조하며 운현이 말하자 관지부로서도 더 이상 핑계를 댈 수가 없었다.

"아, 알겠네."

관지부는 운현으로부터 보고서를 받아들었다.

"아, 그리고 이건."

운현은 작은 서찰 같은 것을 하나 더 꺼내들었다. 그리고 말했다.

"제 사직서입니다."

그렇지 않아도 일그러져 있었던 관지부의 주름이 더욱 깊어졌다.

*　　*　　*

무림맹 대의사청 앞에서 기다리던 관지부는 문이 열리자마자 급히 안으로 들어갔다. 아침부터 시작된 회의가 휴회(休會)에 들어가며 이제야 잠시 틈이 난 것이다.

정말 큰일이라도 났다면 회의 중간이라도 상관없이 들어갈 수 있겠지만, 이 일은 워낙 판단하기가 미묘했다. 거의 끝나가는 회의 분위기를 깨가면서 들어가야 할지 확신이 서지 않았던 것이다. 결국 잠시 휴식을 가질 때까지 기다리기로 했는데, 생각보다 시간이 오래 걸렸다.

"무슨 일인가?"

관지부가 다가가자 제갈세가의 대표자인 제갈연이 물었다. 그의 목소리에 오랜 회의로 인한 피로가 역력하니, 그의 기분이 그리 좋지 않을 것도 분명하다. 관지부는 먼저 공손하게 인사를 올렸다. 그리고 나지막하게 말했다.

"운 서기가 보고서를 올렸습니다."

"운 서기?"

제갈연은 눈살을 찌푸리며 말했다.

"어제 돌아왔습니다."

"그런가?"

제갈연은 앞에 놓인 서류들을 정리하며 생각했다. 운 서기야 얼마든지 마음대로 오고 갈 수 있는 것이지만 시기가 너무 절묘하다.

'하필이면 지금 이런 시기에 돌아왔다면……. 신승이 연관되어 있는 것일까?'

속으로 이런저런 생각을 하며 제갈연은 관지부가 서탁 위에 정갈하게 올려놓는 보고서와 서찰 한 통을 내려다보았다.

"운 서기는?"

서로 이야기를 나누던 다른 문파 대표자들의 시선이 슬며시 자신 쪽을 향하는 것을 느끼며 제갈연은 관지부에게 물었다.

관지부도 자신을 향하는 대표자들의 시선에 적잖이 당황하고 있었다.

"지금 지객당에 있습니다."

"흐음."

힐끗 시선을 돌려 소림의 대표자인 진명을 바라보니 벌써 아랫사람을 불러 무언가 말하고 있다. 아마도 운현이 돌아온 것을 소림 장문에게 이르라는 것일 터이다.

비록 불영의 안배에 의한 것이라 하지만, 느닷없이 운현을 사숙조로 모시게 되었으니 소림에서 어찌 신경을 쓰지 않을 수가 있으랴?

'소림도 이래저래 신승 뒤치다꺼리로 고역이군.'

소림이 신승 불영의 사문이기는 하나 그로 인해 얻은 것은 명성밖에는 없다. 오히려 무림맹 내에서는 수많은 견제로 얻는 것보다 잃는 것이 더 많다고 할 수 있었다. 물론 얻은 것이 그저 명성뿐이라 해도 결코 작은 것은 아니지만.

펄럭.

짐짓 아무렇지 않은 듯한 표정으로 제갈연은 보고서를 넘겼다. 그리고 천천히 보고서를 읽어 내려가던 그의 안색이 변한 것은 금방이었다.

"으음."

제갈연은 자신도 모르게 신음을 흘렸다. 그리고는 주위의 눈도 신경 쓰지 않고 정신없이 보고서를 읽어 내려갔다. 보고서의 마지막 장을 덮을 때, 그의 안색은 파랗게 질려 있었다. 제갈연은 매서운 눈초리로 관지부를 바라보며 물었다.

"자네, 이 보고서를 읽었나?"

"아, 아닙니다. 그럴 리가 있겠습니까?"

관지부는 급히 손을 내저으며 말했다.

"본래라면야 제가 당연히 내용을 미리 파악해서 올리겠지만 이건 운 서기가 작성한 것이라……."

"그런가?"

제갈연은 관지부의 설명은 신경도 쓰지 않았다. 다만 그가 이 보고서를 미리 읽지 않았다는 것을 확인한 후, 짧게 말했을 뿐이다.

"잘했네."

제갈연의 안색이 심상치 않자, 관지부는 감히 말을 걸지 못했다. 이쯤에서 물러나고 싶었지만 감히 그런 이야기를 꺼낼 분위기도 아니었다.

"이것은 뭔가?"

생각에 잠겨 있던 제갈연이 문득 보고서와 함께 놓인 서찰을 발견하고 묻는다.

"운 서기의 사직서입니다."

"사직서?"

제갈연의 눈살이 크게 일그러졌다. 관지부는 혹시 불호령이라도 떨어질까 움찔했지만, 정작 제갈연은 눈살을 찌푸렸을 뿐 아무 말이 없었다. 아마도 보고서에 대한 충격이 아직 가시지 않은 듯했다.

"무슨 일이오?"

아까부터 지켜보고 있던 혁련세가의 대표자, 혁련필이 결국 제갈연에게 말을 걸었다. 제갈연은 대답 대신 긴 한숨을 내쉬었다.

"후우……."

달칵.

제갈연은 자리에서 일어섰다. 그리고 혁련필이 아니라 대의사청에 있는 모든 대표자들을 향해 말했다.

"여러분."

그는 굳은 얼굴로 말했다.

"지금 즉시 회의를 다시 시작해야 할 것 같습니다."

대의사청에 있던 모든 대표자들의 시선이 제갈연에게 집중되었다. 그리고 이미 관지부의 입에서 '운 서기'라는 말이 나올 때부터 모든 것을 짐작하고 있던 모용세가의 대표자 모용미는, 자신도 모르게 나지막한 한숨을 내쉬었다.

운현은 지객당에서 보고서의 결과를 기다리고 있었다. 그리고 한참 후, 숨이 턱에 닿도록 헐레벌떡 달려온 관지부가 지객당으로 급히 들어섰다.

"우, 운 서기!"

운현은 관지부가 지객당을 들어설 때 이미 자리에서 일어서 있었다. 운현은 조용히 대답했다.

"네."

"지, 지금 그, 급히……."

뛰어 오느라 숨이 찼는지, 관지부는 채 말을 끝맺지 못했다. 관지부는 일단 턱까지 차오른 숨을 돌리고는 다시 말했다.

"대의사청으로 가보시게. 소, 소환일세, 소환!"

큰일이라도 벌어진 듯한 관지부의 목소리에 비해, 운현의 태도는 침착했다. 그는 관지부를 향해 예를 올리고는 침착한 목소리로 대답했다.

"네. 알겠습니다."

아직도 당혹스런 표정을 짓고 있는 관지부를 남겨두고 운현은 지객당을 나섰다. 그리고 언제나처럼 독고랑이 그 뒤를 따랐다.

*　　　*　　　*

무림맹 대의사청으로 가는 길에는 객청이 있다. 대의사청으로 발걸음을 옮기던 운현은 무심코 객청을 지나려다 깜짝 놀랐다. 정말 수많은 사람들이 널따란 객청을 가득 메우고 있었기 때문이다.

"하하하! 그야 이를 말인가? 내가 소싯적만 해도 말이야……."

"이봐! 여기 술 좀 더 가져오게!"

"뭐라고? 그게 사실인가?"

가지각색의 떠드는 목소리들로 객청은 그야말로 시장터를 방불케 했다. 먹고 마시며 떠드는 사람들과 무언가를 진지하게 이야기하고 있는 사람들, 그리고 그들 사이를 분주히 다니며 음식을 나르거나 심부름을 하는 사람들로 객청은 가득 차 있었다. 오죽하면 객청 앞마당에도 크게 자리를 준비해 놓았을 정도일까?

"휴우. 정말 많군요."

잠시 놀란 얼굴로 이 광경을 바라보던 운현이 독고랑에게 말했다. 독고랑은 고개를 끄덕여 보인다.

"항주 인근의 사람들만으로도 이 정도니, 모두 모인다면 그 수가 보통이 아니겠군요. 원래 이렇게 모여 있는 게 보통입니까?"

운현이 묻자 독고랑이 대답했다.

"그렇지는 않습니다. 보통은 집결지를 정하고 각자 자신의 무관이나 문파에서 준비를 마친 후에 출발하는 경우가 대부분인데, 이렇게 모여 있는 것을 보니 아마도 무림맹을 지켜야 하는 일이라 그런 듯합니다."

"그렇군요."

끄덕이던 운현은 문득 독고랑이 관심을 보이고 있다는 것을 알아차렸다. 그의 시선이 객청에 있는 가지각색의 사람들을 흥미롭게 쳐다보고 있었기 때문이다. 승부사적인 그의 기질이 발동한 것일까? 아니면 예전의 자신 같은 처지의 사람들에게 동병상련을 느낀 것일까?

"혹시, 이런 싸움을 겪어본 적이 있습니까?"

운현의 물음에, 독고랑은 객청을 향한 시선을 거두지 않은 채 간단하게 대답했다.

"싸움에는 익숙합니다. 집단전이든, 혹은 일 대 일 결투이건."

운현은 빙긋 웃었다. 그리고 말했다.

"제가 대의사청에 다녀오는 동안, 잠시 여기서 쉬고 계시겠습니까?"

운현의 말에 독고랑은 문득 정신을 차린 듯 대답했다.

"아닙니다."

미소를 지으며 운현은 말했다.

"괜찮습니다. 어차피 대의사청에는 들어갈 수 없을 테니, 이곳에서 잠시 쉬고 있는 것도 좋지 않겠습니까? 이 사람들의 전력을 분석해 보는 것도 의미가 있을 테고……. 아니면 조금 도와줘도 괜찮겠지요."

"돕다니, 무엇을 말입니까?"

"이런 싸움에는 익숙하다고 하지 않았습니까? 그리고 어차피 무림맹의 화살받이로 모여 있는 사람들입니다. 이들을 도와주는 것도 충분히 의미 있는 일이라고, 저는 생각합니다.”

“허나 저는…….”

독고랑은 난색을 표했다. 하지만 그가 갈등하고 있다는 것은 분명했다. 그리고 그렇게 두 사람이 서서 대화를 나누는 동안, 객청에 있는 몇몇 사람들도 방문객의 존재를 알아차렸다.

처음에는 그들도 그저 지나가는 무림맹의 사람이거니 생각했을 뿐이었다. 그러나 그대로 지나치기에는, 이곳 항주에서 독고랑의 이름이 너무 유명했다. 특히 이들과 같은 ‘삼류’로 구분될 만한 무인들에게는 더욱 말이다.

“이봐, 저 사람 왠지 눈에 익은데? 혹시…….”

한 사람이 말을 꺼내자 즉시 다른 사람이 반응했다.

“삼전무적검객 아냐?”

“맞다!”

다른 목소리가 또 다른 곳에서 튀어나왔다.

“삼전무적검객 독고랑!”

그 한 마디에 사람들의 시선이 일시에 집중되었다. 소란스럽던 객청이 조용해지고, 사람들은 독고랑의 존재를 확인한 후 웅성거리기 시작했다.

“정말이야? 그 삼전무적…….”

“맞아. 틀림없어. 그때 본 바로 그 사람이야.”

“그런데 함께 있는 사람은 누구지?”

사람들은 운현과 독고랑을 보며 수군거렸다. 그 중의 몇몇
은 운현을 보며 말했다.

"그 창룡검주라는 사람 아닌가? 독고랑의 스승이라던……."

"뭐? 설마."

몇 사람이 운현의 얼굴을 알아보았다. 그나마 몇 사람이라
도 운현의 얼굴을 알아본 것은 그들이 직접 천하무림대회의
현장을 목격한 사람들이었기 때문이다.

하지만 큰 관심을 끌지는 못했다. 왜냐하면 운현은 곧 독고
랑과 헤어져 대의사청으로 떠났기 때문이었고, 삼전무적검객
독고랑이 객청을 향해 발길을 돌렸기 때문이었다.

"이리로 온다!"

누군가의 한 마디에 장터처럼 소란스럽던 객청은 삽시간에
조용해졌다.

제6장
진화타겁(趁火打劫)

　운현이 대의사청으로 떠나고, 남겨진 독고랑은 객청을 향해 발길을 돌렸다. 그러자 자신을 향해 쏟아지는 수많은 시선을 마주하게 되었다.

　경계와 혹은 관심이 담긴 시선들. 그 많은 시선을 한몸에 받는 것이 부담스러웠지만 독고랑은 내색하지 않고 천천히 객청을 향해 다가갔다.

　독고랑이 다가가자 객청에 모여 있던 사람들 중 한 사람이 일어섰다. 아마도 이들 가운데서 대표자 격의 역할을 맡는 사람이리라. 그는 독고랑에게 예를 표했다.

　"나는 항주 심검문의 장찬호라 하외다."

객청이 조용한 가운데 그의 목소리가 울려 퍼졌다.

"혹시 삼전무적검객이 아니신지?"

이미 알고 묻는 소리다. 독고랑은 대답했다.

"그렇소."

걸음을 멈추고 독고랑은 그에게 가볍게 예를 표했다.

"독고랑이라 하오."

독고랑이 예를 표하자 사람들 사이에서 '오오' 하는 소리가 흘러나왔다. 사실을 확인한 것과, 소문의 삼전무적검객을 직접 보게 된 것에 대한 감탄사였다. 그리고 곧 웅성거리는 소리들이 객청을 덮었다.

"과연, 기도가 보통이 아니군."

"눈매부터 대단한걸?"

"흥, 뭐 평범해 보이는구만."

이런저런 이야기들이 쏟아지는 가운데, 자신을 장찬호라 밝힌 그가 다시 입을 열었다.

"독고 대협께서 이곳에는 어쩐 일이시오? 혹, 무림맹에 속하셨소?"

독고랑은 고개를 저었다.

"허면, 혹 이번 무림맹의 일에 참가하려고 오신 것이오?"

다시 독고랑은 고개를 저었다. 장찬호는 독고랑이 용무를 밝힐 것이라 생각하고 기다렸다. 그러나 독고랑은 계속 말이 없다.

그저 객청에 있는 자들을 천천히 주욱 훑어볼 뿐. 장찬호는 어색함을 얼버무리려는 듯 짐짓 크게 웃으며 말했다.

"하하하. 그러시면 여기서 함께 식사라도 하시는 것이 어떠하오? 여기 있는 분들은 모두 이 지역의 영웅호걸들이시니, 기꺼이 독고 대협을 환영할 것이오."

자신의 얼굴에 금칠을 하는 낯 뜨거운 대사였지만 독고랑은 상관하지 않았다. 그리고 받아들이지도 않았다.

"필요 없소."

독고랑의 한 마디에 객청이 다시 조용해졌다. 그리고 사람들의 시선이 독고랑과 장찬호를 번갈아 주시한다.

"크흠."

장찬호는 짐짓 헛기침을 했다. 멋을 잔뜩 부린 초청이 거절당하니 그의 체면이 말이 아니다. 그러나 독고랑의 말은 아직 끝나지 않았다.

"나는 이곳에 먹고 마시려고 온 것이 아니오."

"흥! 그럼 누군 놀고먹으려고 여기 왔나?"

속이 뒤틀린 한 마디가 어디선가 튀어나왔다. 분위기는 순식간에 심상치 않은 방향으로 흐르기 시작한다.

"자자, 그러지들 마시고……."

장찬호가 대인의 풍모를 보이려는 듯 중재에 나서는데, 독고랑이 다시 입을 연다.

"놀고먹으려 온 것이 아니라……. 그러면, 증명해 보시오."

도발적인 대사였다. 객청에 있는 사람들 중 성질 급한 몇몇
은 벌써 검에 손을 가져갈 정도다.

"잠깐 기다리시오!"

장찬호가 소리친 대상은 독고랑이 아니라 객청에 있는 다른
사람들이었다. 장찬호는 굳은 얼굴로 객청에 있는 사람들을
차례로 돌아보았다. 마치 자중할 것을 당부하듯.

"실례이오나, 독고 대협께서는 어찌하여 시비를 걸고 계시
는 것이오?"

"나는 시비를 걸러 온 것이 아니오."

독고랑은 담담하게 말했다.

"허면 어찌하여……."

장찬호의 말은 중간에서 끊겼다. 독고랑이 뒷말을 이은 까
닭이다.

"이번 싸움에서 당신들이 살아남을 수 있는지, 그것을 알고
싶었을 뿐이오. 하지만, 이제 됐소."

독고랑은 마치 선고를 내리듯 말했다.

"살아남을 사람은 열 손가락도 못 채울 것 같으니까."

"뭣이!"

"뭐야?"

여기저기서 격한 음성이 튀어나온다. 그렇지 않아도 그들의
마음 밑바닥을 흐르는 죽음에 대한 공포를, 그가 자극한 것이
다.

사실 객청이 이토록 시끌벅적한 분위기가 된 것은, 그들이 해야 할 일에 대한 두려움을 모두가 잘 알고 있기 때문이기도 했다. 무력이라면 결코 뒤지지 않는 흑도회를 그 꼴로 만든 검은 화살과, 적들 가운데 있다는 철혈사왕 염중부에 대한 소문을 그들이라고 모르랴.

무림맹이 난공불락의 철옹성이라지만 그것은 어디까지나 무림맹 거대 문파들에게나 적용되는 이야기다. 자신들 같은 삼류 무인들은, 그야말로 쓰고 버려지는 꼴이 될 수도 있다는 것을 그들도 잘 알고 있었다.

비록 그들의 임무는 그저 적의 전력을 가늠해 보는 탐색전 정도뿐이라고 무림맹은 말했지만, 자신들이 위험해져도 절대 나설 무림맹이 아니라는 것도 잘 알고 있었다.

위험해지면 언제든지 퇴각해도 좋다는 말은, 그저 입에 발린 수사(修辭)에 불과할 것이다. 조금 위험해진다고 해서 정말로 퇴각하는 문파를, 무림맹은 다시는 거들떠보지도 않을 테니까.

위험하다는 것은 잘 안다. 그러나 나서지 않을 수 없다. 이번 일에 나서지 않는다면 앞으로 세력을 확장할 기회는커녕, 현재 가지고 있는 위치마저도 위협당할 테니까.

무림맹의 눈 밖에 난다는 것은 바로 그런 의미다. 그 어떤 위험이 있다 해도, 그들로서는 감수해야만 하는 일이다.

"무슨 헛소리야!"

“저, 저놈!”

독고랑의 한 마디에 분위기는 순식간에 험악해졌다. 사람들의 눈에는 살기가 흐르고, 금방이라도 칼부림이 날 것 같은 긴장이 흐른다.

“대협은 그 말에 책임을 질 수 있소?”

장찬호의 낮은 목소리가 객청에 울린다. 그 역시 싸늘한 표정이 되어 독고랑을 노려보고 있었다.

“책임지겠소.”

독고랑은 말했다.

“내 말에 대답을 할 수 있다면.”

“대답?”

장찬호는 의외라는 생각을 했다.

‘분명 자신의 무위를 믿고 도전을 하리라 여겼건만…….’

삼전무적검객의 실력은 이미 자타가 공인하는 바다. 그가 천하무림대회의 장외비무에서 무림맹 거대 문파로 꼽히던 공손세가의 대제자를 꺾은 사실은 너무나 유명하지 않은가?

그러니 독고랑이 ‘실력이 있다면 나를 꺾어 봐라’ 하는 식으로 나올 것이라고 장찬호는 생각했던 것이다. 실력으로 그와 겨룬다면, 자신들은 그에 한참 못 미치는 것이 사실이니까.

‘삼전무적검객은, 알려진 것과는 상당히 다른 면이 있군.’

나쁘지 않은 조짐이라고 장찬호는 생각했다. 갑자기 쳐들어온 불청객이 앞뒤 모르는 망나니인 것보다는 훨씬 나았다.

장찬호는 좌우를 둘러보았다. 그의 주변에 앉아 있는 각 무관 수장들의 의향이 어떠한지 살피는 것이다.

그들로서도 독고랑의 제안이 흥미로운 듯, 고개를 끄덕여 동의를 표한다.

"좋소. 무슨 대답을 원하시오?"

"적(敵)에 대해 알고 있소?"

"적(敵)?"

장찬호는 눈살을 찌푸렸다.

"수적들이 활을 사용한다는 것은 이미 알고 있소."

"수적이 아니오."

독고랑은 말했다.

"허나 상관없지. 날아오는 것은 이름이 아니라 화살이니까."

"크흠."

장찬호는 다시 한 번 헛기침을 하고는 객청에 있는 사람들을 둘러보며 말했다.

"그에 대한 대책 역시 세워져 있소. 이미 무림맹에 우리가 사용할 방패를 요청한 상태요. 어제 저녁에 첫 물량이 도착했고, 오늘 저녁이면 필요한 나머지 물량도 도착할 것이오."

미소를 머금으며 장찬호는 말했다. 독고랑에게 하는 대답을 빌어, 객청의 다른 사람들을 안심시키려는 것이다.

"그래서, 그 방패를 들고 나갈 생각이오?"

독고랑의 말에 장찬호는 고개를 끄덕였다.

"그렇소. 방패가 있다면 화살을 막을 수 있소. 그러면 각자 자신의 역량에 따라……."

"각자의 역량이라……."

장찬호의 대답을 되뇌이던 독고랑은 나직이 말했다.

"삼분지 일, 아니 절반은 죽겠군."

갑작스런 독고랑의 말에 객청이 술렁였다. 한창 흥을 내려던 장찬호는 눈살을 찌푸렸다.

"무슨 소리요?"

"그 방패라는 것이 온몸을 가릴 정도라도 되오? 그럴 리가 없지."

독고랑은 피식 웃으며 말했다.

"외부병력에 그런 중요한 장비를 내어주는 곳은 아무 데도 없으니까. 하긴 지금의 무림맹은 주고 싶어도 줄 것이 없겠지만."

"바, 방패의 크기야 너무 크면 오히려 움직이기도 어렵고……."

장찬호가 당황하여 수습에 나서려는데, 독고랑이 그의 말을 끊었다.

"그저 방패를 들었다고 화살을 막을 수 있는 것은 아니오. 진(陣)을 짜지 않으면 방패는 그저 무거운 짐에 불과할 뿐. 쏟아지는 화살 속에서 아마 대부분은 어딘가에 화살을 맞고 나뒹굴게 될 것이오. 방패가 가려주지 못하는 어딘가에."

"으음."

장찬호는 신음을 흘렸다. 독고랑에게 반박할 말이 없다. 여기 있는 사람들은 무인이다. 조직적인 군대처럼 방패를 사용하는 법이나 진을 짜는 법에 대해서는 그다지 아는 것이 없었다.

집단전이라고 해봐야 소규모의 문파 간 분쟁을 겪었을 뿐, 본격적인 전투, 특히 이번과 같은 대규모 전투는 경험이 전무하다.

자신들의 약점을 찌르는 독고랑의 말에 장찬호가 입을 다물고 섰는데, 독고랑의 음성이 계속 들려왔다.

"쏟아지는 화살에 절반이 전투불능이 되면, 그 다음엔 적의 기병이 몰려들 거요."

"흑창기마대!"

객청은 또 한 번 술렁거렸다.

"그러면 그들이 나머지 절반을 짓밟고 지나가겠지."

독고랑은 담담하게 말했다.

"그러면 몇이나 살아남겠소?"

객청에는 무거운 침묵이 흘렀다. 그 많은 사람들이 지금 이 자리에 있음에도, 객청에는 숨소리 하나 들려오지 않는다.

"네 이놈!"

장찬호의 옆에 앉아 있던 중년의 무인이 크게 호통을 쳤다. 싸움을 시작하기도 전에 사기를 떨어뜨리는 말을 하는 독고랑을 어찌 그냥 둘 수 있단 말인가?

"네가 무슨 저의로 이 따위 말을……."

슥.

그러나 그의 말은 끝까지 이어지지 못했다. 장찬호가 손을 내밀어 그를 제지했기 때문이다. 그리고 장찬호는 독고랑에게 정중하게 묻는다.

"대협은 이런 전투에 익숙하시오?"

독고랑은 고개를 끄덕였다.

"한동안 변방에서 떠돌았던 적이 있소."

"변방이라……."

장찬호는 중얼거렸다. 변방이라면 이민족의 침입으로 늘 크고 작은 전투가 끊이지 않는 곳이다. 당연히 군대와 군대 간의 본격적인 전투다.

그리고 지금의 상황은, 굳이 말하자면 문파의 분쟁이라기보다는 전투라고 해야 옳았다. 활을 사용하는 부대가 있고, 기마대가 나오는데 전투가 아니면 무엇이랴?

'그래. 이건 전투다.'

장찬호는 이를 악물었다. 그리고 말했다.

"대협께 묻고 싶은 것이 있소."

진지한 음성으로 장찬호는 말했다.

"대협께 우리를 도울 호의가 있소?"

삼전무적이라는 별호까지 지닌 독고랑이 그저 시비를 걸고

자 이런 말을 하는 것은 아닐 터이다. 모두의 생각도 그와 같았기에, 장찬호는 물론이고 객청의 모든 사람들이 독고랑을 주목한다. 독고랑은 천천히 고개를 끄덕였다.

"그렇소."

사람들의 얼굴에 이채와, 그리고 조금의 희망이 번져간다. 그러나 장찬호의 질문은 아직 끝나지 않았다.

"하나만 더 묻겠소이다."

장찬호는 독고랑을 똑바로 주시하며 말했다.

"우리를 도우려는 저의가 무엇이오?"

객청에 다시 침묵이 감돌았다. 사람들은 독고랑을 주시하며 대답을 기다린다. 독고랑은 천천히 말했다.

"내가 섬기는 분의 뜻이오."

웅성.

장찬호는 눈살을 찌푸리고 객청에는 술렁임이 일어난다. 독고랑은 계속 말했다.

"어려움에 처한 사람들을 돕는 것만으로도, 충분한 의미가 있다고 그분이 말씀하셨소. 특히 앞으로 일어날 일에 대해 어떠한 경고도 받지 못한 사람들이라면 더더욱."

"그분이라면……."

장찬호의 조심스러운 물음에 독고랑은 서슴없이 말했다.

"창룡검주시오."

"창룡검주!"

순식간에 객청이 소란스러워졌다.

"창룡검주? 누구지?"

"독고 대협의 스승이라잖아?"

"아까 그 사람 말이야?"

창룡검주라는 이름이 공개적으로 거론되는 것은 이제껏 없던 일이다.

때문에 지금 이 자리에서 그 이름을 기억하는 사람은 지난번 천하무림대회 때 현장을 목격한 사람들뿐이다.

장찬호는 다시 좌우의 사람들을 돌아보았다. 각 무관의 수장들 역시 고개를 끄덕여 긍정의 뜻을 표한다. 몇 사람은 불편한 심기를 드러내고 있었지만 대놓고 반대하지는 않는다.

"대답해 주셔서 감사하오, 대협."

다시 한 번 장찬호는 독고랑에게 예를 올렸다. 그리고 말했다.

"이리로 오르시오. 어디 한번 대협의 말을 들어봅시다."

장찬호는 객청의 상석으로 독고랑을 초대했다. 일단 그의 말을 들어본다고 해서 손해는 없을 것이다. 더구나 삼전무적검객 독고랑이라면 함께 한다는 사실만으로 사람들의 사기는 높아질 것이 분명하다. 독고랑은 고개를 끄덕여 그의 초대를 받아들였다.

저벅 저벅.

모든 사람들의 시선이 독고랑에게 주목하는 가운데, 삼전무적검객 독고랑은 천천히 객청으로 걸어 들어갔다.

                    *   *   *

　대의사청은 조용했다. 십수 명에 이르는 문파 대표자들이
모여 있었지만, 운현이 대의사청에 발을 디디는 순간 마치 아
무도 없는 것 같은 착각이 들 정도다. 하지만 운현에게 쏟아지
는 날카로운 시선들은 이곳이 대의사청임을 잊지 않게 했다.
　"어서 오시오. 운 서기."
　제갈연이 운현을 맞이했다. 운현은 그에게 예를 표했고, 제
갈연은 가볍게 그 예를 받았다. 평소의 그라면 아랫사람의 예
에는 그다지 신경 쓰지 않았겠지만 상대가 상대인지라 나름
신경을 쓴 것이다.
　"운 서기의 보고서는 모두 보았소. 그리고 그 내용에 대
해……. 크흠, 몇 가지 확인할 것이 있어 이처럼 운 서기를 소
환하게 되었으니…… 양해하기 바라오."
　제갈연이 평소보다 단어를 고르고 있다는 것은 역력해 보였
다. 일단 운현이 현 소림 방장의 사숙뻘이라 하니 소림의 체면
을 보아 굳이 자극이 될 만한 말을 하지 않으려 하는 것이다.
　"알겠습니다."
　운현은 고개를 끄덕이고는 제갈연이 안내하는 대로 대의사
청 앞에 나가 섰다. 그리고 고개를 돌리자 순식간에 수십의 시
선을 마주하게 되었다.
　천천히 운현은 대의사청에 있는 사람들을 훑어보았다. 낯익

은 얼굴도 몇 보였고, 낯선 사람들도 있었다. 자신을 향해 염려와 호의를 보내는 시선도 있었지만, 마치 적의를 불태우는 듯한 시선도 보였다. 그러나 대부분의 시선은 당황과 의구심을 담은 시선들이었다.

"제가 알고 있는 것은."

운현은 입을 열었다.

"제가 보고한 것과 다름이 없습니다. 어떠한 점을 확인하고자 하시는지 말씀해 주시면, 아는 대로 대답하도록 하겠습니다."

"독선을 만난 것이 사실이오?"

운현의 말이 끝나자마자 누군가의 질문이 튀어나왔다.

"그렇습니다."

운현은 고개를 끄덕였다. 그러자 다른 누군가의 질문이 뒤를 잇는다.

"보고서에 기록된 것을 보면 독선이 이 일에 대해 알려주었다고 되어 있는데, 그렇다면 당문도 연관되어 있다는 뜻이오?"

"모르겠습니다."

담담한 표정으로 운현은 말했다.

"제가 당문의 대표자가 아니니 당문에 대해서 말씀드릴 수 있는 것은 없습니다."

질문한 사람의 눈살이 찌푸려진다. 그러나 운현은 상관하지 않았다.

"남궁세가의 분석이라는 것은 누구에게 들은 것이오?"

또 다른 질문.

"현 가주이신 철검 남궁벽 대협께 들었습니다."

"분명하오?"

"남궁세가가 아직 건재하니, 그곳에 사람을 보내시면 진위를 확인하실 수 있겠지요."

"으음."

사람을 보내 확인할 여유가 있다면 구태여 묻지도 않았을 것이다. 그러나 물어봤자 돌아올 대답도 뻔한 질문이다. 질문한 사람이 아무것도 얻지 못할 것은 당연했다.

"삼태상이 누구요?"

"모릅니다. 다만 철혈사왕 염중부를 이길 정도로 강하다는 말을 들었습니다."

"허!"

누군가의 실소가 들려온다. 그러나 다른 사람들의 동의를 이끌어낼 정도는 아니다. 철혈사왕이 이미 수로채의 편이 되었음을 확인하지 않았던가? 누군가 답답하다는 듯이 말했다.

"그럼 문왕은 누구요?"

"아니, 그보다 일대상인이라는 자가 정말로 있다는 것이오?"

"말도 안 되오! 그런 세력이 있다면 진작에……"

대의사청은 제각기 쏟아내는 질문들로 삽시간에 시끄러워지고 말았다. 제갈연은 목소리를 높였다.

"정숙하시오!"

웅성거림이 천천히 잦아들고 대의사청은 다시 조용해진다. 그러나 사람들의 시선은 한결 거칠어져 있었다.

"배후관계에 관해서는 사실 여기서 확인할 수 있는 것이 아무것도 없소이다."

제갈연은 운현과, 대표자들 모두에게 들으라는 듯 말했다.

"또한 수로채에 대한 운 서기의 보고 내용 또한 우리가 객관적으로 확인할 수 있는 사실은 아무것도 없소."

이번에는 운현을 향해서만 말했다. 운현은 고개를 끄덕였다.

"그렇습니다."

운현이 순순히 인정하자 제갈연은 안도의 한숨을 내쉬었다.

"그러면 이번 운 서기의 보고에 대해서는 사실 확인을 위한 근거가 불충분하므로 더 이상 다루지 않는 것으로 하겠습니다."

운현의 심정은 착잡했다.

'결국.'

말이야 어떻게 표현하든, 결국 운현의 보고를 묵살하기로 했다는 뜻이다.

제갈연이 논의를 끝마치겠다는 의사를 보이자 대의사청에 잠시 웅성거림이 일었다. 어떤 사람은 당연하다는 듯 고개를 끄덕였고, 어떤 사람은 여전히 의구심을 지우지 않고 있었지만 여기서 더 이상 이야기할 것이 없다는 사실에는 동의하는 듯했다. 그러나 한 사람은 아직 아니었다.

"잠깐."

가늘고 하얀 손이 올라왔다. 제갈연의 눈에 이채가 돈다.

"질문이 있습니까? 황보 소저."

운현의 시선도 그녀를 향했다. 황보 소저라 불린, 동그란 눈동자가 인상적인 그녀는 조용히 일어서더니 말했다.

"논의를 마치기 전에, 묻고 싶은 것이 있어요."

그녀는 남해검문의 대표자였다. 지난번 천하무림대회를 통해 새롭게 모습을 드러낸 그녀는 다른 대표자들 속에서도 유난히 앳돼 보이는 외모로 눈길을 끌고 있는 젊은 여인이었다. 물론 그렇다고 그녀를 보이는 모습대로 판단할 아둔한 사람은 이 무림맹 내에 없겠지만.

제갈연이 고개를 끄덕이자 그녀는 계속 말했다.

"보고서를 보면 이런 소문을 들었다고 기록되어 있더군요. 장강 유역에 있는 많은 도관(道觀)과 사찰, 그리고 중소 문파들이 수로채의 습격을 받았다는 소문이 장강에 파다하다. 이것은 수로채가 문왕의 세력과는 별개의 목적을 가지고 움직이고 있음을 추측케 한다."

긴 문장을 한번에 인용한 그녀는 운현을 향해 물었다.

"여기 기록된 별개의 목적이라는 것이 무엇이죠?"

운현은 간단하게 대답했다.

"사실관계를 확인할 수 없는, 저의 추측일 따름입니다."

황보 소저라 불리운 그녀는 부드럽게 웃었다. 운현의 말이 제갈연을, 그리고 결국 무림맹 대표자 회의를 비꼬는 것임을 알고 있었기 때문이다.

"그 추측이라도 듣고 싶군요. 우리 중에서 가장 다양하고 객관적인 정보를 접하신 분이라 생각되니까요."

운현은 새삼 그녀를 바라보았다. 다른 대표자들은 그녀의 발언에 인상을 찌푸리기도 했지만, 운현에게는 무림맹 대의사청에서는 결코 들으리라 생각하지 않았던 말이다. 그리고 그것이 운현의 마음을 바꾸었다. 그저 '예'와 '아니오'만 말하고 끝내려던 운현의 마음을 말이다.

운현은 말했다.

"진화타겁(趁火打劫)."

"진화타겁?"

그녀는 고개를 갸웃했다.

"진화타겁이라면, 불났을 때 매우 치라는……. 아!"

그녀의 눈동자가 놀라움으로 동그랗게 되었다. 운현은 고개를 끄덕였다. 그녀가 자신의 말을 알아들었음을 확신했기 때문이다. 그러나 아직도 대다수의 대표자들은 어리둥절한 눈으로 바라보고 있을 뿐이다.

운현은 슬쩍 모용미를 바라보았다. 모용세가의 대표자인 그녀 또한 운현의 말뜻을 파악하고 놀란 눈을 하고 있었다. 운현은 조용히 말을 이었다.

"남궁세가는 이번 일에 참가한 녹림과 수로채의 규모가 일만에 육박한다고 했습니다."

“일만!”

운현의 말에 사람들은 다시 웅성거린다. 일만이라면 지금 무림맹에 있는 무인들의 서너 배를 넘는 숫자다.

“그러나 지금 무림맹으로 오고 있는 것은 문왕의 세력이라고 저는 말씀드렸습니다. 그러면 무림맹 타도를 외치며 일어섰다던, 가히 일만에 달한다던 그들은 지금 어디에 있는 것일까요?”

“허어, 남궁가의 엉터리 말 따위를……”

누군가의 비아냥거림이 들려왔지만 운현은 무시하고 말을 계속했다.

“각 가문의 최정예들은 물론, 그 수장(首長)인 가주들까지 이곳 무림맹에 묶여 있습니다. 또한 현재 무림맹 문파들 간의 협조나 조직적인 연계 역시 불가능한 상황입니다. 옛말에 이르기를 불났을 때에 세게 치라(趁火打劫) 했으니, 장강을 장악하기에 지금보다 더 좋은 때는 없을 것입니다.”

대의사청에 크게 웅성거림이 일어났다.

“이미 수로채가 장강의 통제권을 확보했다는 소문이 상인들 사이에 파다합니다. 그러니 각 문파의 제자들이 이곳까지 오는 것은 생각보다 아주 오래 걸릴 것입니다. 당장 앞마당에 일어난 불을 끄는 것도 시급할 터이고 말입니다.”

운현은 조용히, 그러나 분명하게 말했다.

장강에 관련된 문파는 부지기수다. 만일 운현의 말대로 장강 유역의, 무림맹 소속 문파와 관계를 맺고 있는 중소문파들이 습격을 받았다면 당장 발등에 떨어진 불이나 마찬가지가 될 것이다.

물론 위험에 처한 가주를 구하는 것이 최고의 우선순위겠지만, 지금처럼 연락조차 잘 되지 않는 상황이라면 그들이 이곳의 위급함을 파악하고 있으리라는 보장도 없다.

운현의 말을 듣고 있던 제갈연은 입술을 깨물었다. 분명히 운현의 말대로였다. 현재 각 문파의 정예와 그 가주들이 이곳 무림맹에 묶여 있는 상황에서, 일만에 이르는 수채와 녹림이 활개치고 다닌다면 그것은 결코 가벼이 볼 일이 아니다.

"물론, 이 모든 것은 제 보고를 사실로 받아들인다는 전제하의 예측입니다."

처음 질문을 던졌던 황보 소저를 바라보며 운현은 말을 맺었다.

"그렇다면."

황보 소저가 운현의 말을 받았다.

"정말로 우리는 질 것을 전제로 대책을 세워야 한다는 뜻이군요."

"말도 안 되오!"

격한 목소리가 그녀의 말에 반응했다.

"어찌 한낱 서기가 하는 말 따위를 믿고 무림맹이 진다는 말을 입에 담을 수 있단 말이오!"

한낱 서기라는 말에 얼굴색이 변한 것은 운현이 아니라 소림의 대표자들이다. 운현은 소리를 친 사람을 돌아보았다. 그는 운현이 익히 얼굴을 알고 있는 사람이었다.

혁련세가의 대표자 혁련필. 쉽게 화를 내기로는 흑도회 대표자인 묵혈엽에 버금가지만, 묵혈엽이 단순하고 뒷끝 없는 성격이라면 혁련필은 속셈이 따로 있는 경우가 대부분이라 무림맹에서 일하는 서기나 하인들 사이에서는 기피대상으로 손에 꼽는 사람이기도 하다.

'그러고 보니 그때도 혁련세가의 가주였었지.'

운현은 예전의 기억을 떠올렸다. 천하무림대회 이후 운현이 취조 비슷한 것을 당할 때에도, 가장 먼저 호통을 치며 윽박질렀던 사람도 바로 혁련세가의 가주였다.

나중에야 그가 신승 불영에게 원한을 가지고 있다는 것을 알았지만 그렇다고 그들의 태도를 잊은 것은 아니다. 아마 지금 혁련필이 유난히 흥분하는 것도 신승과 혁련세가의 악연 때문이리라.

"일의 대소경중도 구분하지 못하는 서기의 말에 어찌 무림맹이 휘둘릴 수 있단 말이오!"

운현은 실소를 참을 수 없었다. 정작 일의 대소경중을 구분하지 못하는 사람이 그런 말을 한다고 생각하니 어이가 없었기 때문이다.

운현의 속마음은 그대로 가느다란 미소가 되어 얼굴에 나타났고, 혁련필의 날카로운 눈매는 그것을 놓치지 않았다. 그리고 그것은 혁련필에게는 불에 기름을 부은 격이 되었다.

"네 이놈!"

혁련필은 운현을 손가락질하며 소리쳤다. 붉어진 얼굴이 그가 얼마나 흥분하고 있는지를 알려주고 있었다.

"어디서 감히 서기 따위가 방자하게!"

그의 손은 이미 허리의 검에 가 닿아 있었다. 장소를 불사하고 칼부림이라도 할 기세다. 운현은 그런 혁련필을 똑바로 바라보았다. 그리고 잠시 후, 운현은 고개를 숙였다.

"죄송합니다."

운현은 정중하게, 그리고 조용하게 말했다.

"모욕을 드리려는 의도는 아니었습니다. 제 불찰을 용서하시기 바랍니다."

무림맹 대의사청이 정적에 빠져들었다. 대표자들은 놀란 눈으로 운현과 혁련필을 번갈아 바라보았고, 당사자인 혁련필은 이를 악물 뿐 더 이상 아무 말도 하지 않았다.

"혁련 대협."

제갈연이 조용하게 혁련필을 부른다.

"운 서기께서 이렇게 사과하시니, 혁련 대협께서도 자중하심이 좋겠소."

"흥."

털썩.

일어서 있던 혁련필이 자리에 앉았다. 아직도 불만이 가득한 얼굴이었지만 더 이상 걸고넘어질 것이 없었다. 비록 서기에 지나지 않는다 해도 소림 방장의 사숙이 고개를 숙인 것이다. 운현의 배분을 생각한다면 더 이상을 요구하는 것은 오히려 소림의 반발을 불러 올지도 모른다.

그렇게 운현과 혁련필 사이의 일촉즉발의 상황이 해소되자 제갈연은 새삼 안도의 한숨을 내쉬었다. 그리고 혹시라도 다른 일이 또 벌어질세라, 급히 말을 이었다.

"그럼 잠시 정회를 하도록 하겠습니다."

늘 하던 대로 다른 대표자들의 반응을 살피는 일도 없이 제갈연은 서둘러 선언하듯 말했다. 그의 사직서 문제를 이야기하려던 생각은 이미 저 멀리 날아가 버린 지 오래였다. 그리고 그렇게 운현의 소환은 끝이 났다.

대표자 회의가 정회를 하고 운현이 대의사청 밖으로 나오자, 제일 먼저 운현을 찾아온 사람은 모용미였다.

"수고하셨어요."

사뿐히 인사를 하며 모용미가 말했다. 운현은 담담하게 대답했다.

"그저 서 있었던 것뿐입니다. 그보다……."

운현은 슬쩍 주위를 보았다. 대의사청에서 나온 대표자들이 운현을 보고 있었다. 물론 함께 있는 모용미도.

“이렇게 이목을 집중시켜도 괜찮습니까?”

이번에는 모용미의 입가에 미소가 걸렸다.

“말했죠? 모용세가는 입장을 명확히 하겠다고.”

모용미는 웃으며 말했지만, 그렇게 말처럼 간단한 일이 아니다. 무림맹에서 운현의 위치는 신승 불영의 사제다. 그리고 신승 불영은, 오랫동안 무림맹 내에서 견제를 받아왔으며 바로 얼마 전 공식적으로 결별을 통보받은 상태인 것이다.

즉, 지금 운현과 가까운 친분을 보이는 것은 결코 득이 되는 행동이 아니라는 것이다. 그러나 모용세가는 그것을 감수했다. 모용세가가 어려울 때에 운현이 은혜를 베풀어 준 사람이라는 바로 그 이유 하나로.

고맙다는 말 대신, 운현은 미소를 지었다. 그리고 말했다.

“그러면 아까 회의 때 저를 옹호해 주지 않은 것은…….”

“그야 물론 역효과만 날 것이 뻔하기 때문이지요. 아, 혹시 기대하셨나요?”

“설마요. 그 정도로 분위기를 파악 못하지는 않는답니다.”

운현은 환한 미소로 답했다. 그리고 모용미의 미소도 그에 화답하듯 더욱 밝아진다. 하지만 운현을 찾아온 사람은 모용미 외에도 또 한 사람이 있었다.

“실례해요.”

약간은 가녀린 목소리가 운현의 귀에 들려왔다. 고개를 돌리자 동그란 눈매가 인상적인 아가씨의 모습이 보였다. 귀엽다고 하면 이미 성숙한 그녀에게 실례겠지만, 아직 어린 듯한 그녀의 모습은 귀여운 여동생을 연상시키기에 충분해 보였다.

"아! 황보 소저."

운현이 알아보자 그녀는 고개를 숙이며 정중하게 예를 올렸다.

"남해검문의 황보선혜라고 합니다."

그녀의 인사에 운현도 급히 정중하게 예를 올리며 말했다.

"운현입니다."

인사를 나누고 나서야 운현은 문득 알아차린 듯 말했다.

"아! 남해검문이라면……."

황보선혜는 밝게 웃었다.

"파진한 오라버니께 도움을 주셨더군요."

"그, 그건……."

운현은 어색한 표정으로 머리를 긁었다. 실력은 조금 모자랐지만 좋은 자질을 보였던 그에게, 창룡검주의 이름으로 서찰을 보내고 한밤중에 고인(高人) 행세를 하며 참견했던 것이 떠오른 까닭이다. 물론 파진한은 그 덕분에 큰 도움을 얻었지만, 운현으로서는 쑥스러운 것도 사실이다.

"걱정 마세요."

그런 운현의 속마음을 읽었는지, 황보선혜는 나지막한 목소리로 말했다.

"그 일을 아는 사람은 저와 오라버니뿐이니까요."

"아……. 그렇습니까?"

운현은 여전히 쑥스러운 표정을 감추지 못하고, 옆에 선 모용미는 심상찮은 두 사람의 대화에 왠지 신경이 쓰였다. 그리고 황보선혜는 보기보다 주위를 잘 파악하는 사람이었다.

"아! 죄송해요. 두 분이 이야기를 나누시는 도중에……."

손으로 입을 가리며 동그란 눈으로 미안하다는 표정을 짓자 모용미가 손을 내저었다.

"아니, 괜찮아요. 저는……."

"하지만 꼭 여쭙고 싶은 것이 있었답니다."

귀엽게 웃으며 말하는 황보선혜를 바라보던 모용미는 난데없이 자신이 나이 들었다는 생각이 들었다.

'나는 아마 저렇게 못할거야.'

젊음 때문일까? 아니면 타고난 성격일까? 황보선혜는 그 귀여운 외모에 어울리게 무척이나 붙임성이 좋아 보였다. 자신이나 운현에게 밝게 대하는 모습을 보면, 아마 천하에 그녀를 싫어할 남자가 있을까 싶을 정도다.

'나도 참, 무슨 생각을…….'

모용미는 살짝 고개를 저어 상념을 털어냈다. 그녀의 나이가 혼기를 지난 것은 사실이지만 아직도 한창 때의 아가씨라 할 수 있다.

벌써부터 이런 생각을 하는 것은 그녀로서도, 그리고 모용세가의 외당 당주로서도 좋을 것이 하나도 없다. 그녀의 귓가로 황보선혜의 재잘거리는 듯한 목소리가 들려왔다.

"질 것을 전제로 하는 대책이란, 구체적으로 무엇을 말하는
것이죠?"

"그건 아마 소저께서 생각하시는 것과 크게 다르지 않을 겁
니다."

운현은 성실하게 황보선혜의 질문에 대답했다.

"그리고 그것은 저보다는 강호 무림의 일에 익숙한 분들이
더 잘 아시겠죠."

슬쩍 운현은 대답을 돌린다. 그리고 황보선혜도 적당히 물
러날 줄을 알았다.

"그렇군요. 감사해요."

별것 아닌 운현의 대답에 황보선혜는 다시 감사의 예를 올
린다. 운현이 그녀의 예를 만류하려는데, 이미 그녀의 고개가
숙여진 후다.

별수 없이 운현은 그녀의 예에 답할 수밖에 없었다. 그리고
한동안 운현을 빤히 쳐다보던 그녀는, 운현의 얼굴이 슬쩍 붉
어지려고 할 즈음 난데없이 물었다.

"오라버니라고 불러도 될까요?"

그녀의 당돌한 물음.

운현은 잠시 당황했다. 하지만 '오라버니'라는 그녀의 말에
생각난 것은 엉뚱하게도 일충현 형님의 딸, 일아영이었다.

'잘 지내고 있을까?'

금군교두 일충현. 아무것도 모르는 자신에게 스승이 되어주

고, 때로는 친구가 되어주며, 결국에는 황궁의 음모에 휘말려 그렇게 죽어간 운현의 의형(義兄). 마지막 가는 길, 그가 자신을 형님이라 불러도 좋다고 했을 때 가슴 깊이 흘렀던 그 따뜻함이 아직도 운현의 가슴속에는 살아 있었다.

그리고 그가 남긴 유일한 가족인 형수님과 딸 일아영. 처음에는 운현을 못마땅해하던 그녀. 자신을 '조카'나 '아영 누이'라고는 절대 부르지 못하게 하며 항상 '아영 소저'라 부르게 하던 그녀가, 마지막에 자신을 떠나보내며 '운 숙부'라 불렀던 그 목소리가 문득 귓가에 들리는 듯했다.

'형수님도 다시 한 번 찾아뵈어야 할 텐데. 아영 소저도 잘 지내는지 궁금하고……'

"운 오라버니?"

자신을 부르는 황보선혜의 목소리에 운현은 상념에서 깨어났다. 그리고 상대를 앞에 두고 다른 생각에 잠겼던 것이 부끄러워, 적당히 대화를 얼버무린다.

"아, 소저. 오늘은 감사했습니다. 그럼 다음에 또……"

무엇이 감사하다는 말도 없이, 운현은 황보선혜와 모용미에게 급히 작별 인사를 건네고 서둘러 대의사청을 빠져나왔다.

그리고 그 뒤에는 약간 뾰루퉁한 표정이 된 황보선혜와, 어쩐지 내심 안도하는 모용미가 있었다.

제7장
결전 전야

　소림의 장문인 태허선사는 자신의 처소에서 진명의 이야기를 듣고 있었다. 무림맹 대표자 회의에서 방금 돌아온 진명이 운현 사숙조의 일을 그에게 고하고 있는 것이다. 그리고 이야기가 결론에 다다르자, 태허는 탄식하듯 나지막이 불호를 외웠다.

　"아미타불."

　태허는 진명에게 물었다.

　"무림맹이 질 것을 전제로 대책을 세워야 한다고, 사숙께서 그러시더냐?"

　"네. 대사님."

진명은 고개를 숙이며 대답했다.

"허어."

태허는 나지막한 한숨을 내쉬었다. 진명은 설명을 덧붙였다.

"다른 문파에서는 전혀 납득하지 못하는 분위기였습니다. 일단 무림맹이 지게 될 것이라는 말도 너무 황망한데다, 그…… 운현 사숙조께서는 아무래도 조금…… 다른 분들과 껄끄러운 면이 있는지라……."

굳이 진명이 말하지 않아도 태허 역시 잘 알고 있었다. 어느 날 난데없이 나타나, 한때는 검성 이검학의 제자라는 소문에 휩싸이더니 이제는 신승 불영의 사제라고 한다.

거기다 그의 성품이나 생각 자체가 기존 무림맹의 사람들과는 너무나 다르니, 그를 꺼려하고 피하고자 하는 분위기를 누가 모르랴? 게다가 신승 불영이란 존재가 무림맹 내에서는 최악의 후견인이 되어버린 지금으로서는 더욱 말이다.

태허 역시 크게 다르지 않았다. 그가 비록 문파의 법도를 존중한다고는 하나, 갑자기 나타나 자신의 사숙이 된 이 청년을 어찌 기꺼이 반길 수 있으랴?

비록 운현이 선대 대조사인 와불의 가르침을 이어받아 자신의 사숙뻘이 된다고는 하나, 가능하면 그와는 거리를 두고 싶은 것이 솔직한 속내였다.

"아미타불."

다시 한 번 나지막하게 불호를 외운 태허는 눈을 감고 생각에 잠겼다. 그러나 그 생각이 그리 유쾌한 것은 아니었는지, 그의 미간에는 얕게 주름이 진다.

사실 태허가 껄끄러워하는 것은 운현이 아니라 그 뒤에 있는 신승 불영이었다. 신승이라는 이름을 얻을 정도로 쟁쟁한 그 사숙의 그늘 아래서, 태허의 존재는 항상 한켠으로 밀쳐지기 일쑤였다.

불영이 소림을 떠나고, 자신이 방장이 되었어도 그것은 변하지 않았다. 그러기를 수십여 년, 이제야 소림에서 불영의 그림자가 조금 지워지는가 했는데, 갑자기 처음 보는 젊은이가 자신의 사숙뻘이 되었다. 바로 불영 사숙과 와불 선대 대조사의 합작에 의해.

그래도 그를 속가제자 형식으로 자리매김하고 소림과 어느 정도 거리를 두는 것으로 상황을 마무리하려 했다. 그러나 일이 그렇게 쉽게 끝나주지는 않으려나 보다.

'불영 사숙. 사숙은 끝까지 저를 괴롭히시는구려.'

태허는 자신이 선택할 수 있는 것이 별로 없다는 것을 깨달았다. 뒤에 불영이 있다는 것을 깨달았다면, 그가 할 수 있는 일은 한 가지뿐이다.

"진명."

"네."

"무림맹이 질 것을 전제로…… 대책을 세워놓도록 하시게."

"네?"

진명이 어리둥절한 표정이 되어 되묻는다.

"그, 아니 사숙조께서 하신 말씀이 정말이라고 생각하십니까?"

자신 역시 운현의 말이 황망하고 난데없다고 생각하고 있는 진명이다. 태허의 생각 또한 크게 다르지 않으리라 믿었다. 그런데 태허는 그의 말에 따르라고 하고 있지 않는가?

"그것은 중요한 것이 아닐세."

태허는 조용히 대답했다.

"허면 어째서……."

"허어."

태허는 한숨을 내쉬었다. 그리고 말했다.

"그가 지금 무림맹에 있다는 것이 중요한 것이라네."

태허는 삼십여 년 전, 정사대전 당시의 일들을 떠올렸다. 그때도 그러했다. 우연히 나타난 사람들이 어느새 사건의 핵심에 서 있게 되었고, 별것 아닌 것처럼 말해진 일들이 반드시 생사를 가르는 중요한 문제가 되곤 했다. 그리고 그 믿을 수 없는 우연들의 중심에는 항상 불영, 그의 사숙이 있었다. 바로 지금처럼.

진명은 이런 일들을 겪어본 적 없이 없으니 태허의 말을 이해할 리 없다. 아니, 들어본 적조차 없을 것이다. 불영이 관계된 일이라면 아무리 못 미더워도 일단 같은 줄에 서고 보는 것이 훨씬 낫다는 것을 말이다.

그러나 태허는 더 이상 설명하고 싶은 마음이 없었다. 진명의 눈동자가 여전히 의문을 담고 설명을 기대하듯 자신을 바라보고 있다 해도.

"아마 다른 문파들도 대비책을 세울 것일세. 그러니 그리 알고 그렇게 하도록 하시게."

"다른 문파들이 말입니까? 하지만……."

태허는 고개를 저었다. 아직 진명은 무림맹의 무서움을 모른다. 아마 운현의 경고가 아니었더라도 그들은 자파의 피해를 최소화할 방안을 강구하고 있었을 것이다.

그리고 이번 경고로 인해 그 대비책은 더욱 충실히 준비될 테고 말이다. 즉 운현의 경고는 내뱉어진 그 순간, 이미 자신의 할 일을 다 한 셈이다. 신승 불영의 계략이 늘 그러하듯이 말이다.

"아미타불."

태허는 나지막이 불호를 읊조렸다. 오랜만에 다시 신승 불영의 그림자를 느낀 탓일까?

갑자기 정사대전이라도 다시 시작될 것 같은 까닭 모를 불안감이 가슴 한켠에 어른거린다.

태허는 다시 눈을 감았다. 그리고 그 불안감이 사라질 때까지, 몇 번이고 속으로 불호를 되뇌었다.

                    *   *   *

"진(陣)?"

장찬호의 말에 독고랑은 고개를 끄덕였다.

"그렇소. 작은 방패로 화살을 막아내려면 방패의 크기에 따라 셋, 혹은 다섯이 모여 진을 짜는 것이 효율적이오. 일단 어느 정도의 면적만 확보되면 화살은 모두 막아낼 수 있소. 그리고 방패에 끈이 달려있지 않다면, 반드시 끈을 달도록 해야 하오. 끈 하나만 달려 있으면 등에 질 수도 있고 움직임에도 방해를 받지 않을 테니까."

독고랑은 하나하나 세밀하게 설명해 나갔다. 그리고 그를 둘러싸고 있는 다른 사람들 역시, 하나라도 놓치지 않겠다는 듯 귀를 세우고 독고랑의 설명을 듣고 있었다.

어디 한번 이야기를 들어보겠다는 생각은 이미 사라진 지 오래였다. 독고랑의 말 한 마디 한 마디는 바로 그들의 생명에 직결된 이야기였으니까.

"그리고 방패는 항상 옆으로 비스듬히 세우도록 해야 하오. 그 검은 화살에 직격당했다가는 얇은 나무 방패쯤 가볍게 뚫리고 마오. 그러면 방패를 쥐고 있던 손도 함께 날아가 버릴 거요."

장찬호는 그 섬뜩한 검은 화살의 모습을 떠올렸다. 다른 화살보다 유난히 무거워 보였던 그 화살은 틀림없이 무공을 지닌 상대를 표적으로 한 것이리라. 여기저기서 끌어 모은 조악한 방패는, 그의 말대로 가볍게 뚫리고 말지도 모른다.

"비스듬히?"

"이렇게."

독고랑은 자신의 손바닥을 세워 보여주었다.

"화살을 막겠다고 그대로 방패를 세웠다가는 바로 고슴도치 신세가 되고 마오. 항상 흘려보낸다는 생각을 가져야 하오."

"과연."

설명을 듣던 사람들이 고개를 끄덕이며 납득이 간다는 표정을 지었다. 그들도 그 검은 화살, 흑도회를 말과 함께 꿰뚫어 버렸다는 검은 화살의 위력에 대해서 고민하고 있었던 탓이다. 게다가 막지 않고 흘려보낸다는 말은 그들도 익히 알고 있는 무학의 이치가 아니던가?

"흑창기마대는 어찌해야 합니까?"

누군가의 질문이 나왔다. 어느새 그들은 독고랑에게 자연스럽게 존대를 하고 있었다.

"따로 준비한 대비책이 있소?"

"그게……."

사람들은 서로를 쳐다만 볼 뿐, 제대로 대답을 하지 못한다. 그러자 장찬호가 나서서 말했다.

"몇 가지 생각은 해봤소만 그다지……."

"말해보시오."

독고랑의 말에 장찬호가 잠시 머뭇거리다가 용기를 내서 말한다.

"미리 풀이라도 묶어두면 어떠냐고 누가……."

객청에 있던 사람들의 얼굴에 일시에 실망의 표정이 떠오른다. 풀을 묶어서 말을 넘어뜨리자는 생각인 것 같은데, 어디서 어떻게 싸우게 될 줄을 알고, 그것도 미리 가서 풀을 묶는단 말인가?

"괜찮군."

독고랑의 한 마디에 사람들의 시선이 다시 일제히 모여들었다.

"하지만 풀을 묶을 수는 없으니 이렇게 하면 되겠소."

손을 움직여 보이며 독고랑이 말했다.

"이 정도의 갈고리와 그물을 모아보시오. 예전에 변방 부대에서 썼던 방법인데, 아마 효과가 있을 거요."

"자네, 자네!"

장찬호는 즉시 일어서서 몇 사람을 지목했다.

"즉시 맹에 가서 갈고리와 그물을 요청하게. 그리고 자네와 자네는 몇 사람을 이끌고 가서 항주 시내에 있는 갈고리와 그물을 전부 가져오게."

"네! 알겠습니다."

몇 사람이 즉시 객청에서 뛰어나갔다. 그리고 독고랑의 말은 계속 이어졌다.

“중요한 것은 행동의 통일성과 신속성이오. 집단전에서 통일된 행동을 취하지 못하면 이미 죽은 것이나 마찬가지오. 항상 자신의 자리를 지킬 것과, 미리 약속한 대로 움직여야 한다는 것을 항상 명심해야 하오. 무공이 뛰어나든 그렇지 않든 상관없소. 대열을 이탈하는 것은, 곧 자신과 동료의 죽음을 의미하는 것이오.”

사람들은 심각한 얼굴로 고개를 끄덕였다.

“문파별로 진영을 나누면 호흡을 맞추는 것에는 문제가 없을 거요. 아, 그리고.”

독고랑이 말을 끊자 장찬호가 더욱 귀를 세운다. 또 무슨 새로운 대책이 있나 싶어서다.

“각 문파에서 뛰어난 몇 사람씩을 뽑아 특별히 따로 훈련하면 좋을 것 같소. 여러 가지로 쓸모가 있을 터이니.”

“알겠습니다. 헌데…….”

장찬호는 슬며시 독고랑의 눈치를 살피며 말했다.

“그들을 통솔하는 건 누가…….”

독고랑은 그의 의중을 알고 고개를 끄덕였다.

“허락하신다면 내가 그들의 훈련을 맡도록 하겠소.”

장찬호의 얼굴 가득 화색이 돌았다. 그러나 독고랑의 말은 아직 끝나지 않았다.

“허나 훈련뿐이오. 내게도 섬겨야 할 분이 계시니.”

옅은 실망이 장찬호의 얼굴에 스쳐갔다. 그로서는 독고랑이 자신들과 함께 싸움에 직접 참여해 주기를 바랐던 것이다. 그러나 곧 그 실망을 털어버렸다. 일단 지금은 독고랑의 말을 듣는 것이 중요했기 때문이다.

'기회야 또 있겠지.'

독고랑의 태도로 보면 가능성은 아직 있었다. 가능하면 무슨 수를 써서든 그가 직접 참가하도록 해야 했다. 그 결심은 독고랑의 말을 들으면 들을수록 더욱 확고해지고 있었다.

"무엇보다 중요한 것은 결코 공격하려 들지 말아야 한다는 것이오."

독고랑은 다시 한 번 확인을 받기라도 할 듯 힘주어 말했다.

"절대 공격에 나서지 마시오. 그리고 언제라도 적의 본진이 나온다 싶으면 즉시 무림맹에게 넘기고 옆으로 빠지시오. 알겠소?"

사람들은 고개를 끄덕이는데 독고랑이 다시 한 번 말했다.

"살아남으면, 그것이 이기는 것이오."

그 말에 공감하지 않는 사람은 없었다. 사람들은 독고랑을 바라보며 기필코 살아남을 것을 속으로 새삼 다짐했다. 신뢰와 결의로 가득한 그들의 눈빛이 독고랑에게 와 꽂힌다. 그러나 그들의 시선을 대하는 독고랑의 마음은 편하지 않았다.

'하지만……'

이들이 이렇게 위험을 무릅쓰는 이유는 단 하나의 전제를 기정사실로 받아들이고 있기 때문이다. 지금까지처럼 앞으로도 무림맹이 무림을 좌지우지하는 세력으로서 존재하는 것, 다시 말하자면 이번 싸움에서 무림맹이 반드시 이길 것을 전제로 한다는 것이다.

그러나 독고랑은 무림맹이 이번 싸움에서 지게 될 것이라 생각하고 있었다. 그렇게 되면 이들의 희생은 아무런 의미가 없는 것이 된다.

즉, 어떻게 보면 독고랑이 이들에게 해주어야 할 가장 중요한 말은 집단전투에 대한 조언이 아니라, 당장이라도 무림맹을 떠나라는 말인 것이다.

'무림맹이 진다면 아무런 의미가 없건만……'

독고랑은 갈등했다. 그러나 결론은 명확했다. 지금 누가 무림맹이 질 것이라는 말을 감히 입 밖으로 꺼낼 수 있다는 말인가? 뻔한 위험을 무릅쓸 정도로 절박한 사람들이다.

이들은 받아들이지도 않을 뿐더러, 오히려 독고랑의 도움마저도 거절하게 될 것이다. 지금은, 적어도 지금은 그런 말을 꺼낼 때가 아니었다.

"대협! 운 대인께서 오셨습니다."

누군가 화급히 객청으로 들어오며 말을 전한다. 운현에게 대인이라는 존칭을 사용한 것은 다분히 독고랑 탓이리라. 독고랑은 상념을 털어내고 즉시 자리에서 일어섰다. 그리고 밖으로 나섰다.

독고랑이 객청을 나오는 모습에 놀란 것은 운현이다. 무심히 객청에 들렀던 운현은, 자신을 보자마자 누군가 객청으로 뛰어 들어가고 뒤이어 독고랑이 객청에서 나오는 것을 발견했다. 놀라운 것은 독고랑의 뒤를 사람들이 무리지어 따라 나오고 있다는 사실이다.

"하하."

운현은 감탄 섞인 웃음을 흘렸다. 독고랑이라면 이들에게 도움이 될 것이라고는 생각하고 있었다. 하지만 이렇게, 그 짧은 시간 내에 이런 정도의 관계를 형성했을 줄은 몰랐다.

'혼자 떠돌아 다녔다고 하더니만…….'

운현은 고개를 저었다. 저런 사람이 어찌 그동안 홀로 다녔을까 싶다. 아마 마음만 먹는다면 문파 하나쯤 차리는 것은 일도 아닐 것이다.

"운 대인."

독고랑이 다가와 운현에게 정중하게 예를 올린다. 운현은 고개를 끄덕여 그의 예에 답했다. 그리고 독고랑의 뒤를 따라온 또 한 사람이 운현에게 인사를 올렸다.

"심검문의 장찬호라 합니다."

중년인의 인사는 정중했다. 운현도 그에게 인사를 했다.

"운현이라 합니다."

장찬호는 밝은 얼굴로 말했다.

"이 장찬호는 운 대인께 매우 감복했소이다."

자신보다 어려 보이는 운현에게, 장찬호는 서슴없이 대인이
라는 존칭을 사용했다.

"이런 때에 다른 사람의 일을 돌보아 주는 이가 또 어디 있
겠소?"

장찬호는 주위를 둘러보며 말했다.

"그렇지 않소? 여러분."

"그렇소이다!"

둘러섰던 사람들은 장찬호의 말에 화답했다. 운현은 미소를
지으며 고개를 숙였다.

"감사합니다. 허나 대인이라는 말씀은 감히 감당하기 어려
우니……."

"아니외다, 아니외다."

장찬호는 손을 내저었다.

"운 대인 같은 분을 대인이라 하지 않으면 누가 대인이라
불리울 수 있겠소? 참으로 대인이시오."

운현의 얼굴에 어색한 미소가 걸렸다. 장찬호가 이토록 자
신을 추켜세우는 저의를 짐작하지 못하는 바가 아니기 때문이
다. 그는 독고랑이 운현에게 지극하다는 것을 이미 알고 있는
것이다. 하긴, 독고랑의 태도를 보고도 그것을 모를 사람이 누
가 있으랴?

"감사합니다."

운현은 그의 예를 받아들일 수밖에 없었다. 그리고 독고랑

을 바라보며 넌지시 말을 건넸다. 장천호가 원하는 바로 그 말
을.

"좀 더 이곳에 있는 것이 어떻습니까?"

독고랑은 고개를 돌려 객청을, 그리고 자신을 둘러싸고 있
는 사람들을 바라보았다. 예정된 비극을 향해 달려가는 사람
들. 그들에게는 자신이 필요했다. 적어도 앞으로 며칠만이라
도.

"그리하겠습니다."

독고랑은 고개를 끄덕이자, 장찬호의 얼굴이 환해진다.

"감사하오, 운 대인!"

장찬호가 덥석 운현의 손을 잡으며 말했다.

"제게 감사하실 일은 아닙니다. 그저……."

"감사하오, 감사하오. 운 대인!"

감사하다는 그의 말은 진심이었다. 운현은 마음이 따뜻해지
는 것을 느끼며 그가 잡은 손을 뿌리치지 않고 가만히 서 있었
다.

*　　*　　*

객청에서 독고랑과 헤어진 운현이 향한 곳은 하급 서기들이
주로 모이는 전각이었다.

달칵.

문이 열리자 퀴퀴한 냄새가 코를 간질인다. 그다지 밝지 않은 전각 안에서는 몇몇 서기들이 긴 의자에 기대어 졸고 있거나, 혹은 나지막한 목소리로 이야기를 나누고 있었다. 안으로 들어서자, 그 중에 운현을 알아본 몇이 인사를 건넨다.

"아, 운 서기. 오랜만이오."

"오랜만입니다."

운현은 인사를 건네고 누군가를 찾듯이 사람들을 둘러보았다.

"아, 혹시 조 서기를 찾는 거요?"

조 서기는 운현과 친하게 지내던 조두식 서기를 말한다. 운현은 대답했다.

"네. 전할 말이 있어서……."

"글쎄, 요 며칠 전부터 보이지 않던데……."

그는 옆에 있는 다른 서기들을 향해 말했다.

"이봐! 혹시 조 서기 본 적 있나?"

다들 고개를 젓는다. 그는 운현을 바라보며 말했다.

"모르겠군."

"그럼 안수재 서기나 편어두 서기는……."

대답 대신 그는 어깨를 으쓱해 보인다. 역시 모르겠다는 뜻이다. 하긴 다들 일에 치여 정신이 없을 정도라고 하니 다른 사람의 사정을 챙길 만한 여유가 없을 것이다.

지금 이곳에 있는 사람들도 짬을 내어 잠시 쉬거나, 혹은 누군가를 찾으러 온 서기들이 대부분이다. 그 사이로 누군가 고개를 들고 나른한 목소리로 말했다.

"다들 며칠 전부터 계속 보이지 않던데?"

"그렇습니까?"

운현은 고개를 갸웃했다. 그러나 더 이상 있어봐야 알아낼 것이 없다는 것은 확실했기에, 운현은 작별인사를 건넸다.

"감사합니다."

밖으로 발길을 돌리려다, 운현은 잠시 머뭇거렸다. 서기들에게도 이야기를 해두는 것이 좋을까 생각한 것이다. 그러나 곧, 운현은 모용미의 말을 생각해냈다.

무림맹이든 수로채든 딱히 그들을 잡아두거나 건드릴 이유는 없다는 것을 말이다. 위험해진다면 즉시 도망갈 정도의 생각은 있는 사람들이니까.

달칵.

들어올 때와 마찬가지로 운현은 조용히 전각을 나섰다. 그리고 밖으로 나온 그는, 한 번 전각을 뒤돌아보았다.

'마지막으로 인사라도 하려 했는데……'

조두식, 안수재, 편어두와의 인연은 각별하다. 같은 서기로 시작했고, 그리고 서기로서 동료로 지낸 사실상 유일한 사람들. 사직서를 내고 서기를 그만두려는 운현으로서는 마지막으로 꼭 보고 싶은 얼굴들이기도 했다. 그러나 상황이 그것을 허락하지 않는 듯하다.

“휴우.”

운현은 나지막이 한숨을 내쉬었다. 무림맹이 어쩐지 지금만큼은 더할 나위 없이 고즈넉하고, 쓸쓸하게 보이기까지 했다. 아마도 그것은 운현의 마음이 그러한 탓이리라. 운현은 조용히 발을 돌렸다.

*　　*　　*

무림맹 정문은 드나드는 많은 물자와 사람들로 마치 시장통을 방불케 했다.

오늘 오후엔 더욱 그 혼잡이 극심해서, 항주의 모든 물자가 무림맹으로 오는 것은 아닌가 싶을 정도였다. 경비 무사들의 신경도 날카로워질 대로 날카로워져서 가끔씩 큰 소리도 심심치 않게 나곤 했다.

방금도 길을 막는 짐마차 하나를 붙잡고 소리를 치고 온 경비 무사는, 자기 자리로 돌아오다 깜짝 놀랐다. 멀리서 말 한 필이 무림맹 정문을 향해 전력으로 달려오고 있었기 때문이다. 그리고 말에 탄 사람은 작은 깃발 하나를 치켜들고 있었다.

“비켜! 비켜!”

앞뒤 볼 것도 없이, 경비 무사는 사람들에게 소리치며 길을 냈다. 말을 탄 사람이 들고 있는 것은 표식이었다. 중요한 전령이니 절대 멈추게 하지 말라는 엄명이 이미 있었던 터이다.

"비켜! 거기 비키라고!"

그가 가까스로 말 한 필이 다닐 만한 길을 터놓았을 무렵, 전력질주 해오던 말은 아슬아슬하게 그의 등을 스쳐 무림맹 안으로 달려갔다.

두두두두.

"쿠헥."

"쿨럭, 쿨럭."

말이 지나가자 흙먼지가 일었다. 놀라 비켜섰던 사람들이 기침을 하고, 하루 종일 고생했던 경비 무사는 먼지를 온통 뒤집어쓰게 되었지만 그는 불평을 할 여유가 없었다.

"봤나?"

그가 말하자 옆에 있던 다른 경비 무사가 고개를 끄덕였다.

"드디어 뭔가 일이 터진 모양일세."

긴장이 가득 담긴 눈빛으로 그는 말했다. 그의 시선은 이미 무림맹 안으로 사라져 버린 전령의 뒤를 아직도 쫓고 있었다.

스르륵.

대의사청의 문이 열리자 제갈연은 눈살을 찌푸렸다. 대표자 회의 중에는 긴급한 일이 아니고서는 절대 출입을 하지 못하도록 되어 있기 때문이다. 그러나 제갈연은 급히 생각을 바꿨다. 회의 중에 문이 열렸다는 것은 긴급한 일이 일어났다는 뜻이다.

"무슨 일인가?"

"저, 전령입니다."

가늘게 떨리는 목소리가 뒤를 이었다.

"지금 수로채가 무림맹에서 반나절 거리에 나타났다고 합니다."

덜컥.

제갈연은 자리에서 일어났다.

"갑시다."

동의도, 재청도 없었지만 아무도 이의를 제기하지 않았다. 대의사청에 있던 대표자들은 자리에서 일어섰다. 그리고 굳은 얼굴로 제갈연의 뒤를 따라 나섰다.

소식을 전하러 달려 온 전령은 화산파의 제자였다. 거친 숨을 들이쉬며 앉아 있던 그는 제갈연과 다른 대표자들이 모습을 드러내자 일어서서 예를 갖췄다.

"지금 저들의 위치는?"

제갈연은 예를 생략하고 단도직입적으로 물었다.

"항주에서 북쪽으로 50리 거리입니다."

"북쪽이면…… 평야가 있는 곳이군."

제갈연은 고개를 끄덕였다.

"예상한 대로군요."

다른 대표자의 말이다. 흑창기마대에 관한 이야기를 들었을 때부터 그들이 평야 지형을 택하리라 생각했다. 기마대의 이점을 살리려면 넓고 평평한 지역이 필요하니까.

"그들은 그곳에 멈춰 있나? 아니면……."

"속도를 늦춘 채 조금씩 다가오고 있습니다. 이 속도대로라면 오늘 해가 지기 전에 항주에서 10리 이내의 거리에 도착할 것이라 생각됩니다."

"저녁이라……."

제갈연은 눈살을 찌푸렸다. 아무래도 밤의 어두움은 불리하다. 그러나 그것은 공격하는 쪽에서도 마찬가지. 제갈연이 걱정하는 것은 어둠을 틈탄 기습이다.

"어두워지기 전에 맹의 모든 횃불을 가져다가 불을 밝혀라. 그리고……."

제갈연은 다른 대표자들을 돌아보며 말했다.

"각 문파에서는 이미 협의된 대로 오늘 밤 경계를 서 주시오."

대표자들은 고개를 끄덕였다.

"그럼, 출진은……."

누군가의 물음에 제갈연이 대답했다.

"그렇습니다. 이미 협의된 것같이, 내일 아침입니다."

몸을 타고 흐르는 긴장감에 제갈연은 자신도 모르게 주먹을 쥐었다. 그것은 다른 대표자들 역시 마찬가지였다. 그리고 그 순간부터 무림맹은 더욱 부산하게 움직이기 시작했다.

*　　*　　*

"목표한 지점에 도착했습니다."

수하의 보고에 문왕은 고개를 끄덕였다.

"진군을 멈추고 영채를 세워라."

비스듬히 누운 듯 앉아 있던 문왕은 부채를 펄럭이며 말했다.

"존명."

공손한 자세로 부복하고 있던 수하는 즉시 영을 이행하러 나가고, 마치 커다란 침상과도 같은 마차에 앉아 있던 문왕은 느긋한 표정으로 부채를 젓는다.

"후후후."

마치 여인과도 같은 붉은 입술 사이로 흐르는 웃음. 문왕은 만족한 표정을 숨기지 않은 채 곁을 지키고 서 있는 수하에게 말했다.

"지금 무림맹의 상황은 어떠하냐?"

수하는 지체 없이 대답했다.

"현재 무림맹은 삼엄한 경계 태세를 취하고 있습니다. 어두워지기 전에 이미 모든 불과 횃불을 밝혀 지금의 무림맹은 마치 대낮과도 같이 환합니다. 이제 곧 어둠이 내리면 이곳에서도 보일 것입니다.”

“쯧.”

수하의 대답에 대한 문왕의 반응은 의외였다. 문왕은 무엇이 마음에 안 드는지 눈살을 찌푸린다.

“내 앞에 휘장을 쳐라.”

영문 모를 문왕의 말에 수하는 바싹 긴장했다. 문왕이 이런 반응을 보일 때 한 마디라도 잘못 했다가는 무슨 일을 당할지 모르기 때문이다.

“절대 무림맹의 불빛이 내게 보이지 않게 하도록. 알았나?”

평소라면 절대 하지 않을 다짐의 말까지 하며 문왕은 명령했다. 수하는 즉시 고개를 깊이 숙이며 대답했다.

“존명!”

지엄한 명령을 이행하기 위해 수하가 나가자, 문왕은 찡그린 표정으로 중얼거렸다.

“어두운 밤에 환하게 빛나는 불빛 따위……”

칠흑같이 어두운 밤, 불타는 마을, 사람들의 비명과 통곡, 그리고 어머니의 죽음. 순식간에 여러 가지 장면들이 그의 마음속을 스쳐 지나갔다.

우직.

손안에서 공작 깃털 부채가 소리를 내며 망가졌다. 그러나 문왕은 신경 쓰지 않았다. 아니, 아예 모르는 듯했다.

“흥.”

스스로를 달래기라도 하듯 문왕은 말했다.

"이번엔 참아주지. 내일은 특별한 날이니까."

비릿한 미소가 문왕의 가는 입술 사이로 번져갔다.

*   *   *

타닥, 타닥.

운현의 머리 위에서 횃불이 타는 소리가 들려왔다.

대낮처럼 불을 환히 밝힌 객청. 운현의 눈앞에서는 많은 사람들이 분주하게 움직이고 있었지만 주위는 이상하게도 조용했다. 다들 밤의 정적을 깨고 싶어 하지 않는 것처럼 걷는 것도 조심스러웠으며 말을 나눠야 할 때도 최대한 소리를 낮췄다.

아마도 내일의 결전이 주는 긴장 때문에 그런 것이겠지만, 이상하게도 운현에게는 긴장보다는 지금의 고즈넉한 분위기가 왠지 익숙하다는 느낌이 들었다. 어쩌면 아무도 운현에게 상관하지 않아 혼자 덩그러니 앉아 있어야 했기에 그런 느낌이 든 것인지도 모르지만.

"조금 쉬시지요."

조용한 목소리에 운현은 고개를 들었다. 어느 샌가 다가온 독고랑이 그를 쳐다보고 있었다.

"괜찮습니다."

운현은 웃으며 말했다.

"잠이 오지 않아서 나와 본 것뿐입니다."

객청 마당을 향해 운현은 시선을 돌렸다. 사람들은 각자 방패를 다듬기도 하고, 혹은 서로 모여 낮은 목소리로 이야기를 나누거나 하고 있었는데 대부분은 그물과 갈고리를 가지고 무언가 분주히 만들고 있는 중이었다.

"내일 사용할 것인가요?"

"기마대에 대한 대책입니다."

독고랑은 조용히 운현의 물음에 답했다.

"그래도, 얼마나 먹혀들지는 모르겠습니다."

"최선을 다했다면, 결과는 하늘에 맡겨야겠죠."

운현의 말에 독고랑은 허탈한 미소를 지어 보인다.

"최선만으로는 부족할 때도 많습니다."

독고랑은 말했다.

"하늘은 누구에게나 공평하다지만, 가끔은 하늘이 참 잔혹하다는 생각도 듭니다."

운현은 독고랑을 쳐다보았다. 독고랑은 객청 마당에서 분주히 일하는 사람들을 보며 말을 이었다.

"이들 중에 많은 사람들이 내일 죽어갈 것입니다. 이들의 죽음에 어떤 의미가 있을까요? 이들의 죽음은…… 보상받을 수 있는 것일까요?"

독고랑의 음성에는 쓸쓸한 회한이 깃들어 있었다. 그가 이제껏 목격한 죽음은 결코 적지 않다. 그리고 그것을 운현도 알았다.

"사람은, 던져진 존재라고 합니다."

운현의 목소리에 독고랑이 고개를 돌린다. 그러나 운현은 객청 마당에서 일하는 이들에게 시선을 향하며 담담한 음성으로 말했다.

"자신이 선택하지 않은 이 세상에, 아무것도 모른 채 난데없이 던져진 그런 존재라는 것이죠."

나지막한 목소리로 운현은 말을 이었다.

"하지만 또 사람은 자신을 던질 수 있는 유일한 존재라고 합니다. 무언가를 위해 자신을 던짐으로써 의미를 만들어가고, 선택을 통해 새로운 가능성을 열 수 있는 유일한 존재 말입니다."

타닥 타닥.

소리를 내며 타오르는 횃불 아래서, 운현은 말했다.

"단지 던져진 존재로 살 것인지, 아니면 자신을 던질 것인지……. 그것을 선택했다면 굳이 하늘이 무엇을 해주었는지는 생각하지 않아도 되겠죠."

독고랑의 얼굴에 미소가 번져갔다.

"역시."

객청 마당을 향해 고개를 돌리며 독고랑이 말했다.

"저는 선택을 잘 했군요."

의아한 표정으로 운현은 독고랑을 돌아보았다. 그러나 독고랑은 객청 마당을 향한 시선을 거두지 않은 채 이렇게 말했다.

"이미 그랬지만, 저는 당신을 향해 던지겠습니다."

대수롭지 않은 말투로 독고랑은 중얼거리듯 운현에게 말했다.

"당신은, 이 거친 강호에서 제가 발견한 단 하나의 의미입니다."

그저 흘려듣기에는 너무 묵직한 그의 말에 운현은 잠시 할 말을 잃었다.

뭔가 무슨 말이라도 해서 말려야 하는 것 아닌가 하는 생각이 들기도 하고, 자신이 무슨 사이비 교주라도 된 것이 아닌가 하는 생각도 들었지만, 평소 독고랑의 성품을 잘 아는 탓에 그저 웃을 수밖에 없었다.

"그런 말은 아리따운 아가씨에게 해야지요."

운현은 웃으며 말했다.

"아마 누구라도 넘어올 겁니다."

독고랑의 얼굴에도 미소가 번졌다. 운현은 그 미소를 보며 함께 웃었다. 마음이 따뜻했다.

타닥, 타닥.

머리 위에서 횃불이 타는 소리가 들려왔다. 그렇게 무림맹의 밤은 여러 사람의 생각을 품은 채 조용히 깊어가고 있었다.

제8장
삼전무적(三戰無敵) 독고랑

다음 날 새벽, 동이 터 올 무렵까지도 무림맹을 밝힌 불빛은 꺼지지 않았다. 제갈연이 걱정했던 야습은 다행히도 없었고 경계를 서던 사람들도 아무 일 없이 새벽을 맞이했다.

그리고 사방이 환하게 밝아졌을 무렵에는 항주의 사람들도, 그리고 무림맹에 있는 사람들도 저 멀리 보이는 적의 존재를 분명히 확인할 수 있었다.

"드디어 왔군."

무림맹에서 제일 높은 누각에 올라선 제갈연이 착잡한 음성으로 말했다. 무림맹 대표들이 서 있는 누각은 보란 듯 각양각색의 천과 커다란 깃발들로 화려하게 장식되어 있었다. 무림맹이 건재하다는 것을 과시함과 동시에, 각 문파의 가주들이 이곳에서 싸움을 보게 될 것이기 때문이었다.

"흥! 그래봤자 수적 떼에 불과하오."

뒤에 섰던 혁련세가의 혁련필이 말했다. 그러나 곧 다른 사람의 목소리가 그 뒤를 이었다.

"그 수적 떼에게 흑도회가 괴멸된 것을 잊지는 않으셨겠죠?"

혁련필의 말에 토를 단 것은 남해검문의 황보선혜다.

'어디서 감히……'

인상이 일그러진 혁련필이 속으로 중얼거렸지만 감히 밖으로 드러내 말할 수는 없었다. 남해검문은 이번 천하무림대회를 통해 새로 무림맹 십팔대 문파에 이름을 올린, 무시할 수 없는 문파가 되었기 때문이다.

게다가 그가 알기로 황보선혜의 무공 또한 그리 녹록한 것은 아니라 하지 않았던가? 일견 귀여워 보이는 외모에도 불구하고 말이다.

"이제 결론을 내야 할 시간이오."

제갈연은 두 사람의 말싸움을 무시하고 말했다.

"이미 협의한 대로, 각기 배정된 지역에 도착하기까지는 방위(防衛)를 철저히 해주시기 바랍니다. 처음 우리가 출진하는 순간을 노리고 적이 기습을 가할 우려가 있습니다."

항주는 물길이 많다. 때문에 평야 지역이라 해도 말이 마음껏 달릴 수 있는 장소는 많지 않았다. 적은 바로 그 지역을 앞에 두고 영채를 세웠고, 무림맹 또한 그 지역에 나가 적을 맞아 싸울 수밖에 없었다.

"알겠습니다."

몇몇 대표자들이 진지한 표정으로 고개를 끄덕인다.

"그럼."

제갈연은 대표자들을 돌아보았다. 짧게 고개를 끄덕이는 그들의 의사를 확인하고 제갈연은 명을 내렸다.

"북을 울려라!"

둥.

커다란 북소리가 무림맹을 울리며 퍼져나가기 시작한다. 그리고 활짝 열린 무림맹 정문으로 수많은 사람들이 쏟아져 나오기 시작했다.

둥, 둥—!

"갑시다."

제갈연의 말과 함께 화려한 누각에 있던 대표자들이 모두 움직이기 시작했다. 그들이 출전할 차례였다.

저벅, 저벅.

누각을 내려가는 대표자들의 얼굴은 진지하기 그지없었다. 이른 아침, 무림맹에서 들려오는 북소리는 결코 멈추지 않을 듯 계속되고 있었다.

"저들이 나옵니다."

"흥."

문왕은 화려하게 치장된 단 위에 비스듬히 앉아 있었다. 그의 앞에는 단궁대와 흑창기마대를 비롯한 자신의 병력이 화려한 깃발들 아래 질서 정연하게 도열해 있었다.

예전 흑도회를 맞이했을 때처럼 오합지졸의 녹림도로 위장하는 것 따위는 이미 필요 없었다. 무림맹도 이미 그들이 평범한 수로채나 녹림이 아니라는 것을 알고 있을 테니까.

"이미 예측한 대로이지 않느냐."

문왕은 피식 웃었다.

"달라진 점이라면 하나뿐이지."

가느다란 손으로 포도알 하나를 집어든 그는 마치 희롱하듯 하얀 손끝에서 포도알을 굴렸다.

"바로 창룡검주의 존재."

틱.

문왕의 손끝에서 놀던 포도알이 그의 입 속으로 들어갔다.

픽.

입 안에서 터지는 포도의 과즙을 음미하며 문왕은 만족한 미소를 지었다.

"자."

무림맹을 향해 한 손을 내밀며 그가 말했다.

"어디 한번 재주를 부려봐라."

광대를 향해 놀이를 명하듯, 문왕은 그렇게 말했다.

*　　　*　　　*

"말씀하신 대로, 저들은 수로채가 아니었습니다."

독고랑의 말에 운현은 담담한 표정으로 고개를 끄덕였다. 이제 그것은 중요한 일이 아니다. 이미 두 세력이 칼끝을 맞대었으니 말이다.

"저들이 먼저 움직일까요?"

운현과 독고랑이 있는 곳은 무림맹에서 두 번째로 높은 누각이었다. 가장 높은 누각에 올라간다면 전체적인 전황을 보다 더 잘 파악할 수 있을 테지만, 지금 그곳은 각 문파의 가주들과 수장들이 자리하고 있었다.

"그렇지 않을 겁니다."

운현은 말했다. 이곳에서라도 대강의 전황을 파악하는 데는 어려움이 없었다. 더구나 독고랑같이 눈이 밝은 무인이라면 더욱 그랬다.

"저들은 궁수대를 가지고 있으니, 아마도 이쪽이 먼저 움직이는 것을 기다리겠죠."

그 말대로였다. 무림맹 측이 진을 형성하고 있음에도 문왕 측에서는 아무런 움직임을 보이지 않고 있었다. 독고랑은 고개를 끄덕였다. 그의 눈은 가장 앞서 진을 치고 있는 객청의 무인들을 향해 있었다. 항주 전역의 무관과 중소 문파에서 모여든, 그리고 아마도 가장 먼저 희생을 당할 바로 그들을.

"독고 대협이 가서 모습을 보이는 것만으로도……."

운현은 조용히 말했다.

"저들에게는 큰 힘이 되겠죠?"

"저는 대인의 곁을 지켜야 합니다."

독고랑의 대답에 운현은 어깨를 으쓱하며 말했다.

"저는 괜찮을 겁니다. 여차하면 도망갈 테니까요."

"경공을 못하시지 않습니까?"

"다른 서기들 틈에 끼어서 갈 겁니다."

"그들보다는 제가 있는 편이 더 안전합니다."

독고랑은 한 치도 물러서지 않는다. 그러나 운현도 쉽사리 그만두지는 않았다.

"하지만 지금 독고 대협이 필요한 사람은 제가 아니라 바로 저들입니다."

"운 대인께 저들에 대한 책임이 있는 것도 아니지 않습니까?"

"그야 물론 그렇죠."

고개를 끄덕이며 운현은 말했다.

"하지만 독고 대협께는 있지요. 그리고 그렇게 하도록 한 것은 바로 제가 아닙니까?"

운현은 눈을 들어 객청에 있던 무인들을 바라보았다. 멀리 보이는 그들의 등에는 각양각색의 방패가 매여 있었고, 삼삼오오 모여 있는 그들 중 몇 사람은 그물과 갈고리로 된 것을 가슴에 감고 있었다. 운현은 다시 말했다.

"잘 모르겠습니다. 이런 위험한 일에, 이런 식으로 말하면 독고 대협께 너무 무책임한 말인 것도 같지만……."

운현은 독고랑을 바라보며 말했다.

"지금 독고 대협이 해야 할 일은 제 곁을 지키는 것이 아니라 바로 저들을 지키는 것이라는 생각이 듭니다."

독고랑은 운현의 눈을 똑바로 바라보았다. 그리고 그 앞에 부복했다.

척.

독고랑은 말했다.

"대인. 명을 내려 주십시오."

차분한 목소리로 운현은 말했다.

"가서 저들을 도우십시오. 그리고, 무림맹의 본진이 나서는 본격적인 전투가 시작되거든 즉시 저에게 돌아오십시오."

"존명!"

독고랑은 고개를 숙이며 명을 받들었다. 그리고 즉시 몸을 날렸다.

타닥.

순식간에 독고랑은 누각을 내려가 사라져 갔다. 그 뒷모습을 바라보며 운현은 나지막이 중얼거렸다.

“조심하십시오.”

운현의 시선이 다시 전장으로 향했다. 아직 아무런 움직임도 보이지 않고 있는 무림맹과 문왕의 진. 그러나 운현의 눈에는 문왕의 진에서 어쩐지 불길한 기운이 스멀스멀 넘어오고 있는 듯 느껴졌다.

*　　　*　　　*

“역시 먼저 움직이지는 않으려는 듯하오.”

화려한 깃발과 형형색색의 천으로 보란 듯 장식된 누각에서, 제갈세가의 가주 군자검 제갈명은 말했다. 그들이 있는 곳은 무림맹에서 가장 높은 누각이었다. 바로 얼마 전까지 제갈연과 무림맹 대표자들이 있었던 바로 그 누각.

조금 거리는 있었지만 이 누각에 올라서면 전체적인 전황을 잘 파악할 수 있었다. 혹 무림맹이 공격받을 것을 예상한 배치였는지, 이 누각은 무림맹 농성을 위해서는 최적의 사령탑이라 할 수 있었다. 이번에도 만일 적이 조금만 더 가까이 위치를 정했더라면 아마 이곳이 사령탑이 되었으리라.

“그러하군요.”

말을 받은 것은 옆자리에 앉아 있던 무당파의 장문인이다. 길고 흰 눈썹 아래로 강렬한 안광을 뿜어내며 무림맹과 적의 대치 상황을 주시하고 있던 그는 불쾌감을 숨기지 않은 채 말했다.

"참으로 치욕적이오."

그는 눈살을 찌푸리며 말했다.

"강호 무림의 정도를 수호해야 할 무림맹이 어찌 수적들에게 위협을 당하는 지경에 이르게 되었단 말이오? 참으로 통탄할 일이오."

의분에 찬 목소리로 그가 말했지만 호응하는 사람은 없었다. 다만 소림의 태허선사가 나지막이 불호를 외었을 뿐이다.

"아미타불……."

"저들을 물리칠 방비는 충분하오?"

단목세가의 가주가 물었다. 군자검 제갈명이 그 말에 답했다.

"이미 협의는 끝난 것으로 아오만……. 단목가주께서는 무엇이 부족하다 생각하시오?"

"흠, 그것이……."

단목세가의 가주는 소림의 태허선사를 흘낏 바라보고는 말했다.

"어느 서기의 보고가 있었다 해서 하는 말이오. 듣자하니 철혈사왕뿐만 아니라 그보다 더 강한 자들이 있다 하지 않소?"

"허허."

소림의 태허선사는 나지막한 웃음을 흘렸다.

"그보다 더한 자들이 있다 한들 무슨 상관이겠소? 이곳에 있는 분들께서 나서신다면, 구태여 오래 손을 쓸 필요도 없을 것이거늘……."

당연한 일이라는 듯 아무렇지 않게 태허선사가 말했지만 이번에도 역시 호응하는 사람은 없었다. 이곳에 있는 그 누구도 앞서 나설 생각이 없었기 때문이다. 특히나 그것이 자파의 희생을 요구하는 것이라면 더더욱.

"곧 알게 되겠지요."

모용세가의 가주, 관일검(貫日劍) 모용단천이 말했다.

"어차피 검이 뽑혔으니, 누구에게 벼락이 떨어질지 말입니다."

"허어. 그 말씀은 설마 무림맹이 지기라도 한다는 것입니까?"

모용단천의 말에 끼어든 사람은 혁련세가의 가주, 패검(覇劍) 혁련철후였다. 모용단천은 씨익 웃으며 말을 받았다.

"철혈사왕을 상대로 승부를 점치기 어렵다 생각하여 드린 말이오만."

혁련세가의 가주를 똑바로 바라보며 모용단천이 말했다.

"혁련가주께서 무림맹이 질 것이라는 말을 입에 담으실 줄은 몰랐소이다."

"크흠."

혁련세가의 가주 패검 혁련철후는 헛기침을 내뱉었다. 모용단천의 말대로 무림맹이 진다는 말을 제일 먼저 꺼낸 것은 바로 자신이다. 혁련세가의 가주는 짐짓 호탕한 목소리로 말했다.

"철혈사왕 따위 이미 지나간 시대의 폐물에 불과하오. 벼락 운운할 가치가 어디 있소?"

"호오. 지나간 시대의 폐물이라. 혁련가주 덕에 내가 오늘 크게 안목을 넓히게 되었구려."

모용단천은 짐짓 놀라운 듯한 표정으로 말했다.

"그 놀라운 혁련가주의 무위를 꼭 보여주시기 바라오. 철혈사왕을 상대로 말이오. 하하하."

혁련세가의 가주는 이를 악물었다. 섣불리 말꼬리를 잡았다가 오히려 덮어쓴 셈이 되었다.

"철혈사왕을 상대할 분들이 이미 정해져 있으니 어찌 감히 내가 나설 수 있겠소만……."

패검 혁련철후는 억지로 미소를 지으며 말했다.

"나중에 따로 기회를 만들어 보도록 하겠소이다."

은근한 협박. 전통의 혁련세가가 이제 막 무림맹에 입성한 모용세가를 견제하는 것이다. 모용단천은 비웃음에 가까운 미소를 지으며 말했다.

"그렇습니까? 기대하지요. 그리고……."

슬그머니 몸을 틀어 혁련세가의 가주를 외면하며, 모용단천은 혼잣말처럼 말했다.

"검을 든 자라면, 언제든지 벼락을 맞을 것도 각오하는 법이라오."

혁련세가의 가주가 다시 무언가 맞받아치려는데, 무당파 장문인이 입을 열었다.

"더 이상 기다릴 필요가 있겠소?"

제갈세가의 가주, 군자검 제갈명은 다른 가주들을 돌아보았다. 반대는 없었다. 그렇다고 입을 열어 찬성을 한 것도 아니었지만.

그 누구도 가장 위에 세울 수 없던 무림맹이 택한 방식은, 이처럼 집단적인 지도체제였다. 그리고 그것은 지금까지 별다른 문제없이 유지되어 왔다.

비록 대표자 회의에서는 언제나 날선 공방이 이어졌지만, 적어도 어느 문파건 일방적으로 불리함을 당하는 일 없이 일을 진행하고 있는 것이다.

"그러면, 시작하도록 하지요."

다른 가주들의 암묵적인 동의 속에, 공격개시의 명령이 떨어졌다. 곧 누각 위에서 커다란 깃발이 힘차게 휘날리기 시작했다.

"공격 신호가 올랐소."

소림의 대표자 진명의 말이 아니더라도, 제갈연 역시 신호가 오르는 것을 보고 있었다.

“보았소이다.”

간단하게 대꾸한 제갈연은 고개를 돌려 무림맹의 진을 돌아보았다.

무림맹의 진은 크게 네 개로 형성되어 있었다. 소림과 제갈세가, 혁련세가를 중심으로 한 중진(中陣)과 화산과 무당, 아미파 등이 중심이 된 좌진(左陣). 신흥 오대세가를 중심으로 한 우진(右陣). 그리고 맨 앞에 항주 지역의 군소 무관과 문파들이 전열(前列)을 담당하고 있었다.

본래 전열은 무력을 집중하여 적의 선봉을 꺾는 역할을 담당하는 것이지만, 이번에는 다르다. 지금의 전열은 어디까지나 적의 주력을 이끌어내는 데 쓰이는 희생양일 뿐이다.

“그럼……”

제갈연이 막 공격개시의 깃발을 올리려는 순간이었다. 갑작스런 환호가 전열에서 울려 퍼졌다.

“우와아아아!”

예기치 못한 환호성에 제갈연은 눈살을 찌푸렸다.

“무슨 일인가?”

그러나 제갈연의 질문을 받은 수하도 영문을 알지 못했다. 하지만 제갈연은 곧 이유를 알아차릴 수 있었다. 전열의 환호가 점차 누군가를 연호하는 것으로 변해갔기 때문이다.

“삼전무적! 삼전무적! 삼전무적!”

제갈연의 이마에 잡힌 주름이 깊어졌다.

'삼전무적?'

어디선가 들어보았던 이름인데 기억이 나지 않았다. 그리고 무엇보다 이런 중요한 때에 저런 영문 모를 연호가 이어진다는 것이 마음에 들지 않았다.

그러나 이미 공격 명령이 떨어진 다음이다. 지금은 그 이유를 알아볼 시간도, 여유도 없었다. 제갈연은 전열에서 이어지는 연호를 무시하고 소리쳤다.

"전열 공격. 기를 올려라!"

후욱.

커다란 깃대가 하늘을 향해 치솟으며 깃발이 바람에 펄럭였다. 그와 함께 전열에서 커다란 함성이 울려 퍼졌다.

"와아아아아!"

무림맹이 공격을 시작했다.

*　　　*　　　*

장찬호는 긴장으로 인해 등에 식은땀이 나는 것을 느꼈다. 중소 문파라 하지만 자신 역시 심검문의 문주다. 찰나에 생사가 갈리는 순간도 겪어봤고, 칼을 든 자들과의 분쟁 역시 겪어보았다. 그러나 이 정도로 대규모는 아니었다. 아니, 이 정도의 대규모 분쟁은 사실상 정사대전 이후 유일한 것이라 할 수 있었다.

게다가 적의 저 모습. 숨김없이 당당히 드러낸 흑창기마대의 위용은 상상을 초월했다. 온통 검은 마갑과 갑주로 둘러싼 그들의 모습은 마치 검은 사신들처럼 느껴졌다. 그 말발굽 아래 자신들은 무방비로 내던져진 것이다.

마치 지금 당장이라도 그들이 자신을 짓밟고 지나갈 것처럼 느껴졌다. 이제라도 모든 것을 던져 버리고 도망치고 싶은 심정이었다. 그리고 그런 심정은 비단 장찬호만은 아니었다. 아니, 장찬호가 그러한데 다른 사람이야 오죽하랴.

장찬호는 주위를 둘러보았다. 파랗게 질린 문파 제자들의 얼굴이 보였다. 멀리 보이는 다른 문파 역시 크게 다를 게 없었다. 긴장으로 인해 굳을 대로 굳어버린 뻣뻣한 몸을 멀리서도 확실히 알아볼 수 있을 정도였다.

'생각보다 더 좋지 않군.'

장찬호는 자신과 다른 문주들이 사태를 너무 안이하게 평가하고 있었다는 것을 깨달았다. 그나마 독고랑의 도움으로 준비한 것이 이 정도니, 준비도 없이 그대로 나섰다가는 어떻게 되었을지 생각만 해도 끔찍했다.

'열 사람도 채 남지 못할 거라더니……'

장찬호의 등에 식은땀이 흘렀다. 독고랑이 처음에 한 말은 결코 과장이 아니었다.

'무림맹 놈들.'

장찬호는 속으로 이를 갈았다. 아마 누구라도 그렇게 생각할 것이다. 이렇게까지 해서 무림맹의 말에 따라야 할까? 그러나 선택의 여지가 없다.

항주에서, 아니 무림에 터를 잡은 자라면 누구도 무림맹의 말을 거역할 수 없다. 그나마 승산이 높은 쪽을 택한다면, 당연히 이 일을 받아들여야 한다.

입술이 말라왔다. 장찬호는 혀로 입술을 축이며 뒤를 돌아보았다. 공격 개시의 신호가 올라가는 순간, 그들은 저 흑창기마대 앞으로 나아가야 한다.

아마도 하늘을 가득 메우며 쏟아질 화살의 비를 뚫고서. 그의 시선이 자꾸만 뒤를 돌아보게 되는 것은 결코 우연이 아니었다.

초조한 마음으로 다시 한 번 뒤를 돌아보는 순간, 그는 낯익은 한 사람을 발견했다.

"독고 대협!"

독고랑은 천천히 전열로 다가오고 있었다. 좌익과 우익의 무인들도 독고랑을 발견했지만 제지하지 않았다. 그가 무림맹 쪽에서 다가온 것을 보았기 때문이다. 그들은 독고랑을 전열에 참가하기로 한 외부 무사들 중 하나 정도로만 짐작한 것이다.

장찬호가 독고랑을 발견하고 외친 순간, 전열의 다른 사람들도 독고랑을 발견했다. 그리고 그들은 자신도 모르게 환호를 올렸다.

“와아아아아아!”

독고랑이 전열에 참가하는 것은 기대하지 못했던 일이기는 하지만 확실히 그들의 반응은 지나친 감이 있었다. 타들어가는 긴장감과 기대하지 않았던 일이 일어났다는 두 가지 요소가 마치 화학반응처럼 그들 안에서 상승작용을 일으킨 것이다.

“삼전무적! 삼전무적!”

곧 전열의 무사들이 목이 터져라 연호하기 시작했다. 마치 죽음 앞에 내동댕이쳐진 것 같았던 그들에게 삼전무적검객 독고랑이 찾아온 것이다. 그것도 그들과 함께하기 위해서. 그것은 그들에게 마치 한 줄기 희망의 소식과도 같았다.

“삼전무적! 삼전무적! 삼전무적!”

연호하는 무사들을 지나 독고랑은 장찬호에게 왔다. 장찬호는 독고랑을 위해 자리를 양보했다.

“괜찮겠소?”

“기꺼이.”

고개를 끄덕여 보이는 장찬호의 얼굴에도 흥분이 가득했다. 그리고 그 순간 공격의 깃발이 하늘 높이 솟았다.

펄럭.

장찬호는 크게 외쳤다.

“살아남는 것이! 이기는 것이다!”

“와아아아아!”

호응은 격렬했다. 장찬호는 붉게 상기된 얼굴로 목청이 터져라 외쳤다.

"공격!"

무림맹의 전열이 천천히 움직여 가기 시작했다. 그들은 등에 매었던 방패를 손에 들고 한 발 한 발 신중하게 앞으로 나갔다. 숨어서 그들을 겨누고 있는 검은 화살과 흑창기마대의 창 앞으로.

무림맹과 무림의 향방을 건 싸움이, 이제 시작된 것이다.

"흐으음."

문왕은 무림맹의 전열에서 일어나는 일을 모두 보고 있었다. '삼전무적'이라는 이름이 연호될 때에는 살짝 눈살을 찌푸렸지만 그다지 그의 흥을 돋우지는 못했다.

그는 지금 방패를 들고 이쪽으로 다가오고 있는 무림맹의 전열을, 마치 천하고 더러운 것이라도 보는 듯한 시선으로 바라보고 있을 뿐이었다.

"저들이 단궁대의 범위에 들었습니다."

잠시 후, 수하의 보고가 올라왔다. 문왕은 권태로운 표정으로 간단하게 명했다.

"쏴라."

본래대로라면 좀 더 저들을 끌어들인 다음에 쏘는 것이 옳다. 그러나 문왕은 저 방패들, 급히 끌어다 모은 것이 분명해 보이는 저 각양각색의 방패들이 전장을 어지럽히고 있는 모습이 마음에 들지 않았다.

"단궁대, 발사."

곁을 지키던 수하가 담담한 음성으로 문왕의 명을 전한다. 그리고 곧, 문왕의 진 후열에서 대기하고 있던 단궁대가 화살을 발사했다.

피피피픽—

공기를 가르는 소리가 음산하게 울리고 곧 하늘이 검게 물들었다. 무림맹의 흑도회를 피투성이로 만들었던 바로 그 검은 화살이, 무림맹의 전열을 노리고 날아들었다.

피피피픽—

마치 어디선가 바람이 새는 듯한 소리는 무림맹 전열에 있던 사람들도 들을 수 있었다. 물론 어느 정도 무공이 경지에 오른 사람들에 한했지만, 그것으로도 준비하는 데에는 충분했다. 특히 독고랑 정도의 무인이라면 절대 놓칠 수가 없는 소리였다.

"온다!"

"개진(開陣)!"

장찬호의 커다란 목소리와 함께 여기저기서 '개진'이라는 소리가 울렸다. 각 문파에서도 그 소리를 들었거나, 혹은 장찬호의 외침을 들은 것이다.

덕분에 그들은 화살이 공기를 가르는 섬뜩한 파공음이 울리기 전에, 이미 진을 형성할 수 있었다. 그들은 즉시 몸을 낮추고 삼삼오오 미리 정해진 대로 방패를 서로 모았다. 그리고 고개를 숙인 채 화살에 대비했다.

씨이이이잉—!

포물선을 그리며 하늘을 향해 쏘아진 화살이 다시 땅으로 떨어지며 내는 소리는 섬뜩했다. 그리고 가차 없이 전열의 무사들을 향해 그 날카로운 이를 드러냈다.

퉁!

'윽.'

훈련한 대로 방패를 잡고 있던 장찬호는 화살이 주는 묵직한 무게감에 놀랐다. 그리고 곧 이어, 몇 대인가의 화살이 다시 그들의 방패를 타격했다.

투투퉁.

파파팍.

화살은 주변의 땅에도 박혔다. 화살이 박힐 때마다 흙먼지가 피어오르고, 화살은 임무를 다하지 못한 것이 억울한지 꼬리를 부르르 떤다. 그 모습이 마치 검은 뱀 같다고 장찬호는 생각했다.

투둥.

한 차례 쏟아진 검은 화살비가 지나간 후, 장찬호는 고개를 들었다. 화살은 더 이상 쏟아지지 않았지만 방패로 만든 진은 여전히 유지한 채였다. 그리고 다른 방패진 속에서도 몇 개인가 고개가 올라와 상황을 살핀다.

"오오."

장찬호는 감탄했다. 피해는 거의 없었다. 마치 비 오듯 쏟아진 화살 세례 속에서도 다친 사람은 별로 없었다.

"또 온다."

독고랑의 목소리에 장찬호는 크게 소리쳤다.

"온다!"

즉시 몸을 낮춘 장찬호는 자신의 방패를 단단히 붙잡고 진의 모양을 유지하는 데 힘썼다.

씨이이이이잉—

또다시 섬뜩한 그 소리가 들려왔다. 그리고 뒤이어 밀집한 방패에 둔탁한 무게감이 느껴졌다.

투투퉁.

'이대로라면 버텨낼 수 있다.'

장찬호는 생각했다. 바깥에는 죽음의 검은 화살이 쏟아지고 있었고 가끔 방패에 박히는 것도 있었지만, 방패진만 무너지지 않는다면 충분히 버틸 수 있었다. 만일 처음 계획한 대로 각자 방패로 막아내려고 했다면 어땠을까? 생각만 해도 끔찍했다.

그렇게 몇 번을 지났을까? 일정한 간격을 두고 계속 쏟아지던 화살이 뜸해졌다. 한동안 화살 떨어지는 기색이 없자 장찬호가 작은 목소리로 독고랑에게 묻는다.

"끝난 겁니까?"

"잠시."

독고랑은 화살의 파공음이 들리는지 귀를 기울였지만 더 이상의 파공음은 없었다. 독고랑이 고개를 끄덕이자 장찬호가 방패진 밖으로 몸을 세웠다. 그러자 낮은 신음소리가 들려온다.

"ㅇㅇㅇㅇ."

희생자가 있었다. 장찬호는 즉시 외쳤다.

"부상자는 뒤로 후송해라! 인원이 빠진 진은 옆의 진과 합치도록! 경계를 늦추지 마라!"

연달아 명령을 내리면서 장찬호는 대략의 피해 상황을 점검했다. 방패가 뚫리거나 부주의로 화살을 맞은 경우들이 몇 보였다. 그러나 피해는 생각보다 무척 적었다.

'좋아! 이 정도라면……'

그러나 장찬호가 기뻐할 사이도 없이, 독고랑의 목소리가 다시 들려왔다.

"기마대다."

'기마대!'

장찬호는 고개를 돌렸다. 마치 검은 벽처럼 늘어서 있던 흑창기마대의 일부가 천천히 무너지는 것이 보였다. 그러나 그것은 무너지는 것이 아니었다. 그것은 돌격이었다. 무림맹 전

열을 향한, 바로 자신들을 향한 돌격. 그 무자비한 말발굽이
곧 자신들 머리 위에 덮칠 것이었다.

　"호오."
　첫 화살이 발사된 이후, 문왕은 권태로운 얼굴에 처음으로
흥미를 나타냈다. 아무렇게나 불규칙하게 널려 있던 방패들이
순식간에 셋, 혹은 다섯씩 모여 방패진을 형성한 것이다. 그리
고 그 방패진의 모습은 화살을 최대한 흘려보내겠다는 의도가
분명해 보이는 그런 모습이었다.
　"저들은 외부인들이라 하지 않았나?"
　곁에 섰던 수하가 고개를 숙이며 문왕의 물음에 답했다.
　"무림맹이 항주와 인근의 중소 무관에서 동원한 자들입니
다."
　"허면 본질상 오합지졸일 터인데?"
　그래야 했다. 그런데 눈앞에 보이는 모습은, 비록 방패는 여
기저기서 긁어모은 것이 분명해 보인다 해도 틀림없이 통일된
훈련을 받은 듯한 모습이다.
　쏟아지는 검은 화살의 비에도 불구하고 방패진은 조금도 요
동하지 않았다. 화살은 헛되이 땅에 꽂혀 흙먼지만 일으키고
있다.
　"어제 독고랑이라 하는 자가 그들과 합류했다는 보고가 있
었습니다."

"창룡검주의 제자로군."

문왕은 중얼거렸다.

"그래, 그가 합류해서 무엇을 했다고 하더냐?"

"그것이 마지막 보고였습니다."

"흐음."

문왕은 잠시 생각에 잠겼다. 그의 시선은 계속 화살비가 쏟아지는 방패진을 향하고 있었다.

단궁대의 사격이 수차례 이어지고 있었지만, 피해는 거의 없었다. 이런 상황이라면 화살을 그냥 버리는 것이나 마찬가지다.

"창룡검주…… 과연 문서의 주인이라는 것인가? 허나 단하루로 과연 무엇을 할 수 있을까?"

공작 깃털로 만든 화려한 공작선(孔雀扇)으로 무림맹을 가리키며 문왕은 명령했다.

"흑창기마대를 내보내라. 단궁대는 무장(武裝)을 교환하고, 진격 준비를 하도록."

"존명."

수하는 즉시 고개를 숙이며 명을 받들었다.

"흑창기마대, 진격."

묵직한 그의 목소리와 함께 흑창기마대가 무림맹 전열을 향해 쏟아져 내려가기 시작했다. 가운데 부분이 쐐기처럼 돌출된 삼각 진형, 바로 흑도회를 괴멸로 몰아넣었던 추형돌파진

(追刑突破陣)이었다.

　흑창기마대가 움직이기 시작한 것을 확인하자, 무림맹 전열
은 신속하게 움직였다.
　"그물! 앞으로!"
　장찬호의 명령이 떨어지자 어깨에 그물과 갈고리를 감고 있
던 자들이 방패를 제자리에 놓아두고 두 사람씩 짝을 지어 앞
으로 나섰다. 장찬호는 독고랑을 한 번 흘낏 쳐다보았다. 독고
랑이 고개를 끄덕인다. 장찬호는 크게 외쳤다.
　"펼쳐라!"
　어깨에 두르고 있던 그물을 풀어내자 사람 둘이 팔을 벌린
것 정도의 그물이 나타났다. 폭은 그다지 넓지 않았고 양측에
큼지막한 갈고리와 무게추 역할을 하는 돌이 하나씩 달려 있
었다.
　"투척!"
　장찬호의 명령과 함께 그들은 두 손으로 힘껏 그물을 펼쳐
던졌다. 비록 무공은 삼류라 해도 기본적인 근력이 있는 자들
이어서인지 그물은 꽤 멀리 앞으로 날아가 땅에 떨어졌다.
　"투척!"
　남아 있던 그물이 다시 한 번 앞으로 멀리 날아갔다.
　"물러서라!"
　그물을 던진 자들은 신속히 자신의 자리로 돌아간다. 그 사

이, 흑창기마대는 성큼 앞으로 다가서고 있었다.

두두두두두—

지축을 울리는 말발굽 소리가 들려오기 시작한다. 흑창기마대와의 거리가 점차 가까워지는 것을 확인하고 나서, 장찬호는 외쳤다.

"방패를 버려라!"

그들은 즉시 들고 있던 방패를 버렸다. 기마대가 온다는 것은 이제 더 이상의 화살 공격이 없다는 뜻이다. 기마대를 상대할 때 방패가 도움이 되지 않는 것은 아니었지만, 그들의 목적은 적과 싸워 이기는 것이 아니라 최대한 피해를 줄이는 것이었다.

그러기 위해서는 움직임에 방해가 되는 것들은 최대한 버려야 했다. 방패는 나중에라도 다시 주워들 수 있으니까.

"창은 대기! 천천히 뒤로 물러선다! 절대 몰려 있지 말도록!"

창은 구하기 쉬웠다. 어느 문파나 기본적으로 일정량의 창은 보유하고 있었으니까.

사용하는 사람은 그다지 많지 않았지만 상관없었다. 창진(槍陣)을 따로 구성하려는 생각은 없었다. 창은, 먼저 살아남고 남은 다음의 일을 대비하기 위함이었다.

그들은 각자의 검과 도를 불끈 쥐었다. 그리고 주위 사람들과의 거리를 확인하며 천천히 뒤로 물러섰다. 흑창기마대의 말발굽 소리가 점차 커져가며 땅이 흔들리는 것이 느껴진다.

두두두두두—

"자신의 자리에서 움직이지 마라! 피하는 것은 마지막 순간
이다!"

장찬호는 다시 한 번 크게 외쳤다. 어젯밤 밤새도록 연습한
것이지만 과연 실전에서도 통할까?

두두두두—!

발을 통해 기마대의 말발굽이 일으키는 진동이 느껴지기 시
작한다. 다리가 후들후들 떨리는 듯한 느낌에 온몸의 힘이 빠
져나가는 것만 같다.

'자신의 자리를 지키지 못하면 죽음뿐이오.'

장찬호는 독고랑의 말을 속으로 되뇌었다. 도망가면 확실하
게 죽는다. 이를 악물며 장찬호는 두려움과 맞서 싸우고 있었
다. 흑창기마대는 지금 당장이라도 짓쳐들 듯했다.

"키히히힝."

그때 기적이 일어나기 시작했다. 앞서 돌진해 오던 흑창기
마대의 말이 갑자기 땅에 구르기 시작한 것이다. 땅에 떨어져
있던 그물에 발이 얽히고, 그물에 달려 끌려오던 갈고리가 땅
에 박히면서 마치 족쇄처럼 그들의 발을 죄어온 것이다.

"키히힝."

"키히히힝."

곧 말들이 연이어 구르기 시작한다. 땅에 넘어진 말들은 태
우고 있던 주인을 세차게 내동댕이쳤고, 뒤따라오던 말들은

충돌을 피하기 위해 크게 도약해야 했다. 그러나 도약의 시기를 놓친 말들은 넘어진 말들과 강하게 충돌하여 또다시 땅에 뒹굴 수밖에 없었다.

"키히히히힝."

말들의 울음소리와 함께 완벽한 쐐기꼴의 추형돌파진 일부가 무너지기 시작했다.

그러나 그것이 흑창기마대의 돌격을 모두 막지는 못했다. 흑창기마대는 곧 무시무시한 속력으로 무림맹 전열을 덮치기 시작했다.

콰앙—!

제일 먼저 무림맹 전열을 덮친 흑창기마는 얼어붙어 있던 무사 하나를 간단히 짓밟아 버렸다. 그리고 기수(騎手)의 공력이 담긴 검은 창(槍)은 옆에 있던 또 다른 무사 하나의 머리를, 상대가 비명을 지를 사이도 없이 그대로 날려버린다.

"크아아악!"

"아악!"

여기저기서 비명이 터지기 시작했다. 그리고 장찬호에게도 곧 한 마리의 흑마가 덮쳐왔다.

'아직 안 돼! 아직……'

장찬호는 검은 말발굽이 바로 앞에 올 때까지 기다렸다. 그리고 말이 이제 진로를 바꿀 수 없을 것이라고 확신하자마자 즉시 옆으로 몸을 굴렸다.

“하압!”

두두두두—

말발굽이 땅을 박차는 소리가 바로 귓가를 스쳐 지나간다. 그리고 기수의 창이 다른 무사 하나의 목숨을 앗아가는 것을 장찬호는 보았다.

‘큭.’

하지만 그를 도울 여력은 없다. 방금 죽음을 피한 그의 앞에 또 다른 흑마가 달려들고 있었으니까. 장찬호는 다시 한 번 몸을 날렸다.

“타핫!”

하지만 이번엔 조금 빨랐다. 기수가 그의 움직임을 발견한 것이다. 기수의 검은 창이 막 자세를 잡는 그를 향해 날아들었다.

쉬익—

‘허억!’

장찬호는 한 손에 든 검을 움직일 틈도 없었다. 죽음을 예감한 순간, 어디선가 한 줄기 기합소리가 들려왔다.

“하아!”

“커헉!”

마치 거짓말처럼 그의 앞에서 검은 창이 두 조각 나고 있었다. 그 창을 쥐고 있던 기수와 함께.

“키히히힝.”

기수를 잃은 말은 헛되이 그를 스쳐 지나갔다. 그리고 장찬호는 자신의 앞에 우뚝 서 있는 한 사람의 그림자를 발견했다.

"독고 대협!"

자신의 앞을 지켜선 그대로 한 발자국도 움직이지 않은 채, 독고랑이 서 있었다.

"이제 마지막이오."

독고랑은 그를 뒤돌아보며 말했다.

"어서 생존자들을 수습하시오."

장찬호는 벌떡 일어섰다. 기마대는 엄청난 속력으로 돌진해 온다. 말과 사람의 무시무시한 육탄 공격. 그것이 곧 기마대의 무서운 파괴력의 근원이기도 하지만, 반면에 한 번·지나가면 다시 돌리기 힘들다는 단점이 있다. 즉, 기마대의 공격이 한 차례 지나갔다는 것은 이제 당장은 더 이상 돌격이 없다는 것을 뜻한다.

급히 주위를 둘러보며 장찬호는 상황을 살폈다. 주위는 처참했다. 여기저기 시체들이 나뒹굴고 피가 사방에 번져 있었다. 그러나 흑창기마대의 진형이 무너졌던 탓인지 생존자는 많았다. 얼핏 보아도 반 이상이 멀쩡히 땅을 딛고 서 있는 것을 알 수 있었다.

"좌우로 퍼져라! 중앙에서 비켜!"

지나갔던 흑창기마대는 속력을 줄여 돌아올 것이다. 그대로 직진했다가는 무림맹의 후진과 좌우익의 품에 그대로 자신을 가져다 바치는 꼴이 될 테니까.

"진을 펼쳐라! 방패를 들어! 창을 든 자들은 앞으로!"

이제 마지막이다. 이것만 버티면 그들은 살아남는 것이다. 장찬호는 미친 듯이 소리쳤다.

"놀랍군."

문왕은 눈앞에 펼쳐진 결과에 짧게 감상을 내뱉었다.

"흑창기마대가 돌격을 했는데, 아무 결과도 나오지 않을 수 있다니."

아무 결과도 나오지 않은 것은 아니었다. 무림맹 전열의 삼 분지 일이 붕괴되었고, 사상자도 허다했다. 비록 흑창기마대의 인명 피해는 경미했지만 상당수의 말을 잃었다.

즉 결과적으로 양측은 상당한 피해를 입은 것이다. 그러나 이 정도의 결과라면 흑창기마대의 작전은 실패한 것이나 마찬가지였다.

"저들 중에 군사작전을 경험한 자가 있는 듯합니다."

곁에 선 수하가 조심스럽게 의견을 개진한다. 문왕은 뱉어내듯 나지막이 말했다.

"창룡검주……."

"작전을 계속할까요?"

곁을 지키고 섰던 수하는 조심스럽게 물었다. 문왕의 심기가 불편한 것이 눈에 보였기 때문이다.

"단궁대의 무장 교환은?"

"이미 돌격 준비가 끝났습니다."

방향을 전환한 흑창기마대가 이차 공격을 시도하는 것을 보며 문왕은 얼굴에 불쾌함을 숨기지 않았다. 삼분지 일이 붕괴되었지만, 무림맹 전열은 벌써 방패로 둥글게 진을 만들고 방어에 나서고 있었다.

이미 속력을 잃은 흑창기마대의 우위는 긴 창과 높은 위치뿐. 물론 기수 개개인의 무공 또한 저들에 비할 바가 안 되니 이대로 계속한다면 저들의 끝을 볼 수 있겠지만 그때까지 무림맹 본진이 그대로 있으리라는 보장이 없다. 그리고 무엇보다 이런 혼전 상태가 문왕에게는 전혀 마음에 들지 않았다.

"돌격시키도록."

문왕은 짧게 말했다. 수하는 즉시 고개를 숙여 영을 받들었다.

"하나도 남기지 마라."

"단궁대, 돌격."

하나같이 검은 무복을 차려입은 단궁대는 이미 궁 대신 검을 손에 쥐고 있었다. 그들은 곧 명령에 따라 일사분란하게 전장을 향해 쏟아져 가기 시작했다.

결과에 놀란 것은 문왕만이 아니었다. 바로 뒤에서 전투를 지켜보고 있던 제갈연의 반응 역시 마찬가지였다.

“의외의 선전(善戰)이로군.”

제갈연은 감탄했다. 솔직히 저들이 살아남을 것이라고는 생각하지 않았다. 쏟아지는 검은 화살과 흑창기마대의 돌격을 당하고도 버텨낸 것은 예상 밖이다.

그 막강한 무력을 자랑하던 흑도회를 괴멸시킨 저들이 아니던가? 인근의 삼류 문파와 무관에서 급히 동원한 삼류 무사들이 이렇게까지 선전을 하리라고는 예상도 하지 못했던 일이다.

“삼전무적…… . 누구지?”

저들의 선전(善戰)에는 삼전무적이라는 인물이 있음을 제갈연은 직감적으로 알아차렸다. 화살 공격에 방패진을 구성하고, 흑창기마대의 돌격에 미리 그물을 던져 말의 발을 묶는 작전은 마치 잘 훈련된 군대의 모습을 연상케 하지 않는가?

“곤란하군.”

제갈연은 전황을 살피며 중얼거렸다. 이 시점에서 전장에 남아 있는 것은 흑창기마대일 뿐이라고 예상했다. 그리고 그 흑창기마대를 좌우익과 중진이 포위하여 섬멸하는 것이 그의 계획이었다. 그런데 전열의 예상치 못한 선전으로 그의 생각과는 다르게 전황이 전개되고 있는 것이다.

“궁수들이 대기하고 있소이다.”

혁련세가의 혁련필이 말했다. 그러나 제갈연은 고개를 저었다.

"그럴 수 없소. 전열이 아직 살아 있지 않소?"

착오가 생긴 것은 바로 이것이었다. 본래의 계획대로라면 전열의 생존자가 거의 남지 않은 상태에서 화살을 날려 저들을 공격할 차례였다.

그러나, 이렇게 생존자가 많이 남아 있는데 어떻게 화살을 날릴 수가 있단 말인가? 제갈연은 고개를 들어 적의 진을 살폈다. 이미 새로운 적들이 쏟아져 내려오기 시작하고 있었다.

"할 수 없군. 이 정도면 일차적인 목적은 달성했다 할 수 있으니……"

적의 본진을 끌어내는 것이 핵심 목적이었다. 이 정도라면 그 목적은 확실히 달성한 셈이다. 제갈연은 신호를 담당하고 있는 자를 향해 말했다.

"좌우익에 신호를 보내라."

긴장에 가득 찬 목소리로 제갈연은 말했다.

"공격."

후욱.

커다란 깃대가 다시금 하늘을 향해 치솟고, 새로운 깃발이 바람에 펄럭인다.

그리고 그와 함께 무림맹의 본진, 천하에 이름이 쟁쟁한 거대 문파들의 정식 제자들로 구성된 무림맹의 본진이 적을 향해 나아가기 시작했다.

"크윽."

흑창기마대의 창에 또 한 사람이 피를 뿜으며 나뒹굴었다.

"이이익!"

이를 악물어 보지만 방법이 없다. 한 사람의 목숨을 앗아간 검은 창은 또다시 새로운 희생자를 노리고 짓쳐들어온다. 자신이 힘이 없다는 것이, 자신이 속한 항주 이가장(李家莊)의 무공이 삼류밖에 안 된다는 것이 지금처럼 원망스러울 수가 없었다. 그러나 그대로 목숨을 내어줄 수는 없는 법. 그는 힘껏 자신의 검을 휘둘렀다.

챙!

자신의 검이 가볍게 튀어나오는 것이 느껴진다. 그리고 적의 창은 자신의 목줄기를 향해 그 무자비한 독니를 찔러오고 있었다.

"커헉!"

그러나 튀어나온 비명은 자신의 것이 아니었다. 방금 전까지 죽음의 사신처럼 그를 노리던 창은, 그 주인과 함께 무너지고 있었다. 그리고 곧 그의 목숨을 구한 사람의 얼굴이 자신 앞에 나타났다.

"도, 독고 대협!"

"정신 차려라! 이제 곧 끝난다."

"네, 넷!"

독고랑의 일갈에 그는 다시 검을 움켜쥐었다. 그 사이, 독고랑은 다시 몸을 날려 다른 진을 향해 날아가고 있었다. 그의 좌우에는 어제 가려 뽑은 사람들이 뒤를 따르고 있었다. 독고 랑과 함께 지금처럼 흑창기마대를 배후에서 공격하고 있는 것이다. 방금 목숨을 구원받은 그에게는, 독고랑의 그런 모습이 마치 천신(天神)처럼 보였다.

그는 급히 주위에 있는 다른 방패진으로 뛰어갔다. 그러다 문득, 그의 눈에 무림맹의 좌우익이 움직이고 있는 모습이 보였다.

그 이름도 쟁쟁한 거대 문파의 일류 제자들로 구성된 정예 중의 정예. 가히 일류라 일컫기에 부족함이 없는 그들이 드디어 움직이기 시작한 것이다.

"뒤로 물러서라! 뒤로 물러서라!"

누군가 큰 목소리로 외치고 있었다. 무림맹 본진이 움직이기 시작하면, 바로 뒤로 물러서야 한다. 전진하는 무림맹 본진과 합류하듯 천천히 뒤로 물러서다가, 좌익과 중진, 우익과 중진의 사이로 빠져나가는 것이다. 그러면 이 싸움도 끝이다. 이 지긋지긋한 싸움이, 드디어 끝나는 것이다.

그는 이를 악물었다. 그리고 이렇게 되뇌었다.

"살아남는 것이, 이기는 것이다."

검을 쥔 그의 손에 힘이 들어가고 있었다.

"드디어 본진이 공격을 시작하는구려."

전황을 지켜보던 제갈세가의 가주, 군자검 제갈명은 느긋한 어조로 말했다.

"흑창기마대라 하는 자들의 무공이 상당해 보이오만……."

단목세가의 가주가 불안한 어조로 말한다. 그 말에 즉시 반응한 것은 혁련세가의 가주다.

"허어. 단목세가의 가주께서 그런 약한 말씀을 하셔야 되겠소?"

그는 짐짓 훈계하듯 말했다.

"그래봤자 저들은 수적이 아니오?"

"아니, 단목가주의 말씀은 저도 동감하오."

혁련세가의 가주는 눈살을 찌푸렸다. 소림의 장문인 태허선사가 갑자기 나섰기 때문이다.

"결코 저들을 과소평가해서는 아니 되오."

"하하하."

짐짓 호탕한 웃음을 지으며 혁련세가의 가주가 말했다.

"항주의 삼류 문파들과 무관에서 급조한 자들조차 어쩌지 못하는 저들이오. 그런데 어찌 저들을 과소평가한다고 하시오?"

태허선사는 눈살을 찌푸렸다. 혁련세가의 가주가 계속 이렇게 강경한 발언을 하는 것이, 혁련세가가 비교적 안전한 위치를 차지하고 있기 때문이라는 생각이 들었기 때문이다.

혁련세가는 소림, 제갈세가와 함께 구성한 중진 중에서도 후열을 담당하고 있었던 것이다.

"혹 아직도 운 서기의 말을 염두에 두고 계시는 것이오?"

혁련세가는 운현의 일을 입에 올리며 비아냥거리듯 말했다. 그러나 태허는 상대하지 않았다. 다만 나지막이 불호를 외며 이렇게 말했을 뿐이다.

"아미타불. 검이 이미 뽑혔으니 누구에게 벼락이 떨어질지 곧 알게 되겠지요."

모용세가의 가주 모용단천이 했던 말이다. 그러나 이번에는 혁련세가의 가주도 토를 달지 않았다. 그 말대로 누구의 검에 벼락이 떨어질지를 결정하는 싸움이, 이제 막 시작되려 하고 있었기 때문이다.

제9장
실혼대(失魂隊)

무림맹의 본진이 흑창기마대에 공격을 시작하는 순간을 적절히 이용한 전열의 퇴각은 성공적으로 이루어졌다. 무림맹 본진이 접근하는 것을 알아차린 흑창기마대는 공격보다는 진열을 정비하는 것에 힘썼고, 그 틈을 타 전열을 이루고 있던 무사들은 부상자들을 수습한 뒤 무림맹의 본진 뒤로 빠르게 물러섰다.

예상한 대로 무림맹 본진은 전열의 후퇴에는 신경을 쓰지 않았다. 아니, 오히려 거치적거릴지 모른다는 생각이었는지 그대로 퇴각을 묵인했다.

어쩌면 그저 눈앞의 흑창기마대와 그 뒤에서 쏟아져 나오는 새로운 적들을 상대하기에 정신이 없었기 때문이었는지도 모른다. 여하간 덕분에 전열은 부상자들을 수습해서 전장을 무사히 빠져나올 수 있었다.

"부상자들을 빨리 무림맹 내로 후송해라!"
"빨리 움직여! 빨리!"
퇴각에 성공했다고 하지만, 전열을 이루던 객청의 무사들은 정신없이 바빴다. 부상자들을 무림맹으로 후송하고, 사망자와 생존자를 파악하는 일은 물론, 혹시 모를 싸움을 대비해서 최대한 무기와 장비를 챙겨 두어야 했다. 이 역시 독고랑의 조언에 따른 것이었다.
저벅 저벅.
독고랑은 가장 마지막으로 퇴각했다. 그와 함께 진을 짰던 사람들, 각 문파 중에서 그나마 어느 정도 무공이 손꼽히는 사람들은 피와 땀으로 범벅이 되어 사람의 형상이 아닌 듯 보일 정도였다. 모두 그 끔찍한 전장을 다니며 다른 사람의 목숨을 구한 이들이다.
"독고 대협!"
독고랑이 돌아오자 생존자들은 감격의 눈으로 독고랑을 바라보았다. 독고랑이 아니었으면 목숨을 부지하지 못했을 것이다. 그리고 독고랑과 그를 따르는 이들의 도움을 받은 자들 또한 적지 않았다.

저벅 저벅.

뒤를 따르는 사람들과 함께, 독고랑은 묵묵히 걸었다. 그가 가는 길 좌우에 있던 무사들은 하나같이 독고랑을 향해 신뢰와 존경의 눈빛을 보내고 있었다. 그리고 누구라고 할 것 없이, 사람들의 입에서 삼전무적이라는 말이 흘러나오기 시작했다.

"삼전무적."

"삼전무적!"

연호로 이어지지는 않았다. 다친 사람들의 신음과 죽은 동료들의 시신이 바로 눈앞에 펼쳐져 있었기 때문이다.

그러나 독고랑으로 인해 살아났다는 사실만은 사람들에게 마음속 깊이 각인되었다. '삼전무적' 이라는 네 글자와 함께.

독고랑은 장찬호를 찾았다. 장찬호는 독고랑을 발견하자 즉시 고개를 숙여 예를 표했다.

"수고하셨소이다. 독고 대협. 삼전무적(三戰無敵)이라 하더니, 참으로 그러하시오."

난데없는 치사에 독고랑이 의아한 표정을 짓자 장찬호가 말했다.

"화살 부대, 기마대, 그리고 퇴각전까지 모두 삼전무적(三戰無敵)이 아니고 무엇이겠소?"

독고랑은 쓴웃음을 지었다. 그는 장찬호의 말에는 신경도 쓰지 않고 물었다.

"피해는 어떻소?"

장찬호의 얼굴에 금방 침통한 기색이 내려앉았다.

"삼분지 일이 죽고, 나머지 절반이 넘는 사람이 다쳤소."

"으음."

독고랑 역시 침통한 기색으로 주위를 둘러보았다.

"즉시 다친 사람을 후송하도록 하고, 혹 모르니 진열을 정비하도록 하시오."

"이미 그렇게 하고 있소이다. 대협."

"그리고……."

독고랑은 뒤를 돌아보았다. 이제 막 무림맹의 본진과 흑창 기마대의 싸움이 시작되려 하고 있었다.

"가능한 한 이곳에서 멀리 떨어지시오. 언제라도 무림맹 안으로 퇴각할 수 있도록."

낮은 목소리로 독고랑은 말했다. 장찬호는 독고랑의 말에 눈을 크게 떴다.

"아니, 지금은……."

지금은 싸움터에 머물러 있어야 했다. 뒤로 빠졌지만, 자신들도 이 싸움에 분명히 한몫을 했다는 것을 무림맹에 최대한 부각시키려면 끝까지 자리를 지켜야 한다.

장찬호는 그렇게 생각했다. 게다가 퇴각이라니? 퇴각이라면 무림맹이 이 싸움에서 밀릴지도 모른다는 뜻이 아닌가?

"지금은, 살아남는 것이 우선이오."

독고랑은 무시무시한 눈빛으로 그렇게 말했다.

"명심하시오."

다시 한 번, 독고랑은 낮은 목소리로 말했다. 그리고는 바로 몸을 돌린다.

"대, 대협!"

장찬호가 불렀지만 독고랑은 돌아서지 않았다. 대신 짧은 인사가 그의 입에서 흘러나왔다.

"가봐야 하오. 그럼, 이만."

"대협!"

문득 흘러나온 누군가의 목소리에 독고랑의 발이 멈춘다. 독고랑이 뒤를 돌아보자 그때까지 독고랑을 따르던 이들이 묵묵히 서 있는 것이 보였다. 피와 땀으로 얼룩지고 온통 상처투성이인 모습의 청년들.

독고랑의 얼굴에 처음으로 희미한 미소가 걸렸다.

"수고했다. 언제고 한 번 찾아오도록."

그 한 마디에 묵묵히 서 있던 청년들의 얼굴이 환해진다.

"네! 대협!"

타닷.

독고랑은 무림맹을 향해 몸을 날렸다. 그의 주군이 내린 명을 수행하기 위함이다. 그리고 그때까지, 장찬호는 독고랑이 남긴 마지막 말에 대해 결정하지 못하고 있었다.

'젠장.'

장찬호는 속이 편하지 않았다. 하지만 이미 결론은 나와 있었다. 독고랑의 말대로 하는 것이 낫다는 것을, 그도 직감적으로 느끼고 있었다. 게다가 독고랑이 말한 대로 목숨이 걸린 문제가 아닌가?

"감사하오, 독고 대협! 이 은혜는 결코 잊지 않겠소!"

이미 사라져 가는 독고랑의 뒷모습을 바라보며 장찬호는 크게 소리 질렀다. 그러나 독고랑은 이미 멀리 사라진 후다. 장찬호는 독고랑이 사라진 쪽을 바라보며 자신도 모르게 중얼거렸다.

"삼전무적 독고랑."

그의 목소리에는 진심으로 우러나오는 신뢰가 가득 담겨 있었다. 그리고 곧, 그는 주위를 둘러보며 크게 소리쳤다.

"자, 움직여라! 더 뒤쪽으로 이동해야 한다! 자, 빨리! 빨리!"

다른 무사들을 독려하며, 그는 바쁘게 움직이기 시작했다. 그러나 그의 일그러진 안색은, 쉽게 펴지지 않았다. 잘못하면 본전도 건지지 못하게 될 것이라는 불안한 예감이 점점 짙어지고 있었기 때문이다.

*　　　*　　　*

"으으음."

악다문 입에서 신음이 흐른다. 운현은 착잡한 눈으로 전장을 바라보고 있었다. 그리고 자신도 모르게 탄식이 새어 나온다.

"이토록 많은 사람이 저리도 허무하게 목숨을……."

피가 튀고 시신이 뒹구는 전장의 모습. 아비규환의 생지옥이라는 것이 바로 이런 모습이 아닐까 싶다. 난간을 힘껏 움켜쥐고, 이를 악물어 보지만 눈앞에 펼쳐지는 참상은 견딜 수 없을 만큼 잔혹하기만 하다.

"이럴 수가……."

운현은 신음처럼 탄식했다.

처음 단궁대의 화살이 하늘을 덮었을 때, 눈앞에 펼쳐지는 모습은 그야말로 장관이었다. 그것이 죽음을 의미한다는 것을 알면서도 화살의 비가 내리는 모습은 일말의 순수한 감탄마저 자아내게 했다.

그러나 흑창기마대의 돌격이 시작되면서, 눈앞에 펼쳐지는 잔혹한 참상은 운현을 말 그대로 얼어붙게 했다.

"어찌, 어찌 이럴 수가……."

모르고 있던 것이 아니다. 사람들이 죽을 것이라는 것도 알고 있었다. 그리고 기마대라는 것이 본디 어떤 것이라는 것도 이미 읽어본 적이 있던 터이다.

별것 아닌 수준이지만 옛 전쟁의 전략을 다룬 책을 읽어보기도 했다. 그러니 이런 큰 싸움을 겪어본 적은 없어도 낯설지는 않을 것이라 생각했다.

그러나 아니었다. 지금 눈앞에 펼쳐지는 이것은 전혀 생소하고 낯선 세계였다. 피 비린내가 멀리 떨어진 이곳까지 번져 오는 듯했다.

"우욱."

갑작스런 욕지기가 치솟아 오른다. 그와 함께 드는 생각은 독고랑에 대한 걱정이다.

'괜찮을까?'

저런 죽음의 한복판으로 밀어 넣었다고 생각하니 새삼 후회와 걱정이 밀려온다. 그리고 남궁세가의 가주가 했던, '무림맹은 죽음의 땅이 될 것이다' 라는 말이 무슨 의미인지 그제야 다시금 깨닫게 된다.

운현의 근심은 전장을 다니는 독고랑의 모습을 발견하면서 한결 가벼워졌다. 운현의 눈에도 독고랑과 그를 따르는 이들이 사람들을 구해내는 모습은 분명히 보였다.

그러나 그 모습을 보면서도 가슴의 두근거림은 쉽게 멈추지를 않는다. 그리고 무림맹 본진이 공격을 시작하고, 전열이 무사히 퇴각하는 것을 보았을 때에 비로소 안도의 한숨이 흘러나왔다.

"후우."

흥분된 감정이 조금 가라앉자 그제야 정신이 맑아지는 듯하다. 운현은 난간을 붙잡고 선 채로 전황을 살폈다. 그리고 곧 눈살을 찌푸렸다.

'좋지 않군.'

무림맹의 중진과 좌우익이 흑창기마대를 에워싸듯 포위를 좁혀가고 있었다. 흑창기마대는 아직까지 진형을 정비하는 듯 모여 있었지만 다시 돌격을 시도할 여유는 없어 보였다. 문제는 문왕의 진영에서 새롭게 쏟아져 나오고 있는 검은 무복의 무리들이었다.

"으음."

문제는 또 있었다. 저 불길한 기운. 문왕의 진영에서 스멀스멀 넘어오는 저 오싹한 기운이 아까부터 계속 운현의 신경을 자극하고 있었다. 처음에는 그저 기분 탓이려니 여겼는데, 시간이 지날수록 더 확실하게 느껴지고 있었다.

다른 것은 몰라도 유독 기의 흐름에는 민감하게 반응하는 운현이다. 와불선사나 독선이 '심안(心眼)'이라고 말했던 그것 말이다.

그러니 저 기분 나쁜 기운에는 분명히 무언가 원인이 있을 것이다. 대체 그것이 무엇일까?

"혹시 철혈사왕이나 삼태상이……."

그러나 운현은 곧 고개를 저었다. 설령 신승이라 해도 저 정도는 아니다.

저것은 일개 개인이 보여줄 수 있는 그 이상의 무엇이 분명했다. 그리고 그것은 아직도 그 정체를 드러내지 않은 채 운현의 불안만 키워가고 있었다.

탁.

뒤에서 느껴지는 인기척에 운현은 고개를 돌렸다.

"지금 도착했습니다."

나타난 것은 독고랑이었다. 여기저기 흙먼지와 피가 묻어 있기는 했지만 그 생지옥 같은 현장을 헤치고 온 사람치고는 말끔한 모습이었다. 심지어 호흡도 흐트러지지 않은 상태.

"수고하셨습니다."

운현은 격동을 숨기지 못하고 말했다.

"말씀을 낮추십시오. 대인."

"아니, 아닙니다. 정말 수고하셨습니다."

마음 같아서는 안아주고 싶을 정도였지만, 운현은 그 정도로 자신의 감정을 잘 표현하는 사람이 못 되었다. 그저 수고했다는 말을 몇 번이고 되풀이할 수밖에 없다.

"감사합니다. 대인."

독고랑은 고개를 숙여 운현의 사의에 답했다. 그리고 묻는다.

"전황은 어찌되었습니까?"

운현은 직접 보라는 듯 옆으로 비켜섰다. 독고랑은 한 발 앞으로 나와 운현의 옆에 선다.

"음. 좋지 않군요."

독고랑의 짤막한 감상이다.

“그보다 더 좋지 않습니다.”

운현이 말했다.

“문왕의 진에, 아직 무언가가 더 있습니다.”

“무언가?”

독고랑의 반문에 운현은 고개를 저었다.

“모르겠습니다. 하지만, 그리 좋은 것은 아닌 듯하군요.”

독고랑은 문왕의 진영을 바라보았다. 그의 안력으로도 운현이 말한 ‘무언가’를 구분해낼 수는 없었다. 다만, 지금 쏟아져 나오고 있는 검은 무복의 무사들 외에도 또 다른 부대가 있다는 것만은 확실해 보였다.

“저들이 믿고 있는 것은 삼태상이라는 자들만이 아니었군요.”

“일만에 이르는 수로채와 녹림을 다른 곳으로 돌린 자들입니다. 자신들의 무력에 대한 확신이 없었다면 그렇게 하지는 못했겠죠. 저는 그것이 삼태상의 무력에 기반한 것이라고 추측했습니다만…….”

운현은 어두운 안색으로 말했다.

“역시 그것만은 아니었나 보군요.”

무림맹의 본진과 흑창기마대, 그리고 검은 무복을 입은 무사들은 이제 접전을 시작하고 있었다. 말과 사람들이 뒤엉키며 마치 거대한 두 무리가 하나로 섞이려는 듯 보인다.

고함소리와 병장기 부딪히는 소리가 이곳까지 아련하게 들려오는데, 운현의 관심은 여전히 문왕의 진영에서 떠나지 못하고 있었다.

*   *   *

무림맹 본진이 흑창기마대를 포위하듯 다가설 때, 무림맹 거대 문파의 제자들은 드디어 기다리던 시간이 왔다고 생각했다. 방금 전 전열에서 사상자가 나올 때만 해도 잠시 충격을 받았던 그들이지만, 그것은 곧 그들의 피를 들끓게 하는 자극제로 바뀌었다. 어쩌면 이런 흥분 역시 과도한 긴장에서 비롯된 또 하나의 도피인지도 모르지만.

그러나 그들은 한 가지는 확실히 알 수 있었다. 자신들이 선 이 땅이 살육과 유린이 허락되는 장소라는 것을. 그리고 이 땅을 지배하는 것은 오직 약육강식의 법칙뿐이라는 것을. 그리고 무력에 대해서 논하자면, 그들이 가장 자신 있어 하는 것이 아니었던가?

접전이 시작되자 그것은 곧 확신으로 바뀌었다. 적의 기량은 분명히 무시하지 못할 수준이었지만 그들은 검은 중장갑을 몸에 걸치고 있었다.

그들의 검은 창에서 뿜어 나오는 기세는 확실히 파괴적이었지만 맞지 않는다면 아무 의미도 가지지 못한다. 그들의 움직임은, 비록 중장갑을 걸친 것 치고는 상당한 움직임을 보이고 있었지만, 무림맹 제자들을 따라잡지는 못했다.

치잉.

강한 기세를 실은 검은 창이 짓쳐오자, 화산파의 제자는 크게 검을 휘둘렀다. 그러나 곧 그는 속을 온통 뒤흔드는 것 같은 충격에 신음을 흘렸다.

콰앙!

"으윽."

기를 담은 검과 창의 충돌은 그에게 적지 않은 타격을 주었다. 그러나 곧 옆에서 날아온 검이 적의 움직임을 막았다.

쉬릭.

"큭."

검은 중장갑을 입은 기수는 뒤로 물러섰다.

"바보같이! 절대 정면으로 부딪치지 말라 하지 않았더냐!"

"죄, 죄송합니다. 사형."

그에게 한 마디를 던진 사형이 곧 현란한 몸놀림으로 적의 사각을 차지했다.

"타핫!"

"커헉."

사형의 검은 좀처럼 찾기 힘든 갑옷의 틈새를 정확히 찔러갔고, 검은 기수는 그대로 육중한 몸을 땅에 뉘였다.

쿵.

공세는 일방적이었다. 속도를 잃은 흑창기마대는 둔중한 움직임으로 그 본래의 위력을 발휘하지 못했다. 긴 검은 창은 위력적이었지만, 거리를 좁히면 그 위력은 반감되었다.

이대로라면 조금 시간은 걸리더라도 흑창기마대의 괴멸이 눈에 보듯 뻔하다. 하지만, 그렇게 쉽게 승리를 거머쥘 수는 없었다.

"와아아아!"

무림맹 본진의 우위도 잠시, 곧 검은 무복을 입은 자들이 좌우익의 옆을 파고들었다. 가벼운 무복에 하나같이 검을 빼든 자들. 그들과 무림맹 제자들 사이에 곧 치열한 공방이 벌어지기 시작했다.

쉬익—

"큭!"

차아앙.

처음에는 검은 무복을 입은 자들이 승기를 잡는 듯했다. 그러나 거대 문파의 제자라는 것은 그저 이름만으로 되는 것이 아니다. 곧 무림맹의 좌우익은 진열을 정비했고 팽팽한 접전이 시작되었다.

"타핫!"

무림맹의 좌익에 속한 화산파와 무당파의 제자들은 적과의 싸움에 몸을 사리지 않았다. 그들은 가장 먼저 적들과 검을 맞대었고, 곧 치열한 싸움의 한복판에 놓이게 되었다. 검은 무복

의 단궁대에게 공격을 받은 것은 우익의 제자들 역시 마찬가
지였다.

주로 신흥 오대세가의 제자들로 구성된 그들은 적을 맞아
한 치의 양보도 없이 검을 휘둘렀다. 도처에 피가 뿌려지고 비
명과 병장기 부딪히는 쇳소리가 하늘을 메우기 시작한다.

"커헉!"

"이얍!"

창, 채챙.

개개인의 실력을 따진다면 분명히 무림맹 제자들이 더 위였
다. 그러나 문왕의 흑창기마대와 검은 무복의 단궁대는 수적
으로 무림맹을 능가했다. 특히 검은 무복의 단궁대가 가세하
자, 흑창기마대의 파괴력이 다시 그 위력을 발휘하기 시작했
다.

그렇게 비명과 기합, 그리고 병장기 부딪히는 소리가 한데
얽혀드는 가운데, 싸움은 한 치 앞을 내다볼 수 없는 상황으로
빠져들고 있었다.

"단궁대가 적과 교전에 들어갔습니다."

구태여 수하의 보고가 아니라도 이미 문왕의 눈앞에 보이는
바다. 그럼에도 불구하고 보고를 올린 것은 문왕이 포도알을
집어 들기 위해 고개를 돌렸기 때문이다.

"그래?"

　문왕은 전장을 향해서는 시선도 돌리지 않았다. 정작 무림맹 본진과의 싸움이 시작되자 문왕은 오히려 권태로운 표정을 숨기지 않고 있었다. 수하의 보고에 문왕은 공작선을 흔들며 기계적으로 반응하듯 말했다.

　"실혼대를 투입하도록."

　문왕은 대수롭지 않게 말했지만 수하의 반응은 달랐다. 그는 문왕의 한 마디에 살짝 얼굴색이 변한다. 그러나 감히 문왕의 명령에 토를 달거나 반문을 하지는 못했다.

　"존명."

　그는 급히 고개를 숙이며 문왕의 명을 받들었다.

　"새로운 적이 나타난 듯하외다."

　전장을 바라보던 태허선사가 나지막한 목소리로 말했다. 그 음성에 다른 가주들의 시선도 역시 문왕의 진을 향한다.

　"저건……."

　아미파 장문인이 눈살을 찌푸리며 중얼거렸다.

　우려했던 바와 달리, 새로 나타난 적들의 수는 그리 많지 않았다. 그러나 그들의 움직임이 어딘가 눈에 거슬렸다.

　추형돌파진을 갖추어 진격해 왔던 흑창기마대나, 질서 정연하게 돌격해 왔던 검은 무복의 무리들과는 달리 매우 흐트러진 진형을 보이고 있는 것이다. 아니, 저것은 진형이라고 할 수도 없었다. 그저 마구 앞으로 달려 나오는 것뿐이다.

"허어, 괴이하군."

아미파 장문인은 수상쩍은 시선을 보내며 말했다.

"어찌 저런 무리를 지금……."

일견 보기에는 오합지졸에 가까운 듯한 모습이다. 이런 격전의 시점에 하나도 도움이 되지 않을 것 같은 저런 무리를 내보내다니, 아미파 장문인이 수상쩍은 시선을 보내는 것도 무리는 아니다.

"으음."

다른 문파의 가주나 장문인들도 아무런 말이 없었다. 그저 적의 실수라고 보기에는 지금까지 보여준 역량이 작지 않았다. 그리고 그들은 곧 발견했다. 그 오합지졸처럼 보이는 흐트러진 무리들이 전장으로 달려들 때, 흑창기마대와 검은 무복의 무리들이 길을 비켜 주는 것을.

신흥 오대세가로 불리는 단목세가의 제자는 검은 무복의 사내와 접전을 벌이던 중이었다. 결코 방심할 수 없는 상대의 공격에 지닌바 검술을 한껏 펼쳐내고 있던 그는, 갑자기 적이 뒤로 물러서자 잠시 당황했다. 순간 상대를 쫓고자 하는 마음이 없는 것은 아니었으나, 그는 오히려 한 발 뒤로 물러서며 방어 태세를 취했다.

'왜지?'

그가 의문을 떠올린 순간, 범상치 않은 기세를 실은 묵중한

도가 그를 향해 내리꽂혔다.

"헉!"

그는 대경실색하며 급히 검을 휘둘러 도를 흘려냈다.

타앙.

검이 튕기는 것을 느끼며 그는 뒤로 한 걸음 물러섰다. 도에 실린 기세가 만만치 않았던 것이다. 그러나 그는 단지 뒤로 물러난 것이 아니었다. 상대의 힘을 이용하여 그는 빙글 몸을 돌렸다.

"어딜!"

그의 검이 상대의 허점을 노리고 날아들었다. 무방비하게 열린 상대의 어깨가 그의 검 앞에 속수무책으로 놓여 있었다.

푸욱.

공력이 실린 그의 검은 상대의 어깻죽지를 파고들었다.

'됐다.'

그러나 그 순간, 강맹한 기운이 실린 도가 그의 어깨를 향해 떨어져 내리고 있었다.

스컥.

"크헉."

자신의 패배를 믿지 못하겠다는 듯, 그의 눈동자가 커다랗게 확대되었다.

"어, 어찌 이럴 수가⋯⋯."

분명 자신의 검은 먼저 상대의 어깨를 관통했다. 그런데 적

은 그 상처에는 상관도 하지 않고 자신을 내려찍은 것이다. 아
니, 애초부터 방어 따위는 생각도 하지 않고 있었던 것이다.
그는 자신을 공격한 상대의 얼굴을 처음으로 똑바로 쳐다보았
다. 그리고 그 순간, 섬뜩한 느낌이 등을 타고 흘러내렸다.

"크르르."

그가 마주한 것은 무어라 표현할 수 없는, 괴기한 눈빛이었
다. 초점을 잃은 채 희번덕거리는 상대의 눈에서는 오직 살기
만이 흘러나왔다.

"괴, 괴물……. 크아악!"

그의 목소리는 채 끝을 맺지 못했다. 옆에서 날아온 또 다른
검이 그의 허리를 가르고 지나간 탓이다. 순식간에 그의 목숨
을 앗아간 그 괴물들은 또 다른 희생자를 찾아 덤벼들었다. 어
깨에 여전히 그의 검을 박은 채로.

"어찌!"

"아미타불!"

제갈세가의 가주 군자검 제갈명의 외침과 태허선사의 불호
가 동시에 터져 나왔다. 그때까지만 해도 자리에 앉아 있던 각
문파의 가주들도 자리에서 벌떡 일어섰다.

"저게 대체 무엇이오!"

단목세가의 가주가 외쳤지만 대답하는 사람은 없었다. 그도
그럴 것이 아무도 저 괴이한 무리의 정체를 알지 못했기 때문

이다.

"어찌 저런 극악한 사술(邪術)이……."

무당파 장문인이 이를 악물며 신음하듯 말했다. 그가 말하는 이 순간에도 무당파와 화산파의 제자들, 신흥 오대세가의 제자들이 피를 흘리며 쓰러지고 있었다.

일체의 방어를 도외시하며 마치 동귀어진이라도 하듯 달려드는 저들에게는 아무것도 통하지 않았다. 심지어 팔을 자르고 가슴에 검을 꽂아도 '저것'들은 멈출 줄을 몰랐다.

"어찌 저런 것이……."

가주들은 치를 떨었다.

"이러고 있을 때가 아니오!"

군자검 제갈명이 큰 소리로 외쳤다.

"어서 제자들을 물려야 하오!"

반대하는 사람은 아무도 없었다. 전황을 조금 더 지켜보자고 말할 법도 했지만, 속수무책으로 쓰러지고 있는 제자들의 모습 앞에서 그 말을 입에 담는 사람은 없었다. 그리고 그들의 판단은 정확했다. 새로이 나타난 저 괴물들은, 지금까지의 상식이 통용되지 않는 상대였기 때문이다.

펄럭.

즉시 새로운 깃발이 누각에 내걸렸다. 그것은 무림맹의 무조건적인 퇴각을 알리는 신호였다.

"퇴각입니다!"

사제의 급한 목소리에 제갈연은 급히 고개를 돌려 신호를
확인했다.

'무조건 후퇴!'

제갈연은 이를 악물었다. 그는 급히 신호를 맡은 사제에게
소리쳤다.

"북을 울려라!"

그의 명령과 함께 커다란 북채가 지체 없이 북을 때리기 시
작했다.

둥둥둥둥.

빠르고 거친 북소리. 퇴각을 알리는 북소리였다.

"갑시다!"

퇴각을 알리는 북소리가 울리는 것과 동시에, 제갈연은 뒤
에 서 있던 소림의 진명과 혁련세가의 혁련필에게 소리쳤다.
그리고 지체 없이 몸을 날렸다. 바로 격전이 벌어지고 있는 최
전방으로.

타닷.

소림의 진명도, 혁련세가의 혁련필도 아무런 토를 달지 않
았다. 제갈연이 몸을 날리는 것과 거의 동시에 그들도 몸을 띄
웠다. 그리고 그들은 순식간에 '괴물'들의 앞에 내려섰다.

"퇴각하라!"

제갈연은 크게 소리침과 동시에 쌍장을 날렸다.

콰앙!

막 제갈세가의 제자에게 달려들던 ‘괴물’이 펑 소리와 함께 뒤로 날아간다.

“퇴각하라! 퇴각하라!”

둥둥둥둥.

퇴각을 알리는 북소리 속에서 제갈연은 있는 힘껏 소리쳤다. 조금 떨어진 곳에서 소림의 진명과 혁련세가의 혁련필이 무기를 휘두르는 것이 보였다. 비록 사람들에 가려 보이지는 않지만 좌익과 우익도 마찬가지일 것이다.

퇴각의 신호가 떨어진 순간, 뒤에서 진을 지휘하던 무림맹 대표자들이 일시에 가장 최전선으로 나선 것이다. 그들은 이번 싸움의 지휘를 맡은 대표자들이기도 했지만, 동시에 자파의 대제자이기도 했던 것이다.

펑!

제갈연이 다시 한 번 쌍장을 날렸다. 그에게 달려들던 ‘괴물’이 뒤로 물러섰다. 하지만 그것은 그저 몇 걸음에 불과할 뿐이었다.

‘치잇.’

제갈연은 인상을 찌푸렸다. 저 ‘괴물’들의 공력이 만만치 않다는 뜻이다.

“빨리 퇴각하지 않고 무얼 하는 게냐!”

그는 아직도 ‘괴물’들과 싸우고 있는 몇몇 제자들을 보며 소리쳤다. 이지(理智)를 상실한 것처럼 보이는 '괴물'들이 점점 제갈연을 옥죄어 오고 있었지만 마지막 무림맹 제자들이 퇴각할 때까지 제갈연은 결코 뒤로 물러나지 않았다. 그리고 주변에 무림맹 제자들이 하나도 없는 것이 확인되자 그는 두 팔을 크게 가슴 앞으로 모으며 내기를 모았다.

"하아아아아."

거무튀튀한 도가 그를 향해 내려 찍히는 순간, 제갈연은 모든 힘을 모아 앞으로 쳐냈다.

"타앗!"

퍼엉!

커다란 폭음과 함께 강한 돌풍이 주위를 휩쓸어 갔다. 그럼에도 불구하고 '괴물'들은 그다지 타격을 받지 않은 듯했지만 제갈연이 의도한 것은 그것이 아니었다.

휘익—

강한 반탄력을 이용하여 제갈연은 몸을 날렸다. '괴물'들의 한복판에서 그렇게 빠져나온 제갈연은 가볍게 땅에 발을 디딤과 동시에 무림맹을 향해 도약했다.

"퇴각하라!"

혹시라도 남아 있을지 모르는 다른 제자들과 부상자들을 살피며 제갈연은 무림맹을 향해 전력으로 달려 나갔다.

다른 제자들도 혼자, 혹은 부상당한 사람을 부축한 채 전력으로 경공을 펼치고 있었다. 그렇게 무림맹은 문왕과의 일전에서 퇴각하고 말았다.

"결국 이렇게 끝났군."

이미 예상한 대로라는 듯, 문왕이 나른한 목소리로 말했다.

"뭔가 새로운 재주를 보여줄 것인가 했는데, 역시 기대란 무너지기 마련인가 보군."

"어떻게 할까요?"

"이미 계획한 대로……."

수하의 물음에 문왕은 공작선을 들어 무림맹을 가리켰다.

"무림맹을 포위하라."

"존명!"

즉시 고개를 숙이며 수하는 명을 받들었다.

"쿡쿡쿡쿡."

문왕은 웃었다.

"뭔가 보여주고 싶다면 빨리 보여주는 게 좋을 거야."

무림맹을 오만한 시선으로 내려다보며 문왕은 중얼거렸다.

"밤이 오기 전에, 불화살이 그대들을 방문할 테니까."

퇴각하는 무림맹 제자들의 모습을 비웃듯 바라보던 문왕의 시선이, 문득 등에 가지각색의 방패를 메고 있는 자들에게 향했다. 지금 그들 역시 무림맹 제자들과 함께 전력으로 무림맹으로 퇴각하는 중이었다.

"창룡검주……."

비웃음으로 가득했던 문왕이 이를 악물었다. 마치 눈앞에 그가 있는 것 같은 느낌이 들었다. 그리고 그가 자신을 내려다 보며 비웃는 것 같은 착각에 빠져들었다.

단궁대와 흑창기마대를 가지고도, 하루 만에 급조된 오합지졸을 이기지 못한 자신을 조소하는 창룡검주를, 그는 마치 눈앞에 있는 것처럼 느낄 수 있었다.

으득.

문왕의 입에서 나지막한 소리가 흘렀다.

"오늘의 모욕은 충분히 되갚아 주도록 하지."

이를 악문 문왕은 씹듯이 중얼거렸다.

"아주, 아주 충분히."

문왕의 얼굴에 비릿한 미소가 내려앉았다. 그리고 문왕은 공작선을 들어 얼굴을 가렸다. 마치 누군가 자신을 들여다볼 것을 두려워하기라도 하듯이.

제10장
불타는 무림맹

소림의 태허선사와 군자검 제갈명을 비롯한 가주와 장문인들은 각 문파 제자들의 퇴각을 착잡한 표정으로 내려다보고 있었다.

이윽고 대표자들을 포함한 각 문파의 제자들이 무림맹 안으로 들어오기 시작하고, 적들이 추격하지 않음을 확인하고 나서야 그들은 안도의 한숨을 내쉬었지만, 얼굴의 표정은 굳어 있는 모습 그대로였다.

그렇게 한동안 무거운 침묵이 흐르고 조심스럽게 입을 연 것은 단목세가의 가주였다.

"이제 어찌해야 하오?"

아무도 쉽게 답을 하지 못했다. 그러나 답을 모르기 때문은
아니었다.

"어떻게 해야겠소? 한시라도 빨리 이곳을 빠져나가는 수밖에."

혁련세가의 가주가 내뱉듯 말한다.

"이곳을 빠져나간다고? 하지만……."

단목세가 가주의 말에 소림의 태허선사가 나지막한 탄식을
내뱉었다.

"저것을 보시오, 단목 가주."

그가 가리킨 것은 무림맹을 포위하기 시작하는 적들의 모습
이었다.

"저들은 우리를 이곳에 가두려 하오. 이 무림맹은 본디 농
성을 염두에 두고 건축한 것이 아니니, 채 며칠도 버티지 못할
것이오."

"며칠이 아니외다."

군자검 제갈명이 말했다.

"지금 당장이라도 저들이 불화살을 날린다면, 무림맹은 즉
시 불바다가 되고 말 것이오."

"하, 하지만 어찌 이곳을 빠져나간단 말이오? 죽은 제자들
을 아직 수습하지 못했고, 다친 제자들도 적지 않은데!"

"허어. 아미타불."

단목세가 가주의 말에 태허선사가 불호를 왼다. 그러나 정
작 그의 질문에 답을 한 것은 모용세가의 가주, 관일검 모용단

천이었다.

"살아남은 제자들 중 가장 무공이 출중한 자들을 가려 뽑으시오. 그들로 하여금 먼저 이곳을 탈출하게 하되, 가능한 한 적의 이목을 끌도록 해야 하오. 아, 물론 대제자와 문주 본인 역시 포함되어야 할 것이오. 그들이 적을 유인하면, 나머지 제자들이 부상자를 데리고 이곳을 탈출하는 것이오."

모용단천의 말은 마치 준비한 듯 거침없이 흘러나왔다.

"이들의 포위망이 넓지 않으니, 시야만 벗어나면 안전할 것이오. 아마 대략 반나절 거리 정도면 괜찮겠지. 포위망만 벗어나면 곧 부근의 큰 도시로 가서 도움을 요청하면 되오. 물론 곧장 장강(長江)으로 가는 것은 좋지 않소. 장강은 이미 수로채의 손아귀에 들었다고 하니까."

단목세가의 가주는 입을 딱 벌렸다. 모용단천은 다른 가주들을 돌아보며 말했다.

"아마 여러분의 계획도 그다지 다르지 않을 것으로 보이오만. 그렇지 않소?"

모용단천의 말에 대답하는 사람은 없었다. 그러나 몇몇 다른 가주들의 얼굴에 쓴웃음이 걸리고 은근히 시선을 회피하는 모습은, 모용단천의 말이 틀리지 않았음을 말해주고 있었다.

"서, 설마 처음부터……"

단목세가의 가주가 의심의 눈으로 다른 가주들을 돌아보며 말한다. 그러나 그 말은 끝까지 이어지지 못했다.

"무슨 소리!"

제갈세가의 가주가 큰 소리로 단목세가 가주의 말을 끊었다.

"문파의 책임을 진 자라면 당연히 어떠한 상황에도 대비를 해야 함이 옳은 것! 어찌 자신의 불찰을 다른 사람의 탓으로 돌리려 하는가!"

군자검 제갈명은 눈을 부라리며 말했다. 단목세가의 가주는 이를 악물어 보지만, 그의 기세에 눌린 탓인지 입을 다물고 만다.

"여러 가주께서도 모용가주의 말을 들으셨을 것으로 아오."

군자검 제갈명은 진중한 어조로 말했다.

"저들이 포위망을 완성하고 공격을 시작하기 전에 탈출해야 하오. 그리고 방법은 이미 모용가주께서 말씀하신 대로요. 모든 문파들이 동시에 탈출을 시도한다면 더욱 적의 이목을 쉬이 흐트러뜨릴 수 있을 것이오. 문제는 방위(方位)인데……."

제갈명은 품 안에서 작은 비단 주머니 하나를 꺼냈다. 그리고 그것을 풀어 안에 든 것을 탁자 위에 쏟아놓았다.

타라락.

쏟아진 것은 십여 개의 작은 상아패였다.

"여기에는 십육방의 방위가 각기 하나씩 적혀 있소."

제갈명은 그 중의 하나를 들어 보이며 말했다.

"흑도회와 당문, 공손세가가 빠졌으니 남은 문파가 각기 패를 뽑아 그 방위로 탈출을 시도하도록 하겠소. 동의하시오?"

이미 무림맹을 빠져나가기로 결정되었으니 이의가 있을 리 없었다. 제갈명은 상아패를 작은 비단 주머니 안에 다시 집어넣고는 서탁 위에 올려둔다.

"그럼 원하는 분이 아무나 먼저 가져가도록 하시오. 나는 가장 마지막에 하겠소이다."

군자검 제갈명이 서탁에서 한 발 물러섰지만 아무도 나서는 사람이 없었다. 잠시 침통한 분위기가 흘렀지만 곧 한 사람이 앞으로 나서고, 뒤이어 하나둘 모든 가주들이 비단 주머니에서 상아패를 꺼내갔다.

"다 가지셨소? 그럼……."

군자검 제갈명이 서탁으로 다가가 비단 주머니에 손을 가져가려 하는데, 관일검 모용단천이 제지했다.

"잠시만."

"왜 그러시오?"

제갈명의 물음에 모용단천이 미소 지으며 말했다.

"마지막 상아패가 남으니, 객청의 무사들에게 주는 것이 어떻소?"

"객청의?"

제갈명은 눈살을 찌푸렸다. 객청의 무사들이라 함은 곧 항주 인근의 중소 문파와 무관에서 불러 모은 이들을 말한다.

"오늘 그들의 선전(善戰)은 훌륭한 것이 아니었소? 그 정도의 대접은 받을 수 있으리라 보오만……."

"흐음. 객청의 무사들이라……."

"하나의 방위가 더 늘어나는 것이니, 도움이 되면 되었지 방해가 되진 않을 것이오."

모용단천의 말에 태허선사가 거들고 나섰다.

"소승의 생각도 그러하외다. 저들에게도 활로를 열어 줌이 옳지 않겠소?"

제갈명은 잠시 생각에 잠겼다. 그러나 길지는 않았다.

"대사의 뜻이 그러하시니……."

다른 가주들을 돌아보며 제갈명이 물었다.

"다른 분들의 이의가 없으시면 그리 하도록 하겠소."

이의는 없었다. 군자검 제갈명은 비단 주머니에서 상아패 중 하나를 먼저 취하고, 수하를 불러 마지막 남은 상아패 하나를 꺼내 건네준 뒤 객청에 가져다주라 일렀다. 그리고 비단 주머니를 다시 품에 갈무리한다.

"언제 시작하는 것이 좋겠소?"

혁련세가의 가주가 묻자 군자검 제갈명이 잠시 적의 움직임을 살핀다.

"한 시진이면 적의 포위가 완성될 듯하니, 적어도 반 시진 내에는 실행해야겠소."

"반 시진!"

단목세가의 가주가 절망적인 음성으로 되뇌인다. 반 시진이라면 살아남은 제자들을 추스르고 부상자들을 옮길 준비를 하는 데에도 너무나 빠듯한 시간이다. 그러나 시간은 그들이 정하는 것이 아니니 단목세가의 가주로서도 어쩔 도리가 없었다.

"아미타불. 소림이 먼저 길을 뚫기 시작할 것이니, 다른 가주들께서는 부디 보중하시기를 바라오."

가장 선두를 소림이 자처했다. 가장 위험을 감수해야 하는 일이다.

"화산이 그 뒤를 따르겠소."

"무당 또한 뒤쳐지지는 않을 것이외다."

화산의 장문인과 무당의 장문인이 역시 선언하듯 말한다.

"세 분께서 그리 말씀하시니 참으로 감사하오."

군자검 제갈명은 세 명의 장문인에게 일일이 고개를 숙이며 사례를 했다.

"비록 오늘 무림맹이 역도들의 손에 유린될지언정, 여러분께서 계시는 한 강호 무림의 정기는 살아 숨 쉴 것이오."

사뭇 비장한 음성으로 군자검 제갈명은 말했다.

"그럼, 모두 보중하시오."

모든 가주들과 장문인들에게 일일이 인사를 한 후, 군자검 제갈명은 자리를 떴다. 그리고 남은 사람들도 하나씩, 제갈세가의 가주처럼 모두와 일일이 인사를 나누고 누각을 내려가기 시작했다.

모용세가의 가주, 관일검 모용단천에게는 그 모든 행동이 마치 광대의 그것인 양 가식적으로만 보였다. 상황이 변하자마자 마치 준비한 듯 일사천리로 진행되는 모습은 어이없음을 넘어 감탄마저 느끼게 했다. 허나 어찌하랴? 그것이 본디 강호 무림인 것을.

'무림맹 십팔대 문파라……'

모용단천은 누각에서 보이는 무림맹의 전경을 바라보았다. 피와 더러움에 얼룩진 제자들과 부상을 입은 사람들이 여기저기서 바쁘게 움직이고 있었다.

수많은 전각과 긴 담은 여전히 그 위용을 자랑하고 있었지만, 그 무림맹을 구성하고 있던 사람들은 이미 이곳을 버리고 있는 것이다.

"허허. 참으로 짧았던 꿈이로다."

당당히 무림맹 십팔대 문파에 이름을 올렸을 때는, 세가의 새로운 시대가 열릴 것이라 생각했다. 무림맹 십팔대 문파 중 하나라는 이름만으로 얻는 이익은 막대했다. 그런데 그 새로운 시대가 이렇게 빨리 지나가 버릴 줄이야 누가 알았던가?

모용단천은 누각 아래 내려다보이는 무림맹의 전경에서 눈을 떼지 못했다. 그러나 그것도 잠시, 사람들의 소란스러운 외침과 신음소리 속에서 마치 무림맹의 마지막을 음미하듯 관일검 모용단천은 한 발 한 발 천천히 누각을 내려가기 시작했다.

*   *   *

가주들의 결정은 곧 모용세가의 사람을 통해 운현에게도 전해졌다. 모용단천은 운현이 모용세가와 함께 행동할 것을 희망했고 운현은 기꺼이 함께하기로 승낙했다.

객청의 무인들에 대한 소식을 들었을 때는 독고랑에게 그들과 함께 가는 것이 어떻냐고 말했었지만, 이번만은 독고랑도 결코 물러서지 않았다. 그래서 운현과 독고랑의 무림맹 탈출은 모용세가의 사람들과 함께하게 되었다.

"괜찮습니까?"

운현은 독고랑을 보며 물었다. 독고랑은 특유의 표정 없는 얼굴로 고개를 끄덕였다.

"걱정 마십시오. 대인께서 경공을 하지 못하신다 해도 적의 포위망을 뚫는 것은 충분합니다."

독고랑의 대답에 운현은 어색한 웃음을 지으며 말했다.

"그게 아니라……."

독고랑이 괜찮은지 물어본 것이었다. 그 험난한 사지에서 돌아왔으니 혹 어디 다친 곳이나 불편한 곳은 없는지, 짐이 되어버린 자신이 미안하여 물어본 것이었다.

"어디 불편한 곳은 없습니까?"

"없습니다."

짤막하게 독고랑이 대답했다. 운현은 고개를 저었다. 아마 독고랑은 어딘가 다쳤더라도 괜찮다고 했을 것이다. 다행히도 특별히 다친 곳은 없어 보인다.

그래도 자꾸만 독고랑이 괜찮은지 신경이 쓰이는 것은, 이제 곧 결행의 시간이 다가오는 것에 대한 초조감 때문이리라.

"모용세가의 방위가 동북방이라 했지요?"

"그렇습니다."

"상해 방향이군요."

"가흥이라는 도시가 그 전에 있습니다."

"항주에 숨어 있는 것은 어떨까요? 항주는 큰 도시이니……."

"한시라도 빨리 항주를 벗어나는 것이 최선입니다."

더 이상 할 말이 없었다. 운현은 초조한 마음으로 기다렸다.

"대인."

이번엔 독고랑이 운현을 불렀다.

"독선의 말씀을 잊지 않으셨겠지요?"

독선의 말이란, 문왕이 창룡검주를 찾을 것이라는 바로 그 말이다. 운현은 고개를 끄덕였다.

"삼태상이라는 자들은 틀림없이 대인을 찾으려 들 것입니다. 그때가 되면……."

독고랑은 진지한 음성으로 말했다.

"반드시 몸을 숨기셔야 합니다. 아시겠습니까?"

"알겠습니다."

운현이 대답했지만 독고랑은 다시 한 번 말했다.

"반드시입니다."

독고랑의 눈은 똑바로 운현을 주시하고 있었다.

"무슨 일이 일어난다 해도, 설령 눈앞에서 무슨 일이 벌어진다 해도 결코 모습을 드러내서서는 안 됩니다. 제 말 아시겠습니까?"

더없이 진지한 독고랑의 시선을 운현은 똑바로 마주했다. 그리고 고개를 끄덕였다. 그제서야 독고랑은 안심한 듯 시선을 거두었다.

"이제 곧 시간입니다. 준비하십시오."

준비라고 해봐야 별것 없었다. 단출한 등짐을 둘러메고, 운현은 일어섰다. 독고랑이 먼저 말에 올라 고삐를 잡고, 운현이 그 뒤에 올라탔다.

'말 타는 법이라도 제대로 배워둘걸.'

그냥 타는 것이라면 운현도 할 줄 안다. 하지만 지금 같은 위급한 상황에 그런 정도는 아무런 도움도 되지 못한다. 운현이 후회했지만 사실 이제껏 살아오며 기마술을 제대로 배울 기회 따위는 없었다.

"꽉 잡으셔야 합니다."

독고랑의 말에 운현은 손에 힘을 주었다. 그리고 곧, 일행을 이끄는 모용세가의 가주 관일검 모용단천의 음성이 들려왔다.

"가자!"

"이랴!"

외마디 독고랑의 외침소리와 함께 두 사람이 탄 말은 힘차게 땅을 박차기 시작했다.

＊　　　＊　　　＊

문왕은 무림맹 포위망이 완성되어가는 것을 보며 느긋한 표정을 짓고 있었다. 마치 누운 듯 기대앉은 그는 화려한 공작선을 펄럭이며 눈 아래 펼쳐진 무림맹의 모습을 감상하는 중이었다.

문득 무림맹이 소란스러워지는 듯하더니 갑자기 모든 문이 활짝 열렸다. 그리고 곧 수십의, 아니 수백의 기마들이 일제히 달음질하기 시작했다.

"응?"

문왕은 눈살을 찌푸렸다. 그리고 곧 크게 웃었다.

"와하하하하. 우하하하하하."

곁에 선 수하가 나지막이 말했다.

"전하. 저들이 탈출을 시도하고 있습니다."

그러나 문왕의 웃음은 그치지 않았다.

"우하하하하."

그는 정말로 우습다는 듯 온 몸을 흔들며 웃고 있었다.

"걸작이군! 이거야말로 걸작이야! 천하의 무림맹이 구슬 튀듯 사방으로 도망가는 꼴이라니! 으하하하하."

문왕은 자리에서 벌떡 일어섰다. 그리고 광소를 머금은 얼굴로 크게 소리쳤다.

"창룡검주! 네가 보여줄 것이 이것뿐이더냐! 으하하하하."

그는 고개를 돌려 수하를 보았다.

"쏴라!"

갑작스런 명령에 수하가 잠시 당황하는데, 문왕의 목소리가 재촉하듯 크게 울렸다.

"무얼하느냐! 단궁대에 명해 즉시 불화살을 쏘도록 하란 말이다!"

"존명!"

수하는 즉시 명을 받들었다. 단궁대의 불화살은 아직 준비되지 않았지만 명령이 내려진 이상 쏴야만 했다.

"철혈사왕 염중부!"

"부르셨습니까?"

언제 나타났는지, 잘 빗어 넘긴 검은 머리에 고급스러운 붉은 비단옷을 입은 중년의 사내가 문왕의 앞에 그 모습을 드러냈다. 마치 유유자적한 귀족의 나들이라도 온 양, 그는 뒷짐을 지고 여유롭게 서 있었다.

"무림맹이오. 가서 마음껏 휘저어 보시오."

문왕은 비릿한 미소를 흘리며 그렇게 말했다.

"듣던 중 반가운 말씀이외다."

염중부는 천천히 고개를 숙이며 대답했다. 그리고 다음 순간, 그의 모습은 이미 사라지고 없었다.

"인태상! 지태상!"

"헐헐, 부르셨습니까? 도련님."

두 사람의 모습이 문왕의 곁에 서 있었다. 방금 전까지도 아무도 없었던 그곳에, 마치 처음부터 있었던 것처럼 모습을 드러낸 그들은 어린아이처럼 불룩한 뺨을 가진 키 작은 노인과 거대한 체구를 가진 또 한 명의 노인이었다.

"가서 창룡검주를 잡으시오. 단, 반드시 살려서 끌고 와야 하오."

"알겠습니다, 도련님. 헐헐헐."

키 작은 노인이 허연 수염을 어루만지며 느긋하게 말했다. 그러나 그들의 모습은 말이 끝나기도 전에 이미 사라져 있었다.

"창룡검주…… 아니, 문서의 주인."

문왕은 이를 악물며 짓이기듯 내뱉었다.

"이제 곧 내 손에 들어온다. 이제 곧."

픽, 피픽―

단궁대의 불화살이 하나둘 저녁 하늘을 향해 날아오르고 있었다. 이미 그 기세가 꺾이고 있는 태양빛 아래 불화살은 마치 축제를 알리는 불꽃놀이처럼 아름다운 빛꼬리를 길게 끌며 하늘로 올랐다. 하지만 그 불화살이 가져 올 결과는 결코 아름답지 않을 터였다.

＊　　　＊　　　＊

객청에서 탈출 준비를 하고 있던 장찬호는 불화살이 날아오기 시작하자 깜짝 놀랐다.

"이런! 벌써!"

탈출 방위를 지정한 상아패는 이미 받았다. 하지만 그는 무림맹의 다른 문파들과 함께 탈출을 시도할 생각은 애초부터 없었다.

"젠장. 개자식들."

적을 향한 것인지, 무림맹을 향한 것인지 알 수 없는 장찬호의 욕설이 흘러나왔다. 무림맹이 이기리라 확신했기에 뛰어든 싸움이다.

적지 않은 피를 흘렸는데 결국 돌아온 것이 무림맹의 패배라니, 일해주고 받을 돈을 떼이게 된 것 같은 장찬호로서는 고운 말이 나올 수가 없는 것이다.

탈출하겠다는 계획을 알려준 것조차 고마운 생각이 하나도 들지 않는 장찬호였다. 소중한 동료들과 사형제들의 핏값이 아니던가?

'그러고 보면 독고 대협이 도와준 것도 이런 결과가 될 것을 알고……'

분명히 독고랑은 처음부터 자신들에게 경고했다. 모두 죽게 될 것이라고. 그것은 어쩌면 처음부터 이런 결과를 예상하고 한 일이 아닐까?

'젠장. 처음부터 튀라고 해줄 것이지.'

생각은 그렇게 했지만, 자신들이 그런 말에 따르지 않았으리라는 것은 누구보다도 잘 알고 있다.

"제길. 우리는 어차피 죽으나 사나 항주에 있어야 하는
데……."

자신들의 목표는 포위망 돌파가 아니다. 혼란한 틈을 타서
무사히 항주 시내로 들어가 각자의 문파나 무관으로 돌아가기
만 하면 그것으로 족하다.

물론 항주 무림맹에 새로운 주인이 들어설 테니 이후의 사
정이 난처하게 될 것은 분명하지만, 그것은 따로 해결해야 할
또 다른 문제. 적어도 무리하게 탈출을 시도하면서까지 새로
운 충돌을 자초할 필요는 없었다.

그런 이유로 장찬호는 다른 문파들이 포위망 돌파를 감행할
때 움직이지 않고 있었다. 그들이 모두 빠져나가고 나면, 그러
니까 부상자를 데리고 있는 자들이 무림맹을 나간 다음, 저들
이 공격을 멈추고 약탈을 위해 들어오기 시작하는 그 순간을
노릴 참이었다. 그런데 그들이 나가자마자 불화살이 날아오기
시작할 줄은 몰랐다.

"아깝지도 않나? 어차피 자기들 것이 될걸."

탈출을 한다는 것은 무림맹을 비운다는 뜻이다. 그런데 굳
이 불화살까지 날릴 줄이야. 장찬호는 투덜거렸다. 적들 중에
계산을 할 줄 아는 사람이 아무도 없는 건가 싶을 정도다.

"젠장. 이게 다 돈이 얼만데!"

장찬호는 급히 객청에 있던 부상자들을 마당으로 끌어냈다.

객청에 불이 붙으면 위험하다. 마당에 있어도 불화살이 떨어질까 봐 걱정이 되는 것은 마찬가지지만, 적어도 객청 지붕처럼 목표가 되지는 않을 것이다.

"아무래도 지금 나가야겠군."

침통한 표정으로 장찬호는 중얼거렸다. 이러다가는 최후의 수단을 사용해야 할지도 몰랐다. 무장을 해제하고 적당히 하인이나 서기들 틈에 끼어 슬그머니 무림맹을 빠져나가는, 가능하면 하고 싶지 않은 그런 방법까지 말이다.

"젠장!"

나름대로 궁리한 계획이 틀어진 장찬호의 얼굴이 일그러지는데, 누군가 그에게 급히 다가와 말했다.

"장 문주! 지금 적들의 행동이 이상하오!"

그는 다급한 목소리로 말했다.

"적들이…… 사라지고 있소!"

장찬호는 눈살을 찌푸렸다. 이게 무슨 헛소린가 싶었다. 적들이 사라지다니?

"가봅시다."

장찬호는 그와 함께 급히 근처 누각에 올랐다. 그리고 놀라운 것을 발견했다. 불화살이 간간히 날아오는 사이로, 적의 모습이 눈에 띄게 줄어든 것이다.

'됐다!'

그는 순간 쾌재를 부르고 싶었다. 아마도 적이 탈출한 각 문파의 추격에 나선 듯싶었다. 어차피 무림맹이 빈 집이 된 것으로 판단하고 저들을 잡으려 하는 것일까?

어쨌거나 지금 장찬호에게 중요한 것은 적의 사정 따위가 아니었다. 적의 수가 줄었다는 것이 무엇보다도 중요한 것이다.

"내 말이 맞지 않소? 저들이……."

"갑시다!"

어리둥절한 표정을 짓고 있는 그에게 장찬호는 소리쳤다.

"지금이오! 빨리 무림맹을 나가야 하오! 아, 그리고 무기는 전부 버리라고 하시오!"

천재일우의 기회였다. 지금이 아니면 언제 이곳을 나가랴?

"빨리! 부상자들은 마차든 짐수레든 실어서 내보내시오! 빨리!"

한달음에 뛰어나간 그는 사람들을 재촉했다.

"빨리이!"

장찬호는 마음이 급했다. 또 무슨 일이 생길지 모른다. 초조하고 다급한 마음에 그는 당장이라도 이곳을 뛰쳐나가고 싶었다.

〈2권에서 계속〉

이지스

박성호 판타지 장편 소설

FUSION FANTASY STORY & ADVENTURE

AEGIS

『아이리스』의 인기작가 박성호!

자유분방하고 기발한 상상력.
한 차원 높아진 위트와 유머로 돌아왔다!

뚫리면, 죽는 거다.
이제 준 폴리스가 펼치는 방패술의 진수를 보여주겠다!

dream
books
드림북스

EVENT ONE

이벤트를 진행하는 4종의 책을 '모두 구입하신 분들 중' 추첨을 통해 사은품을 드립니다.

[사은품]
1명 : <최신형 디지털 카메라> + 4종의 3권(작가 친필사인)
('EVENT ONE에 참여하신 분들 중 30명'에게 작가 친필사인이 들어 있는 4종의 3권을 드립니다.)

[응모요령]
1,2권 띠지에 부착된 응모권 8개를 오려 드림북스로 보내주세요.

EVENT TWO

이벤트를 진행하는 4종의 책을 '개별적으로 구입하신 분들 중' 추첨을 통해 사은품을 드립니다.

[사은품]
4명 : <백화점 상품권(10만원)> + 구입한 도서의 3권(작가 친필사인)
(『질주강호』(1명), 『참마전기』(1명), 『창룡검전(학사검전 2부)』(1명) 『적운의 별』(1명))

[응모요령]
1,2권 띠지에 부착된 응모권 2개를 오려 드림북스로 보내주세요.

EVENT THREE

책을 읽고 감상평을 올리시는 분들 중 11명을 추첨하여 사은품을 드립니다.

[사은품]
으뜸상(1명) : Mplayer Eyes MP3 + 서평을 쓴 도서의 3권(작가 친필사인)
우수상(10명) : 문화상품권(1만원) + 서평을 쓴 도서의 3권(작가 친필사인)

[응모요령]
이벤트 진행 도서들 중 하나를 읽고 인터넷 서점(YES24)리뷰란에 감상평을 올려주시고,
그 내용을 복사하여(이메일, 아이디 기재) 한 번 더 '드림북스 홈페이지 감상란'에 올려주세요.

[보내주실 곳] (우)142-815 서울시 강북구 미아8동 322-10
(주)삼양출판사 2층 드림북스 이벤트 담당자 앞

[이벤트 기간] 2009년 1월 30일~2009년 3월 23일

[당첨자 발표] 2009년 3월 30일(당사 홈페이지 및 장르문학 전문 사이트에 발표합니다.)

드림북스 홈페이지 http://www.sydreambooks.com
드림북스 블로그 http://www.blog.naver.com/dream_books
문피아 사이트 http://www.munpia.com/출판사 소식/드림북스
조아라 사이트 http://www.joara.com/출판사 소식

※ 응모권을 보내주실 때는 '이름, 연락처, 주소'를 정확히 기입해 주세요.
※ 사은품은 이벤트 진행도서 4종의 3권의 책이 모두 출간된 직후 일괄 배송합니다.
※ 사은품은 상기 이미지와 다를 수 있습니다.
※ 『창룡검전(학사검전 2부)』의 최현우 작가님은 해외에 체류 중인 관계로 일정이 여의치 않으면
　　사은품 도서에 작가사인이 없을 수도 있다는 점 미리 양해를 구합니다.

질주
강호

病虎出情

수담·옥 신무협 장편소설

ORIENTAL FANTASYSTORY & ADVENTURE

『사라전종횡기』, 『청조만리성』의 작가!
수담·옥 신무협 장편소설

금마쟁로에 나아가 천중가의 잃어버린 명예를 되찾아라!

정즉사(停卽死), 멈추면 죽는다!
회즉사(廻卽死), 뒤돌아봐도 죽는다!
사룡지주를 쟁취하는 자, 강호 군림하리라!

dream books
드림북스